中公文庫

# 武打星

今野 敏

中央公論新社

目次

武打星
ぶ
だ
せい

# 1

高くて狭い。

暑くておそろしく湿っぽい。

香港《ホンコン》の街に立ち、長岡誠《ながおかまこと》はそう感じていた。

湿っぽさはさきほどまで雨が降っていたせいだろうか。ガラス張りの高層ビルが目の前にそびえ立っている。奇妙な形だ。ビルの中ほどに隙間《すきま》がある。

なんだか変形してロボットになりそうだな。長岡誠はそんなことを思った。

その背後に小高い山が迫っている。鮮やかな緑だ。その山の頂上は真っ白にたなびく雲か霧に隠れている。

周囲には、高層ビルが乱立しているが、明らかに日本の高層ビルとは違う。どこがどう違うのかはわからない。だが、どういうわけか、ひどく幻想的な光景に見える。

いつか夢に見た風景のようだ。

長岡誠はそう感じていた。

「ここが中環《セントラル》だ。香港経済の中心地だな。あの山がビクトリアピークだ」

隣を歩いていた関戸政夫《せきどまさお》が説明した。

大学を卒業したばかりの誠から見ると、関戸はずいぶん大人っぽく見える。だが、実際は二つ年上なだけだ。

関戸は学生の頃からバックパックを背負って東南アジアなどを回っており、今は香港に住んでいた。

「へえ……」

誠はそうこたえるしかなかった。我ながら間抜けな声だと思う。中環のビル群に圧倒されていたせいもある。

彼は日本とは異質の空気に酔ったような気分になっていた。たしかに景色が違う。だが、空気そのものが違うのだ。

日本を出たのはこれが初めてだった。飛行機に乗るのも初めてなら、海外の空港も初めてだった。

生来のんびりした性格の誠も、さすがに戸惑うことが多かった。迷い、うろたえ、慌《あわ》てふためき、ようやく入国管理と税関を通過した。

出口は人でごったがえしていた。その中に関戸の顔を見つけたときは、心からほっとしていた。

「どうだ、啓徳《カイタク》空港に降りるときはなかなかスリルがあっただろう」

関戸にそう尋ねられたが、誠は恐ろしくもなんともなかった。

飛行機がビルすれすれに旋回して、滑走路に進入する。飛行機の着陸というのはあんなものなのだろうと思っていた。ほかに経験がないのだ。ただ、押せば倒れてしまいそうな細長いビルが立ち並ぶ奇妙な風景に見とれていただけだった。

関戸は、空港を出ると誠を香港の観光案内に連れだした。なにしろ、初めての海外なので、誠はどこをどう連れ回されたのかわからない。

バスに乗り、船に乗り、歩かされ、やってきたのが、この中環だった。

ゆっくりとだが、晴れてきたようだ。ビクトリアピークの緑がいっそう鮮やかに見えてくる。明らかに日本の緑とは違う。濃い緑だ。

「さて、これから本当の香港に案内しよう」

関戸が言った。

本当もなにも、ここは間違いなく香港だろう。

誠はそう思ったが、黙っていた。もともと無口なほうだ。余計なことを言って相手の機嫌をそこねるのもつまらない。

関戸は、再び誠をバスターミナルに連れて行った。バスがビルとビルの間を通っていく。

左手に港が見えた。

バスに揺られて、誠はついうとうとしてしまった。旅の疲れが出たのだろうか。肉体的な疲れより精神的な疲れが激しい。

目を覚ますと、真っ暗だったので驚いた。だが、すぐにトンネルの中だということに気づいた。

トンネルを抜けると間もなく、港に近づいた。

目の前に開ける光景を見て、誠は眠気が吹き飛んだ。左手に広がる港湾。そこには、水上生活者のジャンクがぎっしりと並んでいる。

濁った湾内に浮かぶ船の上に屋根を張り、そこで人々が生活している。ジャンクには洗濯物が並び、仕事をする子供たちの姿がある。

実際には初めて見る。だが、誠にとっては、すでになつかしい風景だった。

「アバディーンですね」

誠は言った。関戸はうなずいた。

「そうだ。広東語《カントン》では香港仔《チャイ》」

関戸が言ったとおりだった。

誠はようやく香港にやってきたという実感を得た。

そうだ。あの映画。

誠はバスの窓に張り付くようにして、アバディーンの風景を見つめた。

あの映画の中で、彼がここからボートに乗り出発する。

俺が香港に来るきっかけになった映画だ。

バスを降りると、海のにおい、果物のにおい、香辛料のにおい、そして人々の生活が発する汚臭が一気に押し寄せてきた。

関戸が振り返り、誠に言った。

「香港へようこそ」

## 2

一九七五年の夏は暑かった。

誠は大学一年で、空手部の稽古《けいこ》に励んでいた。というより励まざるを得なかった。新入部員は、まず徹底的に体力トレーニングをさせられる。腕立て伏せに腹筋、ランニング、ウサギ跳び……。

誠は小学五年のときから空手を習っていた。高校受験や大学受験で練習を休んでいたこともあるが、すでに十年近く続けていたことになる。

実を言うと、高校時代にはもう空手はやめようと思っていた。だが、梶原一騎《かじわらいっき》原作の「空手バカ一代」で空前の空手ブームがやってきた。

大山倍達《ますたつ》と彼の空手団体であった極真会館を題材としたこの劇画によって、極真会館とはまったく関係のない誠の通う道場まで、新入会員が押しかけた。誠の道場では沖縄古流の空手を教えていた。少林流という流派だ。

少林寺拳法《けんぽう》や中国の少林拳とよく混同されるのだが、少林流空手は、沖縄独自の伝統的な空手だ。

人が増えれば、道場に活気も出る。さらに、ブームのさなかに空手をやめてしまうのが、なんだかもったいないような気がした。

そして、受験をひかえた高校三年生の冬に観た一本の映画で、誠はますます空手にのめり込むことになった。

ブルース・リーの「燃えよドラゴン」だ。

「空手バカ一代」で火がついた空手ブームに、この映画がさらに拍車をかけた。ブルース・リーがやっていたのは、空手ではなくカンフーだ。

彼は詠春拳《えいしゅんけん》という伝統的な中国武術を学び、彼独自の截拳道《ジークンドー》という武術を作った。だが、当時の日本では空手もカンフーもそれほど区別されず、一緒くたにもてはやされたのだ。

誠の眼には、日本中が空手に沸いているように見えた。

「燃えよドラゴン」を観《み》た誠はブルース・リーの一挙一動にすっかり魅了されてしまった。独特の脚を開いた構え。そこから繰り出される鋭いジャブ。迫力のあるキック。

少年たちは、ヌンチャクに夢中になった。だが、子供の頃から空手をやっている誠は、まったく別の点に心酔していた。

意表をつくタイミング。突きや蹴《け》りの速さ。まったく無駄のない攻撃のパターン。そして、自信に満ちた行動。そこに、作り物ではない本物の武道家の姿を見た。

「ぶったまげたな……」

それが、映画を観終わったときの感想だった。「燃えよドラゴン」は香港を舞台としていた。もともとブルース・リーは香港映画出身だという。こんなアクションをいままで観たことがない。

それは、誠がブルース・リーに心酔すると同時に、香港映画の世界を心に刻んだ瞬間でもあった。

それから、いっそう空手にのめり込んだ。心の中にはいつもブルース・リーがいた。気がつくと、受験直前まで稽古をしていた。大学受験には一度失敗し、一年間浪人した。その間も、気晴らしに道場に顔を出したりしていた。

受験生なのだから、勉強に専念しろという両親の小言に対して、受験は体力だというのが、誠の言い分だった。

一浪して入学したのは、そこそこのランクの私立大学だ。誠は、迷わず空手部に入部したが、その頃には、すでに空手ブームは去っており、新入部員はたったの五人だった。

全学年で一年生が一番少ない。

少ないのだからもっと大切にしてもよさそうなものだと誠は思ったが、それが部の伝統とやらで、一年生の夏までは、突き蹴りすら教えてもらえない。

ばかばかしい思いで三ヶ月を過ごした。その間に、耐えきれなくなって一人やめた。一年生は四人になった。

夏の合宿でようやく突きや蹴りといった基本を教わった。それまでやらされていた腕立て伏せは拳立《けんた》てに変わった。

つまり拳《こぶし》を地面や床についた状態で腕立て伏せをやるのだ。

誠は慣れっこだが、初心者にはこれがなかなかつらい。腕立てより負荷が高まる上に、拳が痛い。

初心者がサンドバッグを突くと、たちまち拳の皮がむける。そのまま地面で拳立てをやらされた。傷に泥が入り込む。

空手の経験は、たいていの先輩よりずっと積んでいる。その誠が、不合理な練習だと感じる。おそらく空手ブームのときに、殺到する部員をふるい落とすためにこうした伝統が出来上がったのだろうと誠は考えた。ブームが去り、部員が減っても伝統だけが残ったわけだ。

だが、文句は言えない。それが部のしきたりだというのだ。

くだらないと思いながらも、誠は練習を続けていた。生まれつき、のんびりとした性格で、物事を突き詰めて考えないほうだった。

グラウンドをランニングさせられ、さらにウサギ跳び。へとへとになった頃に、基本練習が始まる。突き、蹴り、それぞれ先輩がよしと言うまで延々と続く。

それが終わると、今度は受けの練習と称して、一年生同士で前腕部のぶつけ合いをさせられる。たちまち前腕部は真っ赤に腫《は》れあがり、触れるだけで跳び上がりそうに痛くなる。それでも、力一杯ぶつけ合わないと後ろから先輩の蹴りが飛ぶ。

さすがの誠もぶっ倒れそうになった。

ようやく受けの練習が終わると、今度はいやというほどサンドバッグを突かされる。誠はすでに拳にタコができているが、残りの一年生たちは、治りかけた拳の傷がまた裂けて血を流しながら突きを続けることになる。

そして、それが終わると地面での拳立てが待っている。

破傷風になっちまうじゃねえかよ。

誠は思った。

だが、今まで空手部から破傷風の患者が出たことはないらしい。

合宿一日目は夕食など喉《のど》を通らない。たいていの一年生は食ったものをすべてすぐに戻してしまう。

誠も吐き気がしたが、無理やり胃に押し込んだ。夕食が済むと、もう動く気がしない。

だが、すぐに先輩から呼び出しがかかる。

風呂《ふろ》で背中を流せだの、酒を買いだしに行けだのと、用事を言いつけられる。

のんびりした性格の誠も、いい加減腹が立ってきた。こんなことが一週間も続くと思うとうんざりする。これで本当に強くなれるのだろうか。

だが、先輩に逆らってもいいことはないと、じっとこらえていた。

ばかばかしいからもうやめちまおうか。ふとそんな考えも頭をよぎる。そういうときに、誠はブルース・リーの姿を思い出す。

ああいうふうになれるのなら、多少のつらいことだって我慢できる。自分にそう言い聞かせるのだ。

「俺、もうだめだ……」

合宿の三日目、林という名の一年生が言った。林は、これまで運動部の経験がなく、誠は真っ先にやめるのではないかと思っていた。

誰がいつやめようと、知ったことではなかった。だが、林のたった一言で、誠は彼に関心を持った。

「俺、ブルース・リーみたいになりたいんだ」

あれは六月のことだったろうか。林がそう言ったのだ。

「実をいうとな……」

誠は言った。「俺もそうなんだ」

林は意外そうな顔で誠を見た。

「驚いたな」

「なぜだ？」

「おまえは、もっと現実的なやつだと思っていた」

「現実的って、どういうことだよ」

「学連の試合に出て、全空連の試合に出て、いずれは世界を目指すとか……」

「そんなこと、考えちゃいない。ただ、強くなりたいだけだ」

そんな話をしてから、林とはよく話をするようになった。林は北海道の出身だという。仕送りもそんなに多くない。バイトで食いつながなければならないのだが、部活に時間を取られてつらいと言っていた。

その林が、音《ね》を上げた。

「がんばれよ。明日で合宿も半分終わる」

誠は言った。

「まだ半分以上あるってことだ」

「悲観的だな」

「合宿が終わっても、部活は続く。俺はもう限界だ」

「つくづく悲観的だな。今年いっぱいの辛抱だ。来年になれば新入生が入ってくる。俺たちは先輩だぞ」

「とてもそんなことは考えられない」

「あと一日がんばれ」

「それでどうなるっていうんだ？」

林はすっかりやる気をなくしている。

あたりまえだ。先輩たちは、ただ一年生をシゴいて喜んでいるだけだ。誠の我慢も限界に近づきつつある。

「まあ、見てろよ」

誠は林に言った。

翌日の早朝から練習が始まる。

一年生は、朝五時起きで、早朝練習にやってくる先輩たちを待ち受けなければならない。ごそごそと起き出す一年生たちに、誠は言った。

「行くことはねえよ。朝練なんて、やりたいやつがやればいいんだ」

誠は再びごろりと蒲団《ふとん》に横たわった。ほかの三人はすっかり怯《おび》えている。こそこそと出かけようとするやつもいた。

誠が凄味《すごみ》をきかせて言った。

「そこにいろ。もう一眠りだ。でないと、体がもたねえ」

部屋を出ようとしていたやつは、出入り口で立ち尽くしている。

林が誠に言った。

「どうしようってんだ？」

「ストライキだよ」

そうこうしているうちに、二年生が怒鳴り込んできた。内山という名の先輩だ。

「おまえら、何やってんだ」

すさまじい怒りの形相だ。おそらく、上級生にこっぴどく怒鳴られたのだろう。一年生のしつけは二年生の責任だ。

「朝練はパスします」

誠が言った。「どうせ、ランニングさせられたり、ウサギ跳びをやらされるのは一年だけなんでしょう」

戸口の内山は、絶句した。それから、どすどすと床をならして誠に近づき、ジャージの胸ぐらをつかんだ。

「きさま、何のつもりだ？」

「手を離してくださいよ」

誠は内山を睨《にら》みつけた。もともと気に入らない二年生だった。

「何だと？」

誠は、相手にジャージを握らせたまま、腰を鋭く捻《ひね》った。それだけで、内山は蒲団の上に転がった。

顔面を怒りで赤く染めた内山は飛び起きた。

「全員、そこに座れ」

誠は言った。

「やだね。どうしても朝練に出ろって言うなら、俺たち全員荷物まとめて出ていきますよ」

「そんなことができると思っているのか？」

「できない理由はないでしょう。俺たち、監禁されてるわけじゃないんだ」

成り行きを見守っている林たち一年生の顔面は蒼白《そうはく》だった。

「待ってろ。先輩を呼んでくる。そこを動くな」

「三年生を呼んできてどうしようってんですか？」

「きさまの根性を叩《たた》き直してやる」

「そういうことなら、わざわざおいで願うこともありませんよ。こっちから出向きます。さあ、行きましょう」

内山は、何か言いたげに誠を睨みつけていたが、やがて踵《きびす》を返すと部屋を出た。誠はすぐ後ろに続いた。

三人の一年生を従える形になった。林が後ろからそっと言った。

「おい、どうする気だ……？」

その声には非難の響きがあった。林たちは怯えている。誠の反乱によって、一年生がさらに先輩からひどい目にあうと考えており、それが恐ろしいのだ。

「なるようになるさ」

誠も小声で言葉を返した。「腹をくれよ」

グラウンドでは、二年生と三年生が怒りの表情で待ち受けていた。内山は、三年生の前で気をつけをして報告した。

「オス。連れてまいりました」

三年生の中には竹刀《しない》を持っている者もいる。まず、彼らは何も言わず一年生たちを睨みつけた。無言で威嚇《いかく》しているのだ。

林たち三人は生きた心地がしないだろうと、誠は思った。これから今まで以上のシゴキが始まるとしか考えていないはずだ。

だが、誠はまったく別のことを考えていた。三年生は十二人、二年生は九人、合わせて二十一人だ。三年は全員黒帯だが、ほとんどが初段だ。二年生の黒帯は三人だけ。あとは茶帯か緑帯だ。

中学生のときに黒帯になり、高校生で二段を取った。初段になりたてと二段とでは実力は雲泥《うんでい》の差だ。

誠は冷静に考えた。

こいつらを全員やっつけるのに、どれくらいかかるだろう。

問題は三年で主将をつとめる犬養《いぬかい》と、二年の学年マネージャー、杉田の二人だ。この二人は、誠と同様に大学に入る前から空手をやっており、段位も二段だ。

だが、やってやれないことはないと誠は思った。誠は、これまでずっとおとなしく言われることだけをやってきた。

本気で空手の実力を見せたことがなかった。基礎体力作りや基本の突き蹴りばかりで、その機会もなかったし、見せる必要もないと思っていた。

先輩たちは、誠の実力を知らない。それが利点だ。

まず、実力者の二人をやっつける。そうすれば、残りは烏合《うごう》の衆だ。誠は頭の中でそう計画を練っていた。

副主将の武内が怒鳴った。

「一年坊。朝練に遅れるとはどういうつもりだ」

次の瞬間、鋭い音が響いた。三年の一人が手にした竹刀で地面を強く打ったのだ。林たちがびくりとすくみ上がるのが見えた。

脅しをかけるのに竹刀の音はなかなか有効だ。

誠は平然としていた。

「遅れたわけじゃありません。今日は休みます」

武内副主将は、さきほどの内山と同様に目を丸くして言葉を呑《の》み込んだ。こんな事態に直面したことがないに違いない。どうしていいかわからない様子で主将の犬養を見た。

犬養は、無言で誠を見据えている。その眼にはさすがに威圧感がある。

武内副主将は、誠に向き直ると言った。

「そこに正座しろ。根性を叩き直してやる」

語彙《ごい》が乏しい。誠はそう思った。内山と言うことが同じだ。

誠は、鼻の頭をかいた。

「ああいう練習に耐えると、さぞかし強くなるんでしょうね」

「何だと？」

「先輩がたは、一年生のときに、同じような練習をこなしてきたわけでしょう？」

「あたりまえだ」

「ならば、自分よりずっと強いわけだ」

武内の顔面が青白くなった。激しい怒りのせいだ。

「ふざけやがって……。そいつを、いやというほどわからせてやる」

武内は、組み手の構えを取った。

前屈立ちという基本の立ち方だ。前後に足を大きく開き、前の脚の膝《ひざ》を深く折る。両手は、胸のあたりに構えている。

誠は、膝を軽く曲げてはすに構えた。

「お相手させていただきますよ」

武内は頭に来ている。

これは練習でもなければ試合でもない。十中八九、武内は顔面に突きを飛ばしてくる。誠はそう読んでいた。

武内が吼《ほ》えた。

次の瞬間、左手の拳を誠の顔面に飛ばしてくる。学生空手の組み手で多用されるスピード重視の突きだ。

同時に誠は、前方にある左足を進め、姿勢を低くした。右の正拳《せいけん》突きを思い切り相手の鳩尾《みぞおち》に打ち込む。容赦しなかった。

完全にカウンターのタイミングで、誠の突きが決まった。

一瞬、凍り付いたように武内の動きが止まった。虚空《こくう》を見つめている。その眼から光が失《う》せた。

ぐえ……。

武内の喉の奥から不気味な音が洩《も》れた。武内はそのまま前のめりに倒れた。餌《えさ》を求める鯉《こい》のように口をぱくぱくさせている。

横隔膜が痙攣《けいれん》して呼吸ができなくなっているのだ。

誠は、軽く膝を曲げた構えのまま武内を見下ろしていた。

やっちまったな……。もう、後には引けない。

三年生が色めき立った。

「待ってください」

二年生の中から声が上がった。「自分にやらせてください」

二段の杉田だ。主将に次ぐ実力者だ。

ここが正念場だと思った。

杉田が歩み出て、誠の前に立つ。誠は、膝を少しだけ曲げて、はすに構えた。スタンスは肩幅ほどだ。

杉田は、やはり深い前屈立ちで構えた。組み手試合で、そういう構えをするように訓練されているのだ。だが、実戦的ではないと誠は思った。

杉田は自信に満ちている。どうやって料理しようか考えている顔だ。相手が余裕を見せているのに付き合う必要はない。

誠は、いきなり上段の回し蹴りを見舞った。これが、嘘《うそ》のように見事に決まった。

側頭部に誠の回し蹴りを食らった杉田は、糸が切れた操り人形のように地面に倒れた。脳震盪《のうしんとう》を起こしているだろう。

杉田は何もできなかった。まさか、一年生が上段の回し蹴りを出すとは思ってもいなかったのだろう。

油断するからだ。誠は思った。

先輩たちは、声もなく立ち尽くしている。どうしていいかわからない様子だ。

さて、次は主将の犬養が出てくるかな……。二人を倒した後となると、犬養は慎重になるだろう。

手強《てごわ》いだろうが、まあ、何とかなるだろう。こなした試合は、こっちのほうがずっと多いはずだ。

誠はそんなことを考えていた。

主将さえ倒せば、あとは体力勝負だ。複数を相手にすることになるので、無事では済まないかもしれないが、ただでやられる気はない。いざとなれば相手の骨の一本や二本、折るつもりでいた。

誠は犬養を見た。

犬養は目を丸くしていた。

たまげているな。誠は思った。

相手の度肝を抜いた。それだけでも、戦いは有利になる。

犬養は、驚きの表情のまま誠を見つめている。やがて、彼は一歩前に出た。

来るか……。

誠は身構える。

犬養は、目を丸くしたままで言った。

「おまえ、強いなあ……」

気が抜けるようなのんびりした声だった。

誠は言った。

「はい。強いです」

とたんに犬養はうれしそうな顔になった。

「おい、今年の新人戦はいけるかもしれないぞ。いや、新人戦だけじゃない。こいつ、かなりのところまで行くぞ」

その一言で場の雰囲気が変わった。

ようやくダメージから回復した様子の武内と杉田が地面に尻餅《しりもち》をついたままで、ぽかんと犬養を見ていた。

「こんな練習に付き合わされていたんじゃ、試合で勝てなくなりますよ」

誠は言った。

「ほう、そうか」

犬養が、また驚いたような表情になった。

「はい。無駄な練習が多すぎます。強い大学はもっと合理的な練習をしているはずです」

「じゃ、どうすりゃいい？」

「自分に一年生を任せてくれれば、個人戦だけじゃなく、団体戦も狙《ねら》えるようにしてみせますよ」

「でも、四人じゃチームを組めない。団体戦は一チーム五人だ」

「一人なんとかすればいいんでしょう？」

「おお。勧誘してくれるか？」

「やってみますよ」

「よし、じゃあ、今日からさっそく一年の練習をおまえに任せよう。さ、そうと決まれば朝飯だ」

犬養はそう言うと、さっさと宿舎に向かった。上級生たちは、煙《けむ》に巻かれたような顔つきでその後に続いた。もう、誠に何かを言う上級生はいなかった。

誠は、気が抜けて立ち尽くしていた。

林と残り二人の一年生もぽかんとした顔つきで上級生たちの後ろ姿を見ている。

「まいったな……」

思わず誠はつぶやいていた。「ありゃ、たいした人だ」

犬養にうまく乗せられたのはわかっていた。だが、言ったからにはやらなければならない。誠は、まず一本釣りで勧誘を始めた。まだ、「空手バカ一代」やブルース・リーの洗礼を受けた連中がたくさんいた。知り合いに片っ端から声をかけ、なんとか一人入部させることができた。

空手はまったくの初心者だったが、高校時代に柔道をやっていたというやつだった。体力があり、稽古についてこられるだけでもめっけものだった。

誠は、一年生に徹底的に技術を仕込んだ。

一年生たちも、合理的な練習ならば多少きつくても文句は言わなかった。技術の習得に主眼を置けば、興味がわく。興味がわけば、練習に主体的に取り組むようになる。主体的に取り組めば、きつさをそれほど感じなくなる。

事実、練習量は先輩からシゴかれていたときよりも増えていたが、誰も音を上げなかった。

秋の新人戦で、誠は期待通り優勝した。そして、一年生のチームを準優勝に導いたのだった。

それから、空手漬けの生活となった。月曜日から金曜日までは大学の稽古がある。土曜日には以前から通っていた道場で練習をした。

キャンパスの中は、全共闘運動の嵐《あらし》が吹き荒れた後のしらけたムードが漂っていた。学生たちは無目的にキャンパスをうろつき、仲間を見つけては喫茶店や麻雀《マージャン》荘に出かけていく。

大きな立て看板《タテカン》と、空虚に響くアジ演説だけが、学生運動の名残を感じさせた。思い出したようにセクトの内ゲバがあったが、大半の学生はすでに無関心だった。

そんな時期に、誠はひたすら空手をやっていた。二年生のときに、都大会で優勝した。三年でも地区大会優勝、全国大会出場と華々しい活躍をした。誠に引っぱられる形で、空手部全体の対戦成績も上がった。四年になり、クラスメートたちが就職活動をしているときも、空手部に顔を出して指導をしていた。

林たちはすでに事実上、部を引退していた。気がつくと、誠は就職戦線から取り残された形になっていた。

就職は買い手市場だ。なかなか思うような職が見つからない。すでに内定を決めている連中もいる。

そして、秋風が立つ頃、誠はようやく真剣に将来のことを考えるようになった。大学の就職相談室に行って話を聞いた。だが、担当職員の言うことはどうもぴんと来なかった。

体育会出身ならば、営業職などで有利だと言われた。だが、口べたでのんびりした性格の誠は、とても自分が営業に向いているとは思えなかった。

会社につとめること自体が耐えられないような気がする。空手を活《い》かして警察官か自衛官になるという手もあるが、それも気が進まない。空手を将来に活かすという点はいい。だが、警察官になるのは、どこか違うという思いがつきまとった。

キャンパスの木々が色づき、枯れ葉がアスファルトの地面を舞った。日が短くなり、夕暮れになると風が冷たかった。

ぼんやりとベンチに腰かけていると、声をかけられた。夕暮れの中に、髪を七三に分け、紺色の背広を来た男が立っていた。

よく見ると林だった。彼はすでにアパレルメーカーの内定をもらっていると言っていた。

「どうだ、就職は？」

林が隣に腰を下ろすと言った。

誠はかぶりを振った。

「どうも、社会人になるってのが、実感できなくてな……」

「おまえのおかげで、充実した学生生活だったよ」

「皮肉かよ、それ」

「本気だよ。一年の合宿な、俺、一生忘れないぜ。あのとき空手やめてたら、つまんねえ学生生活だったと思うよ」

「よせよ、くすぐったくなる」

林は、しばらく無言でキャンパスを眺めていた。北風が木の葉を揺らす。夕暮れは次第に色濃くなり、あたりは青く沈んでいく。

林が唐突に言った。

「おまえ、空手続けるんだろう？」

誠は溜《た》め息《いき》をついた。

「就職したら、どうなるかわからん」

「続けろよ。空手の道場でもやればいい」

「空手でなんか食っていけない」

「新しい道場を作るとかさ……。ブルース・リーだって、二十代で截拳道を作ったんじゃないか」

「あの人は特別だよ」

誠は苦笑まじりに言った。「神様だよ」

林は言った。

「おまえだって、俺たちから見れば特別だ」

誠は林が冗談を言ったのだと思い、笑いながら彼の顔を見た。林は真剣な顔をしていた。

「そしてな」

林は言った。「ブルース・リーだって、神様じゃない。人間なんだ」

誠は笑いを消し去った。

林のこの一言が誠の心を動かした。

「燃えよドラゴン」を観終わったときの興奮がよみがえった。それは、同時に、香港映画に対する憧《あこが》れの気持ちを呼び覚ました。

そうだ。空手を活かすには、そういう方法もあったのだ。

誠は気づいた。

香港映画のアクションは本物だ。本物の武道なのだ。

「俺もブルース・リーのように生きられるということか」

「おまえなら、できるさ」

ブルース・リーのように生きる。

心の中でそう繰り返したとき、誠はふと思い出したことがあった。

「そういえば、日本の役者が香港でアクションスターになったよな……」

「倉田保昭《くらたやすあき》だ。『Gメン'75』に出てる」

「俺にもできるかな……」

林は、誠を見た。

「やってやれないこと、ないんじゃないか」

香港でアクション俳優になる。その思いつきは、就職問題で暗くなっていた誠の心に一筋の光を投げかけた。

どんな職に就くことを想像してもただ落ち込むだけだったのに、香港映画のことを考えただけで、急に気分が明るくなった。

日が経《た》つにつれ、香港映画界への思いは強まっていった。日本で気が向かない仕事に就くくらいなら、香港へ行こう。同じ就職の苦労をするのだったら、香港でアクション俳優になるための苦労をしたほうがずっといい。

そう考えるようになるまで、それほど時間はかからなかった。

さっそく香港についての情報を集め、準備を始めた。大学を卒業した年の六月、誠は本当に香港に渡ったのだった。

# 3

「香港のホテルは高い。日本人料金があるしな……。ホテルなんぞに泊まっていたら、たちまち金がなくなるぞ」

関戸がそう言ってやってきたのは、九龍《カオルン》の佐敦道《ジョーダン・ロード》という賑《にぎ》やかな通りだった。誠は、その光景に圧倒された。

無数の看板が道の両側のビルから横に突き出している。原色の文字が襲いかかってくるようだ。漢字が並んでいるのだが、やはり日本語とは違う。意味のわからない看板が多い。

道の両側は高いビルだが、おそろしく雑然としたイメージがある。ベランダには洗濯物がはためき、鉢植えが並び、さらに壊れた機械が放り出されている。

どうやら、ビルの一階はすべて商店だが、上の階は住居になっているらしい。その暮しぶりの奔放さがそのままビル全体の無秩序さとなって現れている。

通りは、まさにビルの谷間だった。

都会の表現としてビルの谷間という言葉を使う。だが、たいていその言葉は無機質さを表している。

この通りは違う。住んでいる人々が、好き勝手に窓の外に何かを付け足したり、削ったりしているせいで、ビルは有機的に見える。そしてその無秩序を詰め込んだビルはおそろしく高いのだ。

　ビルに挟まれた通りの幅は狭く、本当に谷間のような感じがする。

「泊まるなら、ここにしな」

　関戸は、古いビルの小さな入り口を指さした。洞窟《どうくつ》のようだなと誠は思った。中を見ると、突き当たりが、上に向かう階段になっている。

　階段の上では、切れかけた蛍光灯が瞬《またた》いている。そこに、カタカナで「ハッピーハウス」と書かれた看板があった。

　壁は薄汚れ、湿ったにおいがする。

「何ですここは……」

　階段の上を見やりながら、誠は尋ねた。あまり物事を気にしないたちの誠も、さすがに不気味に感じた。

「ドミトリだ。旅行者などが泊まる。ここは日本人専用だから安心して滞在できる。俺も香港に来てしばらくはここにいたんだ」

　中に入ると、左手に本棚があり、右手に古い応接セットがあった。テーブルの塗料はところどころはげ落ち、ソファはすり切れていた。

　本棚には、日本の文庫本などが並んでいる。その本棚の向こうに二段ベッドがあった。

それらはカーテンで仕切られている。

応接セットに腰かけて本を読んでいる若者がいた。誠と同じくらいの年齢で、髪を肩くらいまで伸ばしている。

関戸はその若者に尋ねた。

「山本さん、いるかい？」

若者は奥にいますとこたえた。

突き当たりにドアがある。関戸はそちらに進んだ。ドアの向こうにはトイレとシャワーがいっしょになった小部屋があった。そこの掃除をしている男がこちらを見た。

中年の日本人だ。髪はぼさぼさで、無精ひげが伸びている。猜疑心《さいぎしん》に満ちた眼を向けたが、関戸を見ると険しい表情が幾分かやわらいだ。

「ベッド、空いてるかい」

関戸が尋ねると、山本と呼ばれた日本人は手にしていたモップを壁に立てかけ、洗面台に置いてあったタオルで手を拭《ふ》いた。

「空いてるよ」

山本は再び訝《いぶか》しげな眼差《まなざ》しを誠に向けた。

「紹介しよう」

関戸が言った。「長岡誠。大学空手部の後輩だ」

山本は、関心なさそうな顔でうなずき、手を差し出した。

「山本だ」

関戸が説明した。

「ここの経営者兼管理人だ」

誠は差し出された手を握った。意外に力強い握手だった。

「当分世話になるよ」

関戸が山本に言った。山本は「わかった」とだけ言った。

誠は頭を下げた。

「よろしくお願いします」

「俺は金だけちゃんともらえれば文句はない」

山本は、トイレ兼シャワールームを出ると、誠をベッドに案内した。二段ベッドの上の段だった。

「ここを使ってくれ。荷物は?」

誠は、背中のバックパックを親指で指し示した。

「これだけです」

「荷物は自分で管理してくれ。盗難その他のトラブルに関して、俺は一切タッチしない」

山本は木製のロッカーの鍵《かぎ》をくれた。あまり防犯の役に立ちそうにないロッカーだったが、ないよりはましだった。

「わかりました」

どうせバックパックの中には洗面道具とわずかな着替えが入っているだけだ。盗まれたとしてもどうということはない。金はいつも身につけている。

泊まるところが決まると、ようやく気分が落ち着いてきた。ドミトリはとても快適とはいえそうにないが、ベッドとシャワーがあれば、文句はない。観光旅行に来たわけではないのだ。

「ここにいれば、いいこともある」

関戸は言った。「日本人のエキストラが必要なときに、映画関係者がここにやってきて人を集めたりする」

「エキストラですか……」

「不満そうな顔をするな。あらゆるチャンスを逃さないようにすることだ。さて、宿も決まったし、ちょっと早いが夕食にするか」

ありがたいと誠は思った。さっきから、喉が渇いていた。緊張のせいで食欲はなかったが、考えてみたら、機内で軽食をとっただけだった。

バックパックをロッカーに放り込み、鍵をかけると、誠は関戸について外に出た。

夕刻になり、看板や店先に明かりが灯《とも》ると、街は雑然とした華やかさに包まれた。

「香港で高い金を出してメシを食うやつはばかだ」

関戸は言って、ジョーダン・ロードに面した小さな店に誠を連れて行った。どう見ても大衆食堂だ。歩道に水槽が並んでおり、その中で、魚が泳ぎ、エビがうごめいている。そこで、関戸は焼いた鳩《はと》やらシャコの揚げ物やら魚の揚げ物やらを注文した。

大きな魚が丸ごと一匹出てきた。シャコは殻ごと揚げてある。日本で見るシャコとは違い、やたらにでかい。殻をむこうとすると棘《とげ》が指に刺さる。だが、驚くほどうまかった。

鳩は見た目にはグロテスクだ。なにせ、くちばしがついたままの頭部まで出てくる。関戸は、この脳味噌《のうみそ》がうまいんだと言って、鳩の小さな頭を前歯で嚙《か》みちぎった。

食ってみると、これもまたうまかった。ビールで喉の渇きがいえると、猛然と食欲が出てきた。

周囲のテーブルはやけにきたならしい。見ると、テーブルクロスの上に鳥の骨やら貝の殻などが散らばっている。客たちは、平気でそういうものをテーブルの上に放り出すのだ。それが香港の習慣らしい。

食事は上品にするものではないらしい。がつがつと食っては、ぺっと骨や殻を吐き出す。誠はそれが気に入り、さっそくまねをした。郷に入れば郷に従えだ。

料理はどれもこれもうまく、いくらでも食えそうな気がした。すっかり満腹すると、関戸が会計をした。きっちり金額を半分にして、誠に告げる。割り勘なのだ。

店を出ると、街はさらに賑わってきていた。

「さて、俺はこれから人に会わなければならない」

関戸は言った。

誠は頭を下げた。

「今日はありがとうございました。これからもいろいろと面倒かけると思いますが、よろしくお願いします」

「一言いっておくがな……」

関戸は言った。「おまえはやりたいことがあって香港にやってきたんだろう。ならば、自分でなんとかしろ。俺に頼るな。俺はおまえの夢に付き合う義理はない。香港にやってきた日本人はみな自分で必死に生きている」

関戸が言っていることが正しい。

誠は充分に理解している。にもかかわらず、やはり、突き放されたような気分になった。

「わかりました」

誠は、軽いショックを受けた状態のまま、反射的にそうこたえていた。

ドミトリのベッドに潜り込んだ誠は、これまでのことを思い出し、これからのことを思いやった。

関戸は、彼自身で山本に語ったように、誠の大学空手部の二年先輩だった。

誠が二年生になった年、関戸は大学を休学して海外を放浪する旅に出た。インドや東南アジアを回った末に、香港に落ち着き、やがて、そこに住み着いてしまった。

誠が香港行きを決心するにあたっては、この関戸のことが頭にあったのは否定できない。卒業間際《まぎわ》にさっそく手紙を出した。

香港でアクション俳優の仕事をしたいと思っていることを有り体に書いた。

二週間後に返事が来た。

何でも関戸はガイドや通訳として働いており、香港映画界の仕事もしているという。やってくるなら、日時を知らせろとある。電話番号が書いてあった。

誠は、その言葉に甘え、出発日と搭乗便を電話で知らせた。関戸がいてくれると思うと心強かった。

だが、その考えが少々甘かったことを、さきほど思い知らされた。

チャンスは自分でつかめということだな。

この先どうなるのだろう。不安だが、誠はなんとかなるだろうと思っていた。

数人の友人にしか香港行きのことは教えなかった。

その中の一人に、「倉田保昭という日本人が香港映画界で大活躍しているらしい。俺もそれを目指している」と語った。

相手は言った。

「あの人とおまえとでは条件が違いすぎるよ」

どういうことだ、と尋ねると、その友人は教えてくれた。

「倉田保昭は、日本で香港の映画会社のオーディションを受けたんだ。そして、その会社の社長の眼に止まった。香港の空港に降り立ったときから、すでにスターだったんだ。日本からやってきたアクションスターという触れ込みで、空港で記者会見まで開かれたそうだよ」

「どうしてそんなに詳しいんだ？」

「俺だって、ブルース・リーのファンだ。おかげで香港映画のファンになっちまったってわけだ」

「香港映画に詳しいのか？」

「多少はな。肝腎《かんじん》のおまえはどうなんだ？」

「いや、ブルース・リーの映画くらいしか知らないな……」

「おい、そんなんでだいじょうぶかよ」

その友人は驚いた顔で言った。

「だいじょうぶだろう」

誠はこたえた。「別に評論家になるわけじゃない。俺は映画に出演するために香港に行くんだ」

そのときの友人のあきれた顔は忘れられない。

やはり疲れていたのだろう。そんなことを思い出しているうちに、誠は眠りに落ちていた。

瞬く間に二日が過ぎた。誠は、ドミトリの周りを歩き回り、土地勘をつけようとした。ネイザン・ロードは九龍の中心地を縦断する大通りだ。ジョーダン・ロードと交差している。ネイザン・ロードに出て、散策することにした。のんびり歩くつもりだったが、まわりの通行人はみな足早だ。つられて歩調が速くなる。

日本から観光ガイドの本を持ってきていたので、歩き回るのには苦労しなかった。

食事はたいてい、最初の日に関戸が連れて行ってくれた店で済ませた。メニューには広東語しか書いてないが、そばのテーブルの客が食っているものを指さすと、それで意図は通じる。

夕食を済ませてドミトリに戻ると、山本がメモを寄こした。関戸から電話があり、その伝言だという。

メモには「連絡をくれ」とあった。電話番号が書かれている。山本に電話のありかを尋ねた。カウンターの中にダイヤル式の旧式な電話があった。ただで貸してくれるという。

電話をかけると、関戸は言った。

「明日の朝、ショウ・ブラザーズに行く用事がある。行ってみるか？」

ショウ・ブラザーズが香港一の映画会社であることは、もちろん知っていた。

「お願いします」

「じゃあ、八時半に迎えに行く」

電話が切れた。

へえ、ショウ・ブラザーズに連れて行ってくれるのか。

誠は思った。

関戸先輩もたいしたものだな。

まるで、他人事《ひとごと》のような気分だった。

翌日、誠は持っている中で一番上等の服を着た。ジーパンにTシャツではあんまりだと思ったのだ。リクルートスーツとして買った紺色のスーツだった。

バックパックに詰め込んでいたが、安い化繊のスーツだったおかげでそれほど皺《しわ》も目立たない。

約束の時間に迎えに来た関戸は、その姿を見て目を丸くした。

「ずいぶんめかし込んでるじゃないか。どうしたんだ？」

「ショウ・ブラザーズに行くんでしょう？」

「そうだが……」

「だったら、ちゃんとした恰好《かっこう》をしようと思って……」

「そんな必要ないよ。ネクタイと上着はいらない。暑くて汗だくになっちまうぞ」

たしかに気温は三十度を超えているし、湿度もおそろしく高い。

誠は言われたとおりに上着を脱いでネクタイを取った。それをロッカーに戻すと、関戸に連れられてドミトリを後にした。

関戸がやってきたのは、尖沙咀《チムサアチョイ》にいくつもある観光客相手の高級ホテルの一つだ。誠はどうしてこんなところに来るのだろうと疑問に思ったが、何も尋ねなかった。

広いロビーに日本人の団体客がいた。十人ほどで固まって談笑している。年齢はまちまちだ。上は五十代から下は二十代前半といったところだ。

男女比は、ほぼ半々だ。

関戸はその集団に近づいた。

「ええと、名所ツアーのみなさんですね？」

集団がいっせいに関戸のほうを見た。全員、胸に同じプラスチックのバッジを付けている。はっきりと返事する者はいない。

関戸はそういう相手の反応に慣れている様子だった。

「ガイドの関戸と申します。どうぞ、よろしくお願いします」

誠はどうしていいかわからず、関戸の後ろでたたずんでいた。

関戸は書類を取り出し、てきぱきと名前を読み上げていく。全員の名前を確認すると、関戸は出入り口に向かった。

「こちらです。これからバスに乗っていただきます」

それから、ぼんやりと突っ立っている誠に小声で言った。

「このグループに便乗させてやる。特別だぞ。さあ、おまえもバスに乗れ」

ホテルの外にはマイクロバスが駐車していた。中国人の運転手に書類を手渡すと、運転手は無愛想にうなずいた。

それから、バスは九龍の観光名所を回りながら、東へ向かった。

誠はようやく気づいた。

ショウ・ブラザーズに行くというから、誰か映画関係者を紹介してくれるのかと思っていたが、どうやらそうではないらしい。

バスは街を離れてどんどん郊外へ向かい山の中に入っていく。中心街から東へ向かっているようだ。二時間以上走った。あちらこちらに寄りながらの走行だから、距離にすると二十キロほどだろうか。こんなところに何があるのかと誠が思いはじめた頃、急に目の前が開けた。

その丘は花に囲まれていた。日本人の誠からすれば、赤や黄色の毒々しいまでに鮮やかな原色の花だ。

丘の上には一つの街があった。本当に誠はそう感じた。大きな倉庫のような建物がいくつも並んでいる。

その脇《わき》には、パステルグリーンのビルが建っていた。ドアや窓に白い縁取りがあり、まるでケーキのような建物だと誠は思った。

「ショウ・ブラザーズです」

関戸が観光客に言った。「ここで、数々の香港映画が作られたことは、今さら私が説明するまでもないでしょう」

観光客たちは、食い入るように車窓から立ち並ぶ建物を見ている。大きな倉庫のように見えたのは、すべてスタジオなのだ。

溜め息を洩らす客もいる。

バスが門番のいるゲートを通過して、敷地内に入った。観光客たちは、一刻も早くバスを降りて見学をしたい様子だ。

「いや、本当にショウ・ブラザーズの見学ができるなんて、夢のようだね」

中年男が話しかけてきた。中年だが、髪を長くして鬚《ひげ》を生やしている。ベルボトムのジーパンをはいているが、太っているので似合っていない。

「そうですか」

誠はぼそりとこたえた。

「君だって、香港映画が好きでこのツアーに参加したのだろう？」

「ええ、まあ、香港映画は好きですけどね……」

「そうだろう。私にとっては、ここはハリウッド以上に魅力的だよ」

ジーパンをはいた鬚の中年男はうっとりとした顔で言った。

世事にうとい誠にも、様子がわかりはじめた。どうやら、彼らは香港映画のファンらしい。映画に刺激されて香港ツアーに参加した連中だ。ツアーの最大の呼び物がこのショウ・ブラザーズの見学なのだ。

だが、誠は見学だけで満足するわけにはいかない。

誠は、集団の最後尾について撮影所内を見学した。スタジオは十五ある。外には、古い時代の中国の町並みが出来上がっていた。京都の撮影所みたいだと誠は感じた。

だが、京都とは活気が違う。どのスタジオでもさかんに作業が行われているし、外のセットでも撮影の最中だった。

とにかく、動き回っている人々の数が多い。上半身裸で汗にまみれ作業を続けるスタッフたち。出番を待つエキストラの人々。そして、声高に打ち合わせをする役者たち。

あの役者たちは、アクション専門のスタントか何かに違いない。誠はそう見当をつけた。

みな、背は低いが鍛え上げられたいい体をしている。

関戸は、スタッフの一人に声をかけた。そのスタッフはどうやら大道具の係のようだ。大道具係は、面倒くさげに広東語《カントン》で何かを言った。関戸は見苦しいくらいにへつらって見せた。大道具係は、顎《あご》をしゃくるようにして何か言った。

あっちへ行けという仕草だ。

関戸は、愛想笑いを浮かべ、何度も礼を言った。

「みなさん、こちらで実際の撮影を見学できるそうです」

関戸は一つのスタジオに観光客を連れて行った。スタジオの出入り口で彼は観光客たちに言った。

「中では決して声を立てないでください。特にカメラが回っているときに話をしたり物音を立てるのは厳禁です。いいですね」

観光客たちは、それぞれに了解したことを示した。

スタジオの中は暗かった。埃《ほこり》っぽく、独特のにおいがする。汗とメーキャップと塗料のにおいが入り交じっている。

一所だけが明るく照らし出されている。天井のバーにつり下げられたライトや、スタンドのライトが、スタジオの一角に当てられているのだ。

その場所だけが華やかだった。まさに別世界が出来上がっている。

「キャメラ・スタート」

誰かの声がした。その声が復唱される。

「アクション」

いきなり格闘が始まった。

主役と悪役の戦いらしい。

すさまじい手技の応酬だ。たちまち、二人の役者は汗まみれになる。蹴りを出し、それを受け、さらに反撃。

足元から埃が舞い上がる。汗が飛び散り、体を打つ音が実際に聞こえる。

本当の格闘を見ているようだ。誠の眼はたちまちその場に釘付《くぎづ》けになった。二人の役者は本気で戦っている。そうとしか見えない。

スタジオ内は緊張に包まれている。誰もが二人の格闘をじっと見つめている。

主役の蹴りが決まった。悪役は吹っ飛び、セットの端に置いてあった机に激突。机がばらばらになった。

「カット」

監督の声が飛ぶ。

ノーカットで延々と格闘を撮りつづけたのだ。とたんに、スタジオ内がざわめいた。監督の指示が飛び、スタッフが駆け回る。一度ばらばらになった机が再び組み上げられた。

「アレキサンダー・フーシェン……」

ジーパンに鬚の中年男が、つぶやいた。見ると、信じられないものを見ているような顔をしている。

「誰です？」

思わず誠は尋ねていた。

「知らないのか？」

ジーパンの中年男は、驚いたように誠の顔を見た。

「あの役者ですか？」

「そうだよ。『嵐を呼ぶドラゴン』に出演していた。日本では公開されていない映画に数多く出演している。香港では人気の武打星だ」

「ブダセイ……？」

「武士の武に打撃の打、それに星と書く。香港では、カンフー映画のアクションスターをそう呼ぶんだ」

「武打星……」

「アレキサンダー・フーシェンは、ショウ・ブラザーズの黄金時代を担《にな》った一人だ」

「黄金時代を担った……？　今はそうじゃないんですか？」

ジーパンの中年男は、顔をしかめた。

「残念ながら、香港の黒澤明《くろさわあきら》と呼ばれた、チャン・ツァーも、もう人気は下り坂だ。何といっても、ゴールデン・ハーヴェストのほうが勢いがある」

その名は知っていた。

「ブルース・リーの映画を撮った会社ですね」

「そう。ブルース・リー亡《な》き後も、サモ・ハン・キンポーが頑張っている」

「ああ、デブゴンですね。去年、映画を観ました。たしか、『燃えよドラゴン』にも出ていましたね」

「サモ・ハン・キンポーは数多くの映画に出演している名脇役であり、カンフーの実力派だ。京劇のアカデミーを出ている」

「詳しいですね」

誠は、すっかり感心してしまった。

「まあな。映画を観るためだけに、何度も香港に来ているからな」

「へえ……」

しっと関戸が人差し指を唇に当てた。

再び、スタッフが位置についた。

カメラが回りはじめる。

ジーパンの中年男が、アレキサンダー・フーシェンと呼んだ役者が再び敵役と対峙《たいじ》した。

「アクション」の声で、格闘が始まる。

　驚いたことに、さきほどと同じ格闘が繰り広げられる。だが、微妙に違っていた。蹴りはいっそう派手になり、敵の反撃が厳しくなった。

　フーシェンも何発か打撃を食らっている。肉を打つ音が聞こえてくる。

　最後は、さきほどと同じく、敵役がフーシェンの蹴りで吹っ飛び、机をばらばらにした。前回よりもいっそう勢いが増していた。

「カット」の声。

　こんどはＯＫが出たようだ。

　セットのばらしが始まる。

「さ、邪魔になるから出ましょう」

　関戸が観光客たちに言った。

　誠は、目の前で格闘を見せられ、すっかり血が熱くなっていた。いても立ってもいられないような気分だ。

　俺は何をのんきにスタジオ見学なんぞやってるんだ……。

　のんびり屋でくよくよ悩むことのない誠にしては珍しいことだった。

　やがて、観光客たちはバスに乗ってアバディーンに向かった。船上レストランで食事をするのだ。

客たちをレストランに送り込むと、関戸は誠に言った。

「俺たちの分の料理はないよ。マイクロバスの中で待つんだ」

なるほど、観光客はその分の料金を支払っている。ガイドや単に観光に便乗した誠の料理が用意されていないのはあたりまえだ。

マイクロバスには運転手もいた。運転手はむっつりと湾の明かりを眺めている。話をしようとはしない。関戸も話しかけなかった。

誠は、関戸に言った。

「ゴールデン・ハーヴェストに知り合いはいませんか？」

関戸は誠の顔を見た。

「ハーヴェスト？　いないこともないが……」

「紹介してください。仕事をしたいんです」

「おまえ、本当に何のつてもなく香港にやってきたのか？」

「先輩がつてだと思っていました」

誠は正直に言った。包み隠さぬ性格、それが自分の取り柄だと思っていた。

関戸は、むっつりと考え込んだ。

「しょうがねえな……。おまえの面倒を見ている暇はないんだけどな……」

「紹介してくれるだけでいいです。あとは自分で何とかします」

「何とかするって、おまえ、広東語、しゃべれるのか？」

「あ、いえ……」

「英語は？」

「だめです」

「じゃあ、どうやって自分を売り込むんだ」

「空手の技を見せますよ」

関戸はあきれた顔でかぶりを振った。

「おまえ、アクション俳優になると言ったな」

「はい」

「俳優ってどういうものだか知ってんのか」

「映画に出るんでしょう」

「いいか。役者は監督の指示に従わなければならない。アクションをやるなら、相手との打ち合わせも必要だ。言葉ができずにどうやって仕事をやるつもりだ。広東語がしゃべれなければ、いつまでたっても台詞《せりふ》はもらえない」

たしかに、関戸の言うとおりだ。

「言葉は覚えます。勉強しますよ。でも、問題は言葉じゃなくて、アクションだと思います」

「香港の若者も必死なんだ。街のカンフー道場に行ってみろ。子供たちが必死でカンフーの練習をしている。なぜかわかるか？」

「強くなるためでしょう？」

「違うよ。映画に出るためだ。ブラジルで貧しい子供たちがサッカー選手を夢見て必死に練習するように、香港の貧しい子供たちは、映画に出るために必死でカンフーをやるんだ。彼らは、生活がかかっている。だから、実力も半端《はんぱ》じゃない。カンフーの層はおそろしく厚い。おまえは、そういう連中を向こうに回して勝負しようとしているんだぞ」

「おっしゃることはわかりますが、もう来ちまったものはしかたがありませんよ」

「しょうがねえな、まったく」

関戸は顔をしかめた。「ハーヴェストの知り合いを当たってみる。もしかしたら、会ってくれるという人がいるかもしれない」

「よろしくお願いします」

「あまり期待せずに待っていろ」

誠はもう一度頭を下げた。

関戸は、難しい顔のまま車窓の外の船上レストランの明かりに眼を向けた。

4

香港にやってきた当初は、何もかもが物珍しく街を歩き回るだけで面白かった。食事をするにも、言葉が通じないのであれこれ工夫する必要があった。

インド人らしい男たちが街角で、日本人と見れば声をかけている。誠も声をかけられた。「ニシモノ、ニシモノ」というのだが、最初は何のことかわからなかった。やがて、それがロレックスなどの高級時計やブランド品のイミテーションを売っているのだとわかった。インド人も怪しげだが、現地の客引きも怪しい。大通りを離れるとなんだか物騒な気がした。

だが、毎日のように同じ店に食事に行けば、店の従業員も顔を覚えてくれる。街を歩き回るにしても、ほとんどジョーダン・ロードからネイザン・ロードの繁華街のあたりを行き来するだけだった。大通りを歩いているかぎりまったく危険はない。

ドミトリの周囲の様子がだんだんわかってくると、じきに退屈してきた。体もなまってくる。

ゴールデン・ハーヴェストの誰かに面接してもらうにしても、体を動かせなければ何にもならない。

空手のトレーニングがしたかった。

地図を見ると、ドミトリの近くに大きな公園がある。九龍《カオルン》公園だ。ネイザン・ロードを左に折れ、十分ほど歩いたあたりだ。

誠は早朝に、そこに出かけていくことにした。まだ、町は本格的に動き出していない。公園は広大だった。室内の運動施設があるが、個人で借りられるものかどうかわからない。どうせ言葉が通じない。

公園ならばただで使える。

あちらこちらでゆっくりと体を動かしている老人の姿があった。太極拳《たいきょくけん》だ。なんとも健全な光景だ。

これならば、空手の練習をしても違和感はないと思った。

適当な広場を見つけて芝生の上で入念に準備運動を始めた。

まず手首をほぐし、次に肘《ひじ》を回す。肩のストレッチをやり、首を回す。次は足首、膝、腰とほぐしていく。充分に脚の筋肉のストレッチをやると、すでに軽く汗ばんできた。

脚を広く開き、膝を曲げて腰を落とす。相撲の四股《しこ》のような恰好なので、四股立ちと呼ばれる立ち方だ。

左右の正拳を突き出した。

腰を充分にきかせて、力強く中段を突く。五十本ほど続けた。

次は逆突き。前屈立ちになる。前後に脚を開き、前方にある脚の膝を深く曲げる。後ろの脚はできるだけぴんと伸ばす。

その状態で、前になっている脚とは逆の側の手で突く。手と脚が逆になるので逆突きの名がある。ボクシングでいうリアストレートだ。

左右それぞれ三十本ずつ突いた。

続いて左右の蹴り。自然体で立ち、左右交互に蹴りを出す。これも五十本蹴った。

その次は前屈立ちの蹴り。前屈立ちになり、後方の脚で蹴り出し、それをすばやくもとの位置に戻す。それを三十本ずつ。

大学の空手部の練習に比べれば、これでも少ないほうだ。だが、たちまち汗が噴き出し、息が上がった。

気温と湿度が高いせいもあるが、やはりしばらく練習をしていなかったことが影響しているのだ。

この程度で息を切らしているようじゃ、あのアクションはこなせない。

誠は、先日ショウ・ブラザーズで見たフーシェンのアクションを思い出していた。やはり、香港のアクションスターは本物だ。

あれだけの立ち回りをノーカットで続けるだけでもたいしたものだ。

誠はジーパンの中年男が言っていた「武打星」という言葉を思い出した。星というのは映画スターのことだろう。つまり、武術をやる映画スターという意味だ。アクションスターというより、やはり現地の言葉で呼んだほうが雰囲気が伝わってくる。誠は、武打星という言葉が気に入った。

誠は続いて、足刀蹴りの練習を始めた。足の外側で蹴る。横蹴りともいう。学連の試合などでは滅多に使われることはない。だが、ブルース・リーが映画で多用したので、誠は特に熱心に練習していた。

横に脚を開く形になるので、股関節の柔らかさが要求される。左右それぞれ、四十本ずつ蹴った。脚の筋肉は張りはじめる。だめだ。体がすっかりなまっている。

誠はあせりを感じた。早く最高のコンディションに持っていかなければ……。

基本の突き蹴りの練習が終わると、型をやりはじめた。まず、ナイファンチという型だ。移動が横一直線の短い型で、どこの流派でも比較的早い時期に習う。

だが、道場の師範から、この型は重要な型だと何度も言われていた。どこがどう重要なのかはわからない。

学生時代は組み手試合に明け暮れていたので、型のことなど深く考えたこともなかった。誠にとって型も競技の一つだった。

型競技というのは、動きの正確さと、素早さ、力強さを競うものだ。つまり運動能力の勝負なのだ。体操競技と変わらない。

ナイファンチの型も教えられたとおりに動くだけだ。動きの意味がよくわからないので、とにかく力強くやることだけを心がけた。

型の練習は見た目よりずっときつい。たちまち汗が全身から噴き出した。一汗かいてようやく体が軽くなってきた。

ナイファンチを三度繰り返し、今度は十三《セーサン》という型を練習した。

最初の突きと受けを呼吸に合わせてやるところに特徴がある。やや長い型で、一通りやり終えると、かなり疲れる。

誠はぜいぜいと息を切らせ、休みながら、十三の型も三回繰り返した。

いつの間にか、太極拳をやっていた人々がいなくなっていた。通勤に向かう人が眼に付きはじめる。街が活動を開始しようとしている。

今朝はこれくらいにしておくか。

誠は、汗をぬぐい、ドミトリに引きあげた。シャワーを浴びてから朝食を買いに出ることにした。

シャワーはトイレといっしょになっているのだが、浴槽があるわけではない。シャワーを浴びると、トイレごと床がびしょびしょになる。

最初は慌てたが、もう慣れっこになっていた。細かなことを気にしていたのでは、ここでは生活していけないようだ。幸い、誠の神経はかなり図太くできている。

近所の店で安い弁当を売っている。発泡スチロールの器に飯を盛り、その上に鶏肉や野菜の炒《いた》め物をのせただけの弁当だ。それを買ってドミトリの応接セットに座り、食った。

朝飯を食うと、もうすることがない。外に出てもただ汗をかくだけだ。ドミトリは窓もなく、空気がこもって暑苦しいが、外に出ても同じだ。

ベッドによじ登り横になっていると、眠くなってきた。いつもより早起きをしたせいだろう。こんなことをしていていいのだろうか。ふと、そう思ったが、いつしか眠ってしまっていた。シーツが汗を吸っている。だが、気にせず昼近くまで眠った。


日が沈むと、誠はまた体を動かしたくてたまらなくなった。空手の練習くらいしかすることがない。

昼間は、暑くて外に出る気も起きなかった。街の様子を見ていてもそうだ。昼間は人々は日陰にうずくまるようにしているが、日が沈むと、街に活気が出はじめる。

Tシャツとジャージのズボンをはいて九龍公園に出かけた。やはり、朝とは雰囲気が違う。

早朝は老人がたくさん散歩などに来ており、いかにも健全な雰囲気だったが、日が暮れた公園は、アベックの姿も見える。薄暗いところに集まって何事か話し合っている男たち

ッチをする。

朝と同じ場所に陣取り、準備運動を始めた。入念に全身の関節をほぐし、筋肉のストレッチをする。

筋肉の疲労が残っており、こわばった感じがするが、大学の合宿の練習量を考えるとどうということはない。

さっそく朝と同じメニューを始めた。突き蹴りの基本に、型の練習だ。朝にナイファンチと十三の型をやったので、今度は、汪揖《ワンシュウ》、抜塞《バッサイ》、阿南君《アーナンクー》の型を練習した。それぞれ三回ずつやると、全身汗まみれになり息が切れた。

いずれも、誠が道場で二段になるまでに教わった型だ。汪揖の型は、首里手の型といわれている。昔、沖縄の首里地方で士族階級に伝えられた型だ。どっしりとした四股立ちで繰り出す力強い突きが特徴だと誠は思っていた。

阿南君は、台湾の名人から沖縄に伝えられた型だと聞いた。寄せ足に特徴がある。

抜塞は古い型で、いくつもの種類が伝えられているらしい。もともとは、泊手《とまりて》といわれている。沖縄の泊港のあたりに伝えられた型だ。

変則的で柔軟な手技が特徴的で、蹴り技がほとんどない。受けと攻撃を同時にするのがもう一つの特徴だと師範に教わったことがある。

だが、誠はそれぞれの型の特徴など考えて練習していない。やはり、習ったとおりに動くだけだ。

汗を拭こうと思い、木陰に置いてあったタオルを取りに行くと、そこに一人の男が立っていた。こちらをじっと見ている。

中国人のようだ。黒い開襟《かいきん》シャツを着ている。髪は流行の長髪で、耳にかかるくらいの長さだ。ぴったりとした白いラッパズボンをはいている。

誠は、その大腿部《だいたいぶ》に眼がいった。筋肉ではちきれそうだった。

こいつ、何かやっているな。

誠はそう思った。

大腿部を見れば、そいつがどの程度の鍛錬をしているかわかる。胸や背の筋肉よりわかりやすい。

そいつの眼も気になった。誠の練習をじっと見ていたに違いない。明らかに興味を示しているのだが、友好的な感じはしない。

誠は、その男を見ながらタオルを手に取り、汗をぬぐった。彼は、相変わらず誠を見つめている。

堅気には見えなかった。東京だろうが香港だろうが、堅気でない人間のにおいは同じだ。誠は警戒していた。

ここで空手の練習をしていることが、そいつの気に障《さわ》ったのかもしれない。だが、誠にも事情がある。体をなまらせておくわけにはいかないのだ。

相手が何か言った。広東語《カントン》だった。まったくわからない。

誠は、かぶりを振った。口の前で五指を何度かむこうに向けて広げて見せ、それから手を左右に振った。言葉ができないということをジェスチャーで告げたのだ。

それでもかまわずに相手は何かをしゃべっていた。嗄《しゃが》れた声だ。年齢は三十前後に見えたが、その声には不気味な迫力があった。

香港マフィアというやつだろうか。

誠は、嫌な気分で突っ立っていた。相手の出方次第では相手をしてもいいと思った。一対一なら自信がある。

だが、相手がマフィアとなれば、後々面倒になるに違いない。どうしたものかなと考えていると、相手は唐突ににやりと笑った。

その笑いが、嘲笑《ちょうしょう》のように見えて、誠はむかっときた。

言葉が通じないのは承知の上で、誠は言った。

「なんだよ、あんた。俺の空手に何か文句があるのかよ」

相手の男は、再び嘲《あざけ》るような笑いを残し、さっと踵を返すと歩き去った。

誠は拍子抜けした。たしかにほっとしたが、何がなんだかわけがわからない。

「ちっ。何だよ……」

再び、汗を拭く。拭いても拭いても汗が噴き出てくる。

なんだか、やる気をそがれてしまった。あたりを見回すと、アベックとともに怪しげな集団が増えているような気がした。

実際には、それほどいかがわしい連中ではないのかもしれない。だが、誠の眼には薄暗い公園でぼそぼそと話をしている男たちがみな怪しく見える。

危険なにおいが満ちている。そう感じた。誠は、引き揚げることにした。腹も減っていた。いつもの店に行って、安い飯でも食おう。もう一度汗を拭いて、ネイザン・ロードに向かった。

翌日も早朝と、日が暮れてからの練習を続けた。いつ、関戸から呼び出しがあってもいいようにコンディションを整えておかなければならない。

練習を開始した翌日はさすがに筋肉痛だった。二段ベッドから降りるのもつらい。それでもしゃにむに、同じメニューをこなした。三日目には、筋肉疲労が蓄積しているのがわかったが、四日目には楽になってきた。体が慣れてきたのだ。これも合宿で経験済みだ。一番つらいのが三日目なのだ。

練習を開始して五日目の朝、関戸から電話があった。

「今日の午後、ゴールデン・ハーヴェストに行く。付いてこい」

「はい」

誠の心は躍った。「どうやって行けばいいですか？」

「午後一時に迎えに行く」

「わかりました」

電話が切れた。関戸は用件しか言わない。学生時代からそうだったろうか。誠は思い出そうとした。だが、まったく印象がなかった。関戸は、空手もそれほど強くなかったし、目立たない先輩だった。

俺は迷惑がられているのだろうか。

誠は考えた。

当然、そうだろうな。おそらく自分の仕事で精一杯なのだろう。そんなところに、突然後輩がやってきて、映画関係者を紹介してくれと言う。迷惑以外の何ものでもない。

だが、今は関戸に頼るしかない。迷惑は承知の上だ。いずれ、恩返しするさ……。

関戸は一時ちょっと前にドミトリにやってきた。会うたびに無愛想になっていくような気がする。

「ショウ・ブラザーズほどじゃないが、ハーヴェストもここからかなりある。半分出してくれればタクシーで行くが……」

「いいですよ」

まだ日本から持ってきた金はかなりある。アルバイトで稼いだ金に、親から都合してもらった金を合わせて持ってきていた。

日本から見れば、香港の物価は安い。まだまだ生活するには不自由しない。いずれ、金は底をつくだろうが、それまでになんとか映画の仕事にありつこうと考えていた。

ゴールデン・ハーヴェストは、ショウ・ブラザーズと同様にはるか郊外にあった。誠にはまだ地理関係がよくわからないが、どうやらショウ・ブラザーズに行く途中にあるようだ。すぐそばに山が迫っている。ショウ・ブラザーズほどの敷地面積はない。

しかし、近づくにつれ活気が実感として伝わってきた。ショウ・ブラザーズよりも活《い》き活きとして見える。

建物に出入りする人々の動きが違う。表情が違う。

誠はそれを肌で感じ取った。

正面のオフィスに向かうのかと思ったら、関戸は左手にあるスタジオのほうに回った。

スタジオの周囲はさらに活気があった。

人々が声高にやりとりをしながら作業を進めている。笑顔が目立つ。たいていの男が上半身裸で、汗を光らせている。

関戸は、しきりにセットに色を塗っているランニングシャツ姿の男に声をかけた。その男は、スタジオの中を指さした。

関戸はスタジオの中に向かう。誠はただ関戸について行くしかなかった。

関戸の行く手に小柄な男がいた。関戸が声をかけると、その男は振り返った。髪を短く刈った精悍《せいかん》な感じの男だった。

彼は、関戸を見るとにこりともせずにうなずきかけた。あまり歓迎されていないのがわかる。

その男は、じろじろと誠を見た。

関戸が説明した。

「いくつかの映画で武術指導をやっているユン・シンだ」

誠は丁寧に頭を下げた。

ユン・シンは、身長こそ低いが、鍛え上げられたいい体をしていた。ボディービルのように筋肉が盛り上がった体つきではない。

しなやかな筋肉が全身にまんべんなくついており、運動能力の高さが見ただけでわかった。まだ若い。二十代だろう。

鋭い眼をしている。観察されているみたいで、落ち着かない気分になった。

ユン・シンはこっちへ来てくれというふうに人差し指を立てて合図し、歩きだした。関戸がそれに従ったので、誠もついていった。

誠たちは、スタジオの隅にあるテーブルに案内された。中年の女性がお茶の用意をしている。

木製の粗末な腰かけをすすめられた。女性がお茶を運んでくる。ユン・シンは笑顔で礼を言った。みすぼらしい恰好をした中年女に、誠たちには決して見せない敬意と親しみを見せた。

一口茶をすすると、ユン・シンはいきなりしゃべりはじめた。広東語だ。

関戸は、じっとユン・シンを見つめて、ときおりうなずいている。ユン・シンの話が一区切りすると、関戸が通訳をしてくれた。

「七、八年前はよかった。武術のアクションの仕事はいくらでもあった。七一年から七三年にかけては、それこそ数え切れないほどのカンフー映画が作られ、スタントを含めて、アクションをやる俳優が足りなくて困ったもんだ。それが、七三年を境に大きく変化する」

誠はうなずいた。理由は明らかだ。

ユン・シンが沈痛な面持ちで言った。それを関戸が日本語で伝えた。

「七三年に、李小龍《レイシウルン》が死んだ」

「ブルース・リーですね」

「そうだ」

ユン・シンはまた話しはじめた。天を仰ぐように、どうしようもないという仕草をした。

関戸が通訳した。

「それ以来、カンフー映画は冬の時代を迎えた。今、香港で人気があるのは、ホイ兄弟のお笑い映画だ。俺たちの出番は減るばかりだ」

ホイ兄弟は知っていた。テレビでさかんに「ミスター・ブー」という映画の宣伝をやっていた。誠はコメディーなどには興味はないので、その映画は観ていない。

「もちろん、努力はしている」

関戸が通訳を続ける。「サモ・ハン・キンポーが監督を始め、質のいい武俠《ぶきょう》映画を撮っている」

「武俠映画？」

思わず誠は聞き返した。関戸がユン・シンの言葉を遮《さえぎ》らぬように、早口で説明した。

「彼は武俠片と言った。片というのは映画のことだ。日本でいうと時代劇に当たる。少林寺の僧など、中国の歴史上の武術家を主人公にした映画だ」

ユン・シンがまた茶をすすった。

誠も、茶を飲んだ。喉が渇いていたせいか、ジャスミンの香りがする独特の茶は驚くほどうまかった。

ユン・シンがまた話し出す。

「ショウ・ブラザーズも頑張っている。チョウ・ヤンやラウ兄弟が武俠片を作り、そこそこの成功をしている。だが、チャン・ツァーの黄金時代も終わり、やはりカンフー映画は苦戦している。俺たちは、そういう中で仕事をしている」

日本からのこのこやってきた誠にはチャンスなどないと言っているのかもしれない。

暗い話ばかりだ。香港のカンフー映画の黄金期は終わったのだろうか。だが、この会社にやってきたとき、たしかに活気を感じた。斜陽の雰囲気ではない。それはなぜなのだろうと思った。

誠は、そのことを尋ねてみようと思った。

「質問していいですか?」

その言葉を関戸が伝えると、ユン・シンは両腕を広げて、どうぞというジェスチャーをした。

「こうしてスタジオを見るかぎり、みんなの表情は明るいし、とても忙しそうです。おっしゃるほど雰囲気は悪くない。なぜですか?」

関戸は、その言葉をユン・シンに伝えた。ユン・シンは、難しい表情のまま、こたえた。

「まだ、過去の遺産がある。ブルース・リーが残した映像があった。それに吹き替えを使った映像を加えて、最後の映画を作った。それが去年のことだ」

「死亡遊戯」のことだと、誠は思った。誠はその映画を観ていた。たしかに過去の遺産と呼ぶのにふさわしい映画だった。

「……さらに、その映画で武術指導をしたミスター・サモ・ハン・キンポーが、コメディータッチのカンフー映画を作り、ヒットした。今、ゴールデン・ハーヴェストを支えているのは、ミスター・サモ・ハン・キンポーだ。彼はそう言っている」

「この活気は、サモ・ハン・キンポーのおかげということですか？」

その質問に、ユン・シンは大きくうなずいた。

「そうだ。今、新しい映画を撮っている。そして、その映画でミスター・サモ・ハンは、新しいカンフースターを作ろうとしている。彼がきっと新しいカンフー映画の時代を切り開いてくれるだろう」

「新しいカンフースター？」

「そう。ユン・ピョウという。ミスター・サモ・ハンの口利《くちき》きで武術指導補佐で映画界入りしたユン・ピョウは、ブルース・リーの映画に端役《はやく》やスタントで出演していた。今回、ミスター・サモ・ハンは、ユン・ピョウに主役を与えようとしている」

誠はその名前を知らなかった。

もっとも、端役やスタントだったというのだから、知らなくて当然だった。

「ミスター・サモ・ハンとともに、新しいカンフー映画希望の星がいる」

ユン・シンの言葉を関戸が通訳した。誠は、無言でユン・シンの次の言葉を待った。

「成龍《チャン・ロン》だ」

「チャン・ロン……？」

「本名は、陳港生《チェン・ガンション》。英名はジャッキー・チェンという。彼は、ロー・ウェイが新たに作った『羅維影業公司』という会社で次々とカンフー映画に出演した。ロー・ウェイは、かつてゴールデン・ハーヴェストの監督だった。チャン・ロンは最近、ユエン・ウーピン監督の『蛇拳《じゃけん》』や『酔拳』というコメディータッチのカンフー映画で大ヒットを飛ばした。おかげで、カンフー映画に客が戻ってきた」

ユン・シンは相変わらず渋い表情をしているが、その口調が力強くなった。

「サモ・ハン・キンポー、チャン・ロン、そして、ユン・ピョウ。彼らがきっとまたカンフー映画のブームを作り出してくれる。香港の映画ファンは待ち望んでいるんだ。いつまでも、マイケル・ホイの映画を観て喜んでいるわけじゃない。今言った三人はな、実は、兄弟のようなものなのだ。彼らは、中国戯劇研究学院で学び、『七福星』という名で、ナイトクラブや舞台に出演していた。『七福星』の結束は固い。そして、中国戯劇研究学院の訓練は厳しく、彼らは本物のカンフーを身につけている」

ユン・シンは、そこまで一気にしゃべって、また茶を飲んだ。「そして、この私もかつて『七福星』の一員だったことがある」

それから、関戸に何か言うとユン・シンは立ち上がった。話は終わりだとでも告げたのだろう。

関戸も立ち上がった。

ユン・シンは歩き去ろうとした。

誠はあわてて言った。「自分は、香港映画がどうなっているかの説明を聞きに来たわけじゃありません。仕事が欲しいんです」

「待ってください」

ユン・シンは怪訝《けげん》そうな顔で立ち止まり、関戸を見た。

関戸は、苛立《いらだ》たしげに言った。

「それを俺に通訳させようというのか。時間を取ってもらっただけでも幸運なんだぞ」

「でも……」

ユン・シンは関戸に何か尋ねた。誠のほうを指さしている。彼は何を言っているのかと尋ねているようだ。

関戸は恐縮した表情で、広東語で何か告げた。おそらく、誠の言ったことを通訳してくれたのだろう。

ユン・シンはとたんに怪訝そうな顔になった。それから、関戸に広東語で何かを尋ねた。怒っているのかもしれない。

だが、そういう雰囲気でもない。誠は黙ってユン・シンと関戸のやりとりを見つめていた。関戸はしきりに恐縮した様子だ。

関戸が誠に怨《うら》みがましい眼差しを向けた。

「彼は、言っている。おまえが仕事を欲しがっているなどという話は聞いていない、と……。だから、余計なことは言うなと言ったんだ……」

そこまで言って、関戸は驚いたようにユン・シンを見た。

「え……」

しばらく、びっくりした表情のままユン・シンを見つめている。

ユン・シンは苛立ったように、顔をしかめ、歩きだした。そして、ついてこいというふうに手招きをした。

関戸は誠のほうを見ながら、その後に続いた。誠もあわてて関戸を追った。

誠は、関戸に尋ねた。

「どうしたんです？」

関戸は戸惑った表情のまま、こたえた。

「どうして早くそれを言わないんだ。そう言われた」

「俺が仕事を欲しがっていると、あらかじめ伝えていなかったんですか？」

「そんなことを言っても会ってくれないと思ったんでな。香港映画に非常に興味を持っている若者が話を聞きたがっていると言ったんだ」

それじゃ、迷惑そうな顔をするはずだ。

誠はそう思った。仕事の邪魔をするだけだからだ。

ユン・シンは、足早にスタジオの外に行った。そこには、数人の逞《たくま》しい男たちが日陰を求めてたむろしていた。足元は芝生だ。

ユン・シンが彼らを見て何か言った。それを関戸が訳してくれた。

「アクション・スタントの連中だそうだ。みんな、未来のアクションスターを目指している」

「武打星を目指しているんですね」

関戸はうなずいた。

彼らは、ぐったりとしていた。アクションの激しさは先日ショウ・ブラザーズで目《ま》の当たりにした。おそらく、ああいったアクションの連続なのだろう。

ユン・シンが誠に向かって何か言い、それを関戸が通訳する。

「何かやってみろと言っている」

誠は驚いた。いきなりオーディションということだろうか。だが、誠よりも関戸が驚いた顔をしていた。

だから、当たって砕けろなんですよ、先輩。

誠は心の中でそうつぶやきながら、ユン・シンの前に歩み出た。

型をやるつもりだった。一番得意なのは汪揖《ワンシュウ》の型だ。足元が芝生なので気をつけなければならない。

「汪揖」

誠は、大声で申告をしてから型を始めた。試合の要領だ。

しっかり腰を落として下段払い、鉤《かぎ》突き。さらに四股立ちで下段払い、そして、しっかりと逆突き……。

汪揖の前半は、基本技で構成されている。しっかりした基本が試される型だ。短くて単純だが、重厚で力強い型だ。

気合いを入れるところでは、思い切り大きな声を出した。

型をやり終えると、ユン・シンは、腕組みをした。考え込んで、誠を見つめている。

関戸を通じて、ユン・シンが言った。

「蹴り技を見せてくれるか」

誠はどうしようかと思った。

咄嗟《とっさ》に基本の前屈立ちで、前蹴りを何本か蹴った。それから、足刀蹴り、さらに回し蹴りを繰り出した。

ブルース・リーの影響を受けていたので、蹴り技は充分に練習していたつもりだった。

ユン・シンは腕組みをしたままだった。

「OK」

やがて、ユン・シンは言った。それから、また、ついてこいというふうにてのひらを動かすと、歩きだした。

もとのスタジオに戻っていた。雰囲気が変わっていた。監督が現れたのだ。サモ・ハン・キンポーだ。映画の中のデブゴンとは打って変わって、厳しい表情でスタッフや役者に指示を出している。

ユン・シンが何か言い、それを関戸が誠に伝えた。

「これから、ユン・ピョウのアクションが始まる。よく彼の蹴りを見ることだ。彼はそう言っている」

ユン・ピョウの蹴り……？

どういうことだろう。

サモ・ハン・キンポーが一人の若者のもとに近づいた。

誠にはすぐにわかった。ああ、あれがユン・ピョウという主役に違いない。

ユン・ピョウという若者は、それくらいに輝いていた。役者としての華がある。誠はそう感じた。細身の若者だが、全身がバネのようなしなやかさを感じさせる。

さまざまな段取りが行われ、やがて、リハーサルが始まる。サモ・ハン・キンポーが手直しをする。

何度かテストを繰り返し、いよいよ本番となった。

「アクション」

サモ・ハン・キンポーの声が響く。

とたんに世界が変わった。

ユン・ピョウは弾《はじ》かれたように動きはじめた。テストのときとは、まったく動きが違う。特にその蹴り技には、驚いた。思わず声を上げたくなった。

高くて鋭い蹴り。ときには本当に眼にとまらないくらいの速さになる。それが、続けざまに繰り出されるのだ。

カットがかかり、サモ・ハン・キンポーはまたユン・ピョウに何か言う。さすがに自らが武打星であり、武術指導を兼ねているだけあって、アクションにはうるさい。

次のテイクでも、ユン・ピョウの蹴りの鋭さは変わらない。

さらにNGが出た。

ユン・ピョウの蹴りは衰えない。

また、NG。

驚いたことに、テイクを重ねるごとに、ユン・ピョウの蹴りはさらに高く、鋭く、大きくなっていく。

スタントは何度でも吹っ飛ぶ。先日、ショウ・ブラザーズで見たアクションよりもさらに迫力があった。

本物の迫力だ。

何度テイクを重ねただろう。

ようやくサモ・ハン・キンポーのOKが出たときには、ユン・ピョウは汗だくだった。

しかし、彼は疲れを見せることはなかった。驚くほどの運動能力と持久力。

ユン・シンが言ったことがわかったような気がした。

ユン・ピョウの蹴りに比べると、誠の蹴りはまるでなっていないと言いたかったに違いない。

ユン・シンが誠の肩に手をかけた。さきほどよりわずかだが、その表情に親しみが感じられる。

「連絡先を教えてくれと言っている」

関戸が説明した。「俺が教えておくよ。何か仕事があるようだったら、連絡すると言っている」

誠は、ユン・シンに深々と礼をした。

日本語で言った。

「よろしくお願いします」

だが、誠はちょっとばかりへこんでいた。ユン・ピョウの蹴りはショックだった。

帰りもタクシーに乗った。ゴールデン・ハーヴェストの前には、タクシーがたくさん駐車していた。

「おい、あのユン・シンに型を見てもらえるなんて、すごいじゃないか」

関戸が言った。

「ええ。先輩のおかげです」

誠は言った。だが、内心はしょげかえっていた。

おそらく、ユン・シンから連絡が来ることは永久にないだろうと思った。力が不足している。そして、俺には、あのユン・ピョウという若者のような華やかさがない。

誠は、不意に、先日九龍公園で見かけた男のことを思い出した。誠の空手の練習をじっと見ていた男だ。黒の開襟シャツに白いラッパズボン。

彼は嘲るような笑いを残して去った。おそらく、カンフーの実力者なのではないかと思った。

あの男は、俺の空手の技を見て嘲笑したに違いない。

その笑いが頭の中にこびりついている。それを振り払おうとしたが、一度思い出してしまうと、なかなか消えなかった。

そして、誠は関戸がどういう立場かようやく理解した。映画関係の仕事もしていると、関戸は言っていた。だが、正確には、観光ガイドで映画関係の場所にも顔を出せるという程度のことなのだ。

ユン・シンに対する気の使い方でわかった。たしかに、ユン・シンを紹介してくれた。そのことには感謝している。

だが、これ以上を期待するのは無理だ。それがわかってしまった。もしかしたら、関戸先輩は、かなり無理をしてくれていたのかもしれない。

それを思うと申し訳なく、なんだか悲しかった。

# 5

あれ以来、関戸から連絡はない。ユン・シンに顔をつないだことで、すでに役割は果たしたと思っているのかもしれない。そして、あれがおそらく関戸の限界なのだ。

ユン・シンがユン・ピョウの蹴りを見せたことについて、誠は考えた。

やはり、おまえなど使い物にならない。香港ではこれくらいの蹴りができないとものにならないのだぞ。

そういう無言のメッセージだったとしか思えない。

空手の蹴りはカンフー・アクションに比べれば固い。体をしっかりと固定して蹴る基本練習をするからだ。当然、映画になったときには派手さに欠けるだろう。

誠は、ユン・シンが言っていた、成龍《チャン・ロン》のことも気になった。

どんなカンフー・アクションをやるのだろう。映画を観てみたかった。映画館にはまだ行ったことがなかった。街を歩けば、いくらでも映画館が見つかる。

どうせすることがない。誠は映画館に行ってみることにした。

ネイザン・ロードをしばらく歩き、最初に見つけた映画館のポスターに、成龍という名を見つけた。「笑拳怪招」というタイトルだ。チケットを買う窓口に行くと、売り子のおばちゃんが、しきりに何か言う。見ると、目の前の紙を指さしている。座席表のようだ。座席を指定しなければならないのかもしれない。適当な番号を指さしてチケットを手に入れた。

館内は混み合っている。話し声が絶えない。映画のタイトルが流れても、まだ観客たちは話をしている。誠は、女性客が多いのに気づいた。女同士のグループも眼に付く。カンフー映画に女性の客が集まることが意外だった。物語が始まり、ようやく館内は静かになった。

長髪の若者が主人公のようだ。言葉は中国語なので何を言っているかさっぱりわからない。誠には北京《ペキン》語か広東《カントン》語かの区別もつかない。

だが、ストーリーなどどうでもいい。問題はカンフー・アクションなのだ。

観客のリアクションがすごい。ちょっとでも滑稽《こっけい》なシーンがあると、大笑いする。隣の中年男は、膝を叩いて笑うのだ。

じきに観客の反応などどうでもよくなった。主人公の成龍――ジャッキー・チェンの動きに衝撃を受けた。

ただのカンフー・アクションではない。体操のようなアクロバットをこなす。そして、驚異の筋力と柔軟性。

表情が豊かで実に親しみやすいキャラクターだ。

その映画にはユン・ピョウも出演していた。二人のノンストップ・アクションはすさまじい。ただのコメディーではない。カンフーの見せ場は手抜きなしだ。

映画館の観客はやんやの喝采《かっさい》を送る。

ブルース・リーとは違ったカンフー映画だ。カンフー・アクションについていえば、どちらかというと、伝統的なものに戻っている。

ブルース・リーが居合抜きの鋭さを持っているとしたら、ジャッキー・チェンのアクションはチャンバラだ。

だが、そのチャンバラのレベルがおそろしく高い。めまぐるしくトリッキーな動き。いきあたりばったりのようで、すべて計算しつくされているようだ。

それをこなす反射神経と運動能力。誠はすっかり舌を巻いてしまった。甘いマスクといかにも人のよさそうな笑顔。女性客が多い理由が理解できた。

間違いなく成龍は、新しい時代のカンフースターになるだろう。

脇役のユン・ピョウの動きもすばらしかった。サモ・ハン・キンポーが彼を主役とした映画を撮っているという。彼も、カンフー映画ファンを魅了するだろう。

ブルース・リーの時代は終わった。そして新たなカンフー映画の時代が始まろうとしている。

誠は映画館を出て、ネイザン・ロードをぶらぶらと歩いていた。淋《さび》しさを感じていた。

ジャッキー・チェンの動きには驚かされたし、ユン・ピョウもすばらしかった。

　しかし、ブルース・リーの凄味がない。あの武道的な間の攻防もない。ブルース・リーの動きが優れているのは、実際の戦いに通じる間合いやタイミングの攻防を心得ており、それを映画で表現したことだ。

　誠はそう思っている。だが、ジャッキー・チェンの動きはそれとは違っている。たしかに、蹴りなどの技そのものはすごい。しかし、その使い方がブルース・リーとは違っている。

　しかたのないことなのかもしれない。

　ブルース・リーの真似《まね》は誰にもできない。彼自身が表現そのものなのだ。新たな時代の武打星は、新たな手法を編み出さなければならないのだ。

　ジャッキー・チェンはそれに成功した。女性客の多さがそれを物語っている。誠が知る限り、ブルース・リーのファンは圧倒的に男性が多かった。たいていの女性は彼の魅力を理解できなかった。

　それは日本でも香港でも同じだろうと思った。

　だが、ジャッキー・チェンは違う。おそらく、日本でも女性のファンがつくに違いないと、誠は思った。

　夕刻になると、また九龍《カオルン》公園に出かけた。いまさら武打星になることをあきらめるわけにはいかない。空手の練習だけは続けようと思った。

　基本練習に型の練習。それに加えて、蹴りの練習をした。さまざまなバリエーションの蹴りを練習した。

ユン・ピョウの蹴りが頭に焼き付いている。やはり、横蹴り、回し蹴りが重要だと思った。派手な蹴りなので、アクションシーンには欠かせない。

誠は、また例の男がいるのに気づいた。

耳にかかるほどの長髪。今日は薄い色のサングラスをかけている。赤いシャツに黒いズボンだ。シャツは絹の光沢があり、いかにも高級品らしかった。

木立の脇に立って、誠のほうを見ていた。やはりどう見ても堅気ではない。香港マフィアに違いないと誠は思った。

マフィアにスカウトでもしようというのだろうか。

男は話しかけようともしない。先日、誠は広東語をしゃべれないことを告げた。そのせいだろう。

誠は男を無視しようとした。眼をそらしてタオルで汗をぬぐう。Tシャツはすでに汗でぐしょぐしょだった。

眼を戻したとき、男の姿は消えていた。

「何だよ、まったく……」

誠は一人つぶやいていた。

のんびりした性格の誠も、さすがに少しばかりあせりを感じはじめた。このまま仕事もせずに暮らしていれば、じきに金が底をつく。仕事を見つけなければならなかった。映画のアクションの仕事が理想だ。だが、それまでの道のりは遠そうだ。皿洗いでも何でもいい。収入の道を見つけなければならない。

そのためには広東語を覚える必要があった。誠はいつも食事をしている店では聞き耳を立てて、何とか言葉を覚えようとした。

街に出ても、人々がどういう言葉を使っているのかを聞き取ろうとした。現地の知り合いを作ることが、語学を学ぶ早道だと聞いたことがある。

それも異性の知り合いがいいらしい。

誠はこれまで女と付き合ったことがない。珍しいことではない。誠のまわりにいる連中はみんなそんなものだった。

いきなり女を口説くわけにもいかない。口説くには言葉が必要だ。誠は、まず日本から持ってきたガイドブックに載っていた広東語をすべて覚えることにした。

こんにちは、とか、ありがとうといった簡単な言葉や、これいくらですか、○○はどこですか、といった生活に最低限必要な言葉しか載っていないが、まず、これを覚えることだ。

それを実際に使ってみることだ。そして、相手の言葉に耳を澄ます。それしか方法がない。

そう決めた日から、誠は広東語習得にのめり込んだ。そうなると、いつも行っている店の雰囲気も変わって感じられる。

　これまで殻に閉じこもったように食事をしていた。外界から自分を遮断していたのだ。だが、言葉を覚えようと決心した後は、周囲の話と身振りが意識の中にどんどん入ってくる。すでに顔見知りになっている店のオヤジにいつものように隣の席の料理を指さした。そして、広東語で「あれは何だ」と尋ねてみた。オヤジは、こたえる。それを真似て発音してみる。オヤジは、顔をしかめて、もう一度教える。何度かそれを繰り返してから、「じゃあ、あれをくれ」と言った。

　オヤジはあきれた顔で厨房《ちゅうぼう》に注文を通した。最初の広東語におけるコミュニケーションだった。

　それから、街に出ても、誠は同じようなやりとりを続けた。いくつかの言葉を知っていれば、それがきっかけになる。

　言葉がある程度できるようになったら、皿洗いのバイトでも見つけよう。いつになったら、映画の仕事ができるようになるかわからない。

　こんなことをしていていいのだろうかと、誠は何度も自問した。あせりと苛立《いらだ》ちがつのる。だが、今はどうしようもない。とにかく生きていかねばならない。

　香港にいる日本人は誰もが必死だと、いつか関戸が言った。誠はようやくそれを実感しはじめていた。

もう迷惑はかけられないと思いながら、誠はまた関戸に電話をしなければならなかった。手持ちの金が心許《こころもと》なくなってきた。なにかアルバイトを見つけなければならない。

「ウェイ」

関戸の声が聞こえた。緊張しているように感じた。

「先輩、長岡です」

「ああ、おまえか……」

ほっとしたような、落胆したような言い方だ。「どうした？　その後、ユン・シンは何か言ってきたか？」

「いえ。それで、手持ちの金が少なくなってきまして……。皿洗いのバイトでもやろうと思うんですが……。先輩に教えてもらった店で働けませんかね」

「皿洗いか……。たいした金にはならないぞ」

「何もしないよりましです。それにバイトをすれば言葉も覚えられると思いまして……」

関戸はしばらく黙っていた。

うんざりしているのだろうな。誠は思った。

逆の立場だったら、俺だって腹立たしく思うかもしれない。

やがて、関戸は言った。

「金が手に入って、言葉が覚えられればいいんだな？」

「ええ……」

「おまえ、俺の手伝いをやらないか。ある程度の金にはなると思う」

「手伝い……？　ガイドの手伝いですか？」

「まあ、いろいろと仕事はある」

「先輩といっしょなら、これほど心強いことはありませんが、これ以上迷惑をかけるのは心苦しいです」

「ばか。もう、充分に迷惑なんだ。いまさら気にしてどうする。その気があるのか、ないのか。どっちだ」

「あります」

「じゃあ、今夜八時にこれから言う場所に来てくれ。もう、いちいち迎えには行かないからな」

「はい」

「尖沙咀《チムサァチョイ》の金巴利道《キンバリー・ロード》にあるアカサカというクラブだ」

「赤坂……？」

「日本風のクラブだよ。行けばすぐにわかる」

「わかりました」

「八時だ。いいな」

念を押すように確認すると、関戸は電話を切った。いつもの口調とは違うような気がした。

約束通り、金巴利道を探し歩いて、「AKASAKA」という派手な看板を見つけた。

キンバリー・ロードというのは、ネイザン・ロードと交差する狭い通りで、やはりビルの谷間だ。大小の看板が頭上に突き出しているごちゃごちゃした一帯で、通りには車がぎっしりと詰まっている。

新宿をぎゅっと凝縮して狭い場所に押し込めたような感じだ。夜になると、看板に明かりが灯り、なんだか祭りのように賑やかな感じになる。

だが、ビルとビルの間の細い路地やビルの裏手には明かりもほとんどなく、一歩通りを離れると何があるかわからない不気味さも感じられる。

アカサカの出入り口近くに人相の悪い中国系がいた。白いワイシャツに黒の蝶《ちょう》ネクタイをしている。店の従業員だろう。

店に入ろうとすると、その男が立ちふさがり、何事か言った。

誠は、覚えたての広東語で言った。

「ンゴハイ、ナガオカ。ナ、ガ、オ、カ。ヤウモウ、セキド・シンサーン、ア？」

私は長岡だ。関戸さんはいるか。そう尋ねたのだ。

蝶ネクタイの男は、「マッイエ？」を二度繰り返し、それから、「ピンゴ？」と尋ねた。

「何だ？」と繰り返し、それから「誰だって？」と尋ねたのだ。

誠は、関戸の名を何度か言った。

ようやく話が通じて、男は中に入れと言った。店の中は薄暗かった。

バーカウンターの奥のネオン管の明かりが毒々しい雰囲気を醸《かも》し出している。ソファとテーブルが並んでおり、一つの席に若い女が並んで座っていた。いずれもものすごく短いスカートをはいている。

誠が、バーカウンターの前でたたずんでいると、奥から声がかかった。

「こっちだ」

日本語だった。関戸が、奥のほうの席で誰かと話をしていた。誠が近づくと、背を向けていた相手の男が振り向いた。

中国人だ。いい身なりをしている。だが、どこか剣呑《けんのん》な感じがする。目つきが鋭い。髪は神経質なほど丁寧になでつけられている。

「ここの支配人のヤンさんだ」

関戸が言った。それから、関戸は誠のことをヤンに紹介した。広東語なので、正確には何を言ったのかわからない。だが、いくつかの単語から、日本の大学の空手部の後輩だと紹介したことがわかった。

ヤンはうなずいた。にこりともしなかった。

「ここに座れ」

関戸は自分の隣の席を指さした。誠は言われたとおりにした。

それから、関戸とヤンは広東語で話し合いを再開した。誠は無視されたような形になった。

空手部時代を思い出した。先輩が何か話をしているときには、隣でじっとしているのが後輩の役割だ。

やがて、二人の話し合いは終わり、ヤンがようやく笑みを浮かべた。凄味のある笑いだった。

ヤンが店の者に何か言い、立ち上がった。やがて、ボトルと水割りのセットを持ったボーイがやってきて、それに続いて二人のミニスカートのホステスが席に着いた。

誠は、ホステスたちが水割りを作る様子を黙って眺めていた。

やがて、関戸が言った。

「支配人が、ゆっくりしていけと言ってくれた。滅多にないことだ。お言葉に甘えよう」

「はあ……」

関戸がグラスを掲げると、ホステスたちがそれに合わせた。誠も乾杯に加わった。

「今日は顔つなぎだ」

水割りを一口飲むと、関戸が言った。「この店の連中にもおまえの顔を覚えておいてもらわなければならない」

「どういうことなのかわかりませんが……」

「簡単な仕事だ。ものを届けたり、金を集めたりするだけだ」

「それで金がもらえるんですか？」

「俺の言うとおりにしていればな……」

まっとうな仕事とは思えない。世間知らずの誠にも、それくらいはわかる。

飯屋で皿洗いをしていたほうがずっと気が楽だ。いっそのこと、断ろうかと思った。怪しげなことには手を染めたくない。

だが、断れなかった。関戸は先輩だ。大学空手部の先輩後輩の関係は卒業してからも続く。しかも、香港にやってきてから関戸には世話になりっぱなしだった。

関戸はホステスと広東語で談笑を始めた。誠は取り残されたような気分で水割りをちびちびとやっていた。

誠に付いたホステスが何事か話しかけてきた。広東語なのでよくわからない。

誠は、自分は日本人だと広東語で言った。ホステスは、「いらっしゃい」と日本語で言った。

「日本語が話せるのか？」

「少し。日本人のお客さんも来る」

「俺は、広東語を覚えたい」

「じゃ、あたしが教えてあげる」

そう言ってホステスは、けらけらと笑った。まだ若そうだ。こういう店で働くだけあって、どちらかといえば美人だ。目が大きくて愛嬌《あいきょう》のある顔をしている。

「そいつは助かるな」

ホステスはユミと名乗った。もちろん香港在住の中国人だ。この店では源氏名で日本風の名前をつけるらしい。

関戸と話しているほうが、サユリと名乗っていた。

ユミは本当に広東語をあれこれ教えてくれた。誠にとってはありがたいかぎりだ。一言でも多く広東語を覚えたかったのだ。

誠が熱心に教わりはじめたので、ユミもまんざら悪い気はしないようだ。広東語講座が続いた。

なるほど、言葉はこうして覚えるのが一番だな。

誠は次々と新しい言い回しや、単語を覚えていった。

店が混みはじめた。時計を見ると九時を回っている。こういう場所では、酒が入っているせいもあり、時間があっという間に過ぎていく。

ふと、向かい側の席を見て、誠ははっとした。三人の客が席に着いたところだったが、その中の一人に見覚えがあった。

九龍公園で、誠の空手の練習をじっと見ていた男だ。向こうも誠に気がついたようだ。眼が合うと、男は、ほうというように片方の眉《まゆ》を吊り上げ、それからかすかに笑みを浮かべた。不敵な笑いだ。

誠は眼をそらし、サユリと談笑している関戸にそっと尋ねた。

「あそこの人を知ってますか？」

「ん……？」

「あの席の連中です」

関戸はそちらをちらりと見て、すぐに眼をそらした。

「あっちは見ないほうがいい」

「ヤバイ人たちですか？」

「黒社会の連中だ」

「黒社会？」

「日本でいうヤクザだ。しかも大物だ」

「大物……？」

「14K《サップセイケイ》の紅棍《ホングワン》がいる」

「何ですか、それ……」

「14Kというのは、香港で最も力のある黒社会だ。紅棍というのは、幹部の一つで、日本のヤクザでいえば若頭というところか……」

「どの人がそうです？」

「真ん中だ。ビッグ・ウォングと呼ばれている。本名は知らない。見るんじゃない」

「先輩は、そういう人たちにも関わりがあるんですか？」

関戸は、一瞬非難するような眼で誠を見た。だが、すぐに眼をそらすと、言った。

「ここで生きてりゃ、いろいろあるさ……」

「香港では、いろいろな職業にマフィアが絡《から》んでいると聞いたことがあります」

「そのとおりだ」

「あの左側の男を知っていますか？」

誠は、九龍公園で見た男のことを尋ねてみた。関戸はまたちらりとそちらを見た。

「いや。知らない」

「いい体をしてます」

「男の体には興味はない」

「何か格闘技をやってますね……」

「香港じゃめずらしくない。黒社会のメンバーはたいてい功夫《グンフー》をやっている。もともと武術的な秘密結社だった組織も多い。その伝統が残っているらしい」

「あの男は、14Kの用心棒ですかね？」

「構成員かもしれない。いずれにしろ、俺には関係ない」

「まあ、そうですね」

やはり、マフィア関係か……。

誠は思った。

あいつは、空手の練習を見て嘲笑した。あの表情は忘れない。

「さあ、ぼちぼち行こうか」

関戸が急にそわそわしはじめた。「あんな大物と同席してたんじゃ、落ち着かなくてしょうがない」

誠は関戸に従おうとした。そのとき、向こうの席から声がかかった。関戸は、びくりと背を伸ばし、そちらを見た。

14Kの大物と言われた中央の人物が、にこやかに何かを言っている。

「向こうも先輩を知っているようですね」

誠が言うと、関戸はそっと言い返した。

「冗談じゃない。そんなはずはない。彼は、そこの日本人、ちょっとこっちへ来て飲まないかと言っているだけだ」

「どうします?」

「断るわけにはいかない。そんなことをしたら、九龍を歩けなくなる」

関戸は立ち上がり、14Kの大物の席にぎくしゃくと近づいた。誠もそれに従った。

黒社会の幹部は、ちょっと見には好人物に見える。実業家のようだ。だが、やはり堅気とは醸し出すにおいが違う。

黒社会の幹部は、にこやかに二人をソファに座らせた。関戸は礼をしてから座った。誠も真似をする。

彼は名乗らなかった。誠のほうを見て質問をしたようだ。それを聞いて、関戸が怪訝そうな顔で誠を見た。

「おまえ、九龍公園で空手の練習をしていたのか？」

「はい。朝と夕方……。いけませんでしたか？」

「いや、そうじゃない。興味がおありだそうだ」

「興味？」

誠は、九龍公園で会った男を見た。その男は、またかすかな笑みを浮かべた。ばかにされているような気がした。

その男が何か言った。

関戸が通訳した。

「どうして香港にやってきて、空手の稽古をしているんだと訊《き》いている」

誠は、相手の眼を見て覚えたばかりの広東語でこたえた。

「香港で映画に出たい」

相手の男は、また笑いを浮かべた。誠はこの笑いがどうも気に入らない。ばかにされてるような気がしてしかたがないのだ。

相手の男が誠に向かって何か言い、関戸がそれを訳した。

「動きが地味だが、功夫はなかなかだ。彼はそう言っている」

「どういう意味ですか?」

関戸が説明した。

「カンフーという言葉は中国武術を指しているが、これはアメリカあたりで作られた言葉だ。もともと功夫というのは、武術の訓練の度合いとか腕前を指す言葉だ」

つまり、相手は誠の空手の腕前がなかなかのものだと認めたということらしい。

彼は関戸に何かを話し、関戸はそれにこたえた。ゴールデン・ハーヴェストや、ユン・シンの名前が聞き取れた。どうやら、誠がユン・シンに空手の型を見てもらったことを話しているらしい。

「ユン・シン」

相手の男はそう言ってうなずいた。彼はそれ以上何も話そうとしなかった。

14Kの幹部が、にこやかに何かを言った。

全員にグラスが配られる。乾杯をしようということらしい。関戸が断らなかったので、誠もそれにならった。空手部の飲み会を思い出した。

グラスの中の水割りを飲み干すと、関戸は丁寧に礼を言ったようだ。幹部が鷹揚《おうよう》にうなずく。

関戸は深々と礼をして立ち上がった。

どうやら、いとま乞《ご》いをしたらしい。誠も席を立った。関戸はそのまま振り返らずに出口に向かった。

店を出ると、関戸は大きく息を吐き出した。

「まったく心臓に悪いぜ……」

関戸はつぶやいた。出口にいた蝶ネクタイの目つきの悪い男が、誠たちを見つめている。

関戸は緊張しきっており、まだ顔色が悪い。だが、誠はぴんとこなかった。いくら相手が香港マフィアの幹部だといっても、酒を一杯ごちそうになったくらいでどうこうということはないだろう。そう思っていた。

「仕事に関しては、また連絡する。じゃあな……」

関戸は言って、ネイザン・ロードのほうに歩きだした。誠のねぐらも同じ方向なのだが、いっしょに歩いてはいけないような雰囲気だった。

誠はその場に立ち、関戸の姿が見えなくなるのを待ってから歩きだした。

蝶ネクタイの男が何か言ったが、意味がわからない。振り向かぬままその場を去った。

# 6

翌日の午後に、関戸から電話があった。

「油蔴地《ユマティー》に、天后廟《ティンハウミョウ》という寺があって、そのまわりが公園になっている。その公園で、夜の八時に会おう」

「公園ですか？」

「ああ。小さな公園だ」

「わかりました」

電話が切れた。

誠は、ガイドブックを出してユマティーという場所を探した。すぐに見つかった。誠が滞在しているドミトリがある佐敦《ジョーダン》のすぐ北だ。

天后廟もすぐに見つかった。ドミトリから北に向かって五分も歩けば着く。

誠は、早めに食事を済ませて、指定された公園に向かった。地図を頼りに歩きだしてすぐに、しまったと思った。

上海通りをまっすぐ北上すれば、公園に着くのだが、通りの両側には露店がぎっしりと並んでおり、人が通りを埋め尽くしている。急いで歩こうとしても思うようにならない。

早めに出発したにもかかわらず、公園についたのは、八時ちょうどだった。

公園という言葉の響きに、安心して出かけた誠は、そこの雰囲気に圧倒された。公園の中央に大きな木が立っており、枝を広げている。何の木か知らないが、枝に奇妙なものが引っかかっているように見える。

木に投網《とあみ》を投げたような感じだ。おそらく枯れた花か寄生樹なのだろうが、見たことのない光景だ。

その公園にたむろするのは、まともな生活を放棄してしまったような連中ばかりだ。酔っぱらいが半分、あとの半分は、何かのゲームをやっている。博打《ばくち》なのだろう。酔っぱらいもただの酔っぱらいではない。筋金入りだ。どろんとした眼をして、鼻の頭が赤い。

そんな連中が薄暗い公園でぼんやりしている。上半身は薄汚れたランニングシャツか、裸だ。

腕に覚えのある誠も、さすがに心細くなった。頽廃《たいはい》を絵に描いたような連中のたまり場。その頽廃が、誠の心にも忍び込んできそうな気がした。

いつかは、俺もこういう連中の仲間になってしまうかもしれない。そんな不安がじわじわとわき上がり、不愉快になった。

ベンチに座る気にもなれない。公園の端っこでたたずんでいた。

関戸の姿を見つけたときは、心底ほっとした。関戸は、散歩の途中に誠を見つけたような調子で近づいてきた。

「こいつを、すぐに届けてくれ。届け先はこのメモにある。相手は金を払うからそれを受け取るんだ」

世間話をしている態度だ。

「何です？」

「中身は聞くな。言われたとおりにすればいいんだ」

関戸は、粗末な紙でくるんだ小さな包みを手渡した。それから、メモ用紙を差し出す。そこには、住所らしいものが書いてある。

「どこなんです、これ……」

「大角咀《タイコックツィ》は、油蔴地の北、旺角《モンコック》の西の海岸地帯だ。言葉を覚えたいんだろう。現地のやつに尋ねながら、なんとかたどり着け。さあ、行け」

誠は、言われるままに歩きだした。油蔴地の北ということは、このまま北に進めばいいということだ。旺角あたりは土地勘がある。その西ということなら、場所にだいたい見当はついた。

何より、その公園をすぐにでも出たかった。公園のまわりには屋台が出て、さまざまなものを売っている。誠の眼にはどうしても怪しげに見える。

ブランド品の偽物やカセットテープ、ビデオテープ、衣類やアクセサリー……。仕事帰りのOLらしい女性たちが平気で屋台の商品を物色している。生きるためのエネルギー。それが香港だ。誠はそれをまたしても思い知らされていた。

誠は、メモを頼りに何とか、大角咀までやってきた。大小の工場がひしめき合っている。そして、そのあたりの建物はどれも壊れかけているような印象があった。最初は廃墟《はいきょ》かと思ったほどだ。だが、窓には明かりがついており、人が住んでいることがわかる。

メモにはビルの名前があるが、どのビルがそうなのかわからない。干物を売っている商店があったのでそこに入り、店の奥に腰かけていた痩《や》せた中年の女性にメモを見せた。

「これはどこですか？」

たどたどしい広東語《カントン》で尋ねた。

カマキリのような顔をした中年女は鋭い眼を誠に向けるだけで、メモを見ようともしない。

誠は、五ドル札を取り出した。痩せた女はそれを当然のごとく受け取り、ようやくメモを見た。

正面の道を見て左を指さす。

「この通りにあるビルですか？」

誠は何とか知っている広東語をつなぎ合わせてそう尋ねた。

女は早口で何か言った。よくわからない。左を指さすだけだ。誠は、店を出て通りを左に進んだ。

崩れかけたようなビル、そしてそれに張り付くように建っている民家らしい建物。その向こうは工場地帯のようだ。

表通りと違って、街灯も少なく暗い。あたりは湿ったにおいがする。海が近いせいだろうか。

人通りは少ない。道を尋ねる相手もないまま、しばらく歩き回った。どうやら、メモに書かれた住所にはたどり着いたようだ。だが、目的のビルがどれなのかわからない。

何度か行ったり来たりして、ようやく見つけた。エレベーターはひどく古くて、どうも安心できない。メモに書かれている部屋は三階だった。階段で行くことにした。

階段は、ところどころが濡《ぬ》れている。見ると、手すりの上に、何かの配管がむき出しになっている。水道かもしれない。そこから水が滴《したた》っている。

暗くて足元がよく見えない。何か得体の知れないものを踏んづけてしまいそうで気味が悪い。

ようやく指定された部屋の前にたどり着いた。ノックをする。

中から女の声が聞こえた。

「荷物を持ってきた」

誠は広東語で言った。

しばらくしてためらいがちにドアが十センチほど開いた。部屋の中にいるのは、まだ若い女性だった。だが、痩せこけて眼の下にくまができている。血管が浮き出るほど色が白く、見るからに不健康そうだ。

「あんた、日本人？」

女が日本語で尋ねた。

誠はうなずいた。どうやら、相手も日本人のようだ。

「関戸さんから、これを持ってくるように言われた」

誠は包みを差し出した。女はひったくるようにそれを手にした。

「遅かったわね」

女は言った。かすかにだが、腐ったタマネギのような口臭がする。金を突き出す。関戸に言われたとおり、それを受け取った。

ドアが閉まった。

誠は、しばらく廊下にたたずんでいた。これで仕事は終わりのようだ。女が払った金は千香港ドルだった。

子供の使いじゃないか。

ビルを出て、来た道を引き返す。一刻も早く大通りに出たかった。誠はネイザン・ロードに向かって歩いた。

明るい大通りに出るとほっとした。そのとたんに、さまざまな疑問が頭に浮かんだ。あの日本人女性は何者だろう。いったい、香港で何をやっているのだろう。

彼女の切迫した様子や、関戸の秘密めいた態度から届けた包みの内容はだいたい想像がついた。

麻薬か覚醒剤《かくせいざい》。その類《たぐい》のものに違いない。関戸は、香港マフィアの幹部の顔を知っていた。アカサカという店の支配人は、見たところマフィア関係者のようであり、関戸は彼の下で働いているように見えた。

関戸はただの観光ガイドではなかったらしい。

関戸の下で働くということは、その関わりの中に組み入れられてしまうことを意味している。

「冗談じゃねえぞ……」

足早にネイザン・ロードを歩きながら、誠はつぶやいた。

俺はマフィアの手下になるために香港にやってきたわけじゃない。関戸先輩が何をやっていようと文句を言うつもりはない。だが、俺は巻き込まれたくない。

だが、何かバイトをしたいと持ちかけたのは誠のほうだった。今さら、断りにくい。どうしたものかと、思案しながらドミトリまで戻ってきた。

ドミトリのあるビルの前に関戸が立っていた。

「ちゃんと届けたか？」

「はい。相手は日本人の女の人でしょう？」

関戸は無言でうなずき、手を出した。

誠は女から受け取った千ドルを渡した。関戸は札を数えると、その中から無造作に一枚抜き取り、誠に差し出した。百ドルだ。

誠はぼんやりとそれを見つめていた。この金を受け取ったら後戻りできなくなる。そう感じていた。

「どうした。報酬だ。受け取れ」

「いえ、先輩……」

関戸は顔をしかめた。

「言いたいことはわかる。だが、金は金だ。金がほしかったんだろう」

「自分はまともな仕事がしたかったんです」

関戸はふんと鼻で笑った。

「仕事にまとももへったくれもあるか。人間、食っていかなきゃならないんだ。コネも手に職もない日本人の行き着く先はだいたい決まってる」

ガイドの仕事に精を出せばいいじゃないか。日本人相手ならいい金が取れるはずだ。香港の物価を考えれば、それで充分に暮らしていけるはずだ。

だが、誠はそれを口には出さなかった。

他人の生き方についてあれこれ言う気はない。しかも、先輩に対して言うことではなかった。

「とにかく、おまえは仕事をしたんだ。金は受け取れ」

関戸は札を突き出した。誠は、結局それを受け取った。関戸が言うとおり、生きていくためには金が必要なのだ。

「また電話する」

関戸はそう言うと、誠に背を向けて歩きだした。

受け取ってしまえば、金は金だ。きれいも汚いもない。誠はそう思うことにした。手持ちの金が少し増えた。それはたしかにいいことに違いなかった。


ベッドで寝ていると、山本に起こされた。電話だという。

時計を見ると、午前十時だった。夜明け頃にまた九龍《カオルン》公園で空手の練習をした。それからまた眠ってしまったのだ。

関戸からの電話かと思って、気分が暗くなった。また、何か仕事をやらされるのかもしれない。

カウンターに行き、電話を取った。

「もしもし、長岡ですが……」

広東語が聞こえてきた。誠は、あわてた。耳を澄ませた。何とか相手が言っていることを聞き取ろうとする。

ユン・シンという言葉が聞こえた。

びっくりした。相手は、ユン・シン本人だった。

ユン・シンは、広東語と英語で何事か繰り返している。どうやら、明日の十時にゴールデン・ハーヴェストに来てくれと言っているらしい。

「わかりました」

誠は広東語で言った。

ユン・シンは、待っているという意味のことを広東語と英語の両方で言って、電話を切った。

受話器を置くと、誠はようやく頭が回りはじめた。そして、悔やんだ。どうしてもっとまともな受け答えができなかったのだろう。

それから、じわじわと喜びがこみ上げてきた。ユン・シンから電話が来ることなどないとあきらめていたのだ。

もしかしたら、仕事がもらえるのかもしれない。そうでなければ、わざわざ電話などくれないだろう。

誠は自分を戒めた。

いや、過剰な期待は禁物だ。そうそう簡単に話が運ぶはずはない。とにかく、明日ゴールデン・ハーヴェストに行って、話を聞くことだ。

毎日、広東語だけを使うようにつとめているおかげで、急速に上達していた。やはり、語学を覚えるにはネイティブ・スピーカーに囲まれて生活するのが一番だ。

あとは身振り手振りと、ブロークンな英語で何とかなるだろう。問題は、どうやってゴールデン・ハーヴェストまで行くかということだ。

前回は、関戸と割り勘でタクシーに乗った。金は節約したい。だが、不慣れな交通手段を使い、約束の時間に遅れでもしたらたいへんだ。最悪の場合、迷ったあげくに、たどり着けないということもあり得る。考えた末、結局またタクシーで行くことにした。

ユン・シンから電話があったことを、関戸に知らせるべきだろうか。

誠は迷った。

関戸とはなるべく連絡を取りたくなかった。ユン・シンがなぜ誠に会おうと思ったのかもまだわからない。

「ま、いいか……」

誠はつぶやいた。

連絡するにしても、ユン・シンの話の内容を確認してからでも遅くはない。

その日の夕刻の空手の稽古にはいっそう力が入った。

何を着ようか迷ったあげく、やはり一張羅の背広を着てネクタイを締めていくことにした。どんな話であろうが、相手に対して失礼がないように心がけたい。

市街地が渋滞しており、しばらくタクシーが進まない。誠はいらいらした。

なんとか指定された時間前にゴールデン・ハーヴェストにたどり着いた。受付でユン・シンに会いたいと言うと、受付嬢はあちらこちらに電話を掛けてユン・シンを探し出してくれた。

ロビーにユン・シンが現れた。ジーパンにポロシャツという軽装だ。握手を交わした。

撮影スタジオのほうに向かう。スタジオの中にあるテーブルに近づいた。一人の男がこちらに背を向けて椅子《いす》に腰かけていた。

ユン・シンがこちらへ来いというふうに手招きをしたので、後についていった。

白いシルクのシャツに、黒いラッパズボンだ。ユン・シンがその男に声をかけた。男はゆっくりと振り向いた。

誠は、息を呑む思いだった。例の男だった。九龍公園で、誠の空手の練習を見つめ、アカサカで14Kの幹部と酒を飲んでいたあの男だ。

何かの罠《わな》ではないか。

誠は咄嗟にそう思った。だが、彼らが誠を罠に掛ける理由は思いつかなかった。

「彼は、アレックス・チャン」

ユン・シンが紹介した。アレックス・チャンは独特の笑みを浮かべると、離れた場所でスタッフと立ち話をしていた男を呼んだ。

彼はすぐに駆け寄ってくると、誠に言った。

「通訳のツァイです。よろしくお願いします」

そこそこに流暢《りゅうちょう》な日本語だった。充分に理解できる。

誠は、いったいこれから何が始まるのかと身構えていた。

ユン・シンが誠に席を勧めた。誠は、テーブルに向かって腰かけに腰を下ろした。アレックス・チャンの向かい側だった。

アレックス・チャンの右側にユン・シンが、左側に通訳のツァイが座った。

ユン・シンは先日とは打って変わって、愛想がよかった。誠は、不敵な笑みを浮かべているアレックス・チャンを気にしていた。

ユン・シンが先日も見かけた中年女に声をかけた。彼女は、人数分のお茶を持ってきた。

茶を一口すると、ユン・シンが誠に話しかけ、それをツァイが通訳した。

ユン・シンが丁寧に礼を言う。

「今度、私が監督をすることになりました。新しい映画です」

自分でも驚いたのだが、誠は、通訳なしでもある程度ユン・シンの言葉を理解できた。それくらいに、広東語に慣れてきていた。

「新しい映画……？」

誠は、広東語でそれを繰り返した。

ユン・シンはうなずいた。

「じきに準備に入ります」

「それはゴールデン・ハーヴェストで撮るということですか？」

誠は、せっかくツァイがいるので、日本語で尋ねた。

その問いに、ユン・シンは首を横に振った。

「いいえ。三羅影業公司という会社です」

ツァイは、手元のメモにその字を書いて、誠に見せた。

「それはどういう会社ですか？」

ユン・シンは西洋人のように肩をすくめて見せた。

「香港にいくつもある映画会社の一つです。ショウ・ブラザーズとゴールデン・ハーヴェストが一番有名ですが、ほかにも映画を撮っている会社はあります」

誠は尋ねた。

「アレックス・チャンさんは、どういう立場の方ですか？」

ユン・シンがこたえ、それをツァイが通訳した。

「彼は三羅影業公司で何度か仕事をしています。俳優兼武術指導という立場です。今回の映画でも、彼は武術指導をするかたわら、出演もします」

誠は驚いた。

アレックス・チャンは、映画関係者だった。しかも、俳優兼武術指導だという。武打星というわけだ。

それがどうして、マフィアの幹部といっしょに酒を飲んでいたのだろう。日本の映画界でも、かつては俳優と暴力団の関係が取り沙汰《ざた》されたことがあった。暴力団は芸能界に深く関わっていた。

香港でもそういう関係があるのだろうか。

誠はすっきりしない気分でアレックス・チャンを見た。

アレックス・チャンが発言し、ツァイがその内容を誠に告げた。

「あなたの空手は、なかなかの腕前です。ぜひ、我々の映画に参加してほしい。もちろん、最初はたいした役ではないかもしれない。しかし、私はあなたにチャンスをあげたい」

「どういう映画なのですか？」

誠が尋ねると、アレックス・チャンは、ほほえんだ。

「まだ脚本もできあがっていません」

ツァイが通訳する。「だが、武術を多用するアクション映画にするつもりです。日本人には、悪役をやってもらうかもしれない。香港で大成功した倉田保昭も、最初は悪役でスタートしました」

その点にはまったく異存はなかった。

悪役だろうが、何だろうが、アクションをやる役をもらえそうなのだ。これは、待ち望んでいたチャンスだ。三羅影業公司というのがどういう会社かわからない。だが、ゴールデン・ハーヴェストでサモ・ハン・キンポーらと仕事をしているユン・シンが監督をやるというのだから信用できるはずだ。

断る理由はなかった。

誠はうなずいた。

「ぜひ、やらせてください」

「けっこう」

アレックス・チャンとユン・シンは同時にほほえんだ。

アレックス・チャンは、立ち上がり手を差し出した。誠はその手を握った。彼に対する疑念や恐れは消えない。だが、このチャンスを逃すわけにはいかない。

誠は彼の手を握った。

アレックス・チャンは、ユン・シンに何事か早口で告げると、スタジオを出ていった。ユン・シンがツァイにこまごまとした指示を与えている。

それが終わると、彼も誠と握手をしてスタジオを出ていった。

ツァイが誠に言った。

「映画が撮り終わるまで、私があなたのマネージャーです。わからないことがあったら、何でも訊いてください」

ツァイは丸顔で人のよさそうな小男だ。身長は百六十センチに満たないだろう。

「ちょい役にマネージャーが付くんですか？」

「あなたは特別です。ミスター・アレックス・チャンが見込んだ方ですからね」

誠は苦笑するしかなかった。

「彼は初めて俺の空手の練習を見たとき、笑ったんですよ」

「笑った……？」

ツァイが戸惑ったように聞き返した。

「そう。ばかにするようにね」

「ああ、それは多分あなたの勘違いですよ。彼が笑うときは、たいてい興味を引かれたときなのです」

「興味を引かれたとき……？」

「そうです。ミスター・アレックス・チャンがばかにしたときは、見向きもしません」

なるほどと思った。

まあ、そういうことにしておこう。

「あなたは、どこに住んでいますか？」

ツァイが尋ねた。

「佐敦にあるドミトリです」

「撮影はショウ・ブラザーズのスタジオを借りて行われます。ショウ・ブラザーズにホテルがあるので、そこに移動するようにと、ミスター・ユン・シンが言っていました」

「ショウ・ブラザーズの中にホテルがあるんですか？」

「そう。街の中心から離れていますからね。そこに泊まったほうが便利です」

それはたしかにそうだ。

「ホテル代は……？」

ツァイが笑った。

「三羅が払います」

「気前がいいですね」

「三羅は、このところなかなかのヒットを飛ばしています。すべて、ミスター・アレックス・チャンのおかげですよ。彼のアクションは本物です」

「なるほど……」

「ホテルにはいつ移れますか？」

「いつでもいいです」

「じゃあ、これからすぐに行きましょう。車を出します」

表で待っていろと言われた。

何という待遇の変化だろう。一昨夜は、関戸に言われて、麻薬を女に売りに行った。ここに来るのに、金がもったいないのでタクシーに乗るかどうか迷っていた。それが、移動するための車を用意してくれるというのだ。

夢でも見ているのかな。誠は本当にそんな気分だった。

名前を呼ばれて振り向いた。ツァイの声だった。そこには、機材を運ぶための小さなトラックが止まっていた。ところどころ塗装がはげており、ドアには大きなへこみがある。もちろん冷房などついていそうもない。背広の下はすでに汗でぐっしょりだったので、うんざりした気分になった。ツァイが笑顔で運転席から手を振っている。リムジンとはいわないまでも、タクシー程度の車を想像していたのだ。

まあ、世の中、こんなもんだよなあ。

むっとする助手席に乗り込んだ。トラックは悲鳴のようなエンジン音を上げて走り出した。熱気の中を車は疾走する。だが、走り出せば、風は心地よい。

誠は、ツァイに話しかけた。エンジン音と風の音のせいで自然と大声になる。

「頼みがあるんだが……」

「何でしょう？」

「早く広東語を覚えたいんだ。協力してくれないか」

「それはいいことです。映画の仕事をするにも、言葉は大切です」

「俺に広東語を教えてくれ。そして、なるべく俺と話をするときは、広東語を使ってくれ」

「無問題《モウマンタイ》」

ツァイはにこやかに言った。それが、ノープロブレムという意味であることを、もちろん誠は知っていた。

ドミトリで宿泊費を精算し、荷物を持って再びツァイが運転するトラックに乗り込んだ。管理人の山本は、別れを惜しむこともなく、事務的に誠を送り出した。

これで、床がびしょびしょになるシャワー付きトイレともお別れだと思うとほっとした。

最初にショウ・ブラザーズを訪れたときは、観光客とともに、あちらこちらに寄りながらのバスの旅だったので、二時間以上かかった。

だが、トラックは五十分ほどで着いた。すぐに部屋に案内された。ユン・シンか三羅影業公司の誰かが部屋を押さえてくれていたらしい。

一流ホテルとはいいがたい。しかし、ちゃんとしたベッドがあり、床がびしょびしょにならないバスとトイレもついている。

窓からは、撮影所が見て取れる。誠は、香港の映画産業の景気の良さを実感した。日本では映画界はすでに斜陽産業と見られている。しかし、ここではまだまだ勢いがある。日本から単身、何のつてもなくやってきた誠に、こうしてホテルの部屋を与えてくれるのだ。日本では考えられない。

「撮影所の中に食堂があり、いつでもそこで食事ができます」

ツァイが言った。

「それもただなんですか」

「ここで働いている者はいつでもそこで食べられます」

「それはありがたい」

ここにいて、撮影をしている限り、金の心配はいらないということだ。部屋には電話までついている。

ツァイが撮影所の案内をするというので、ついて回った。前回は観光客ルートだったので、詳しく見て回ったわけではなかった。

歩いてみると、撮影所の広大さがよくわかった。本当に一つの街だ。立ち並ぶ大倉庫のようなスタジオ。そのすべてが稼働《かどう》しているようだ。

大道具、小道具、照明などのスタッフが、上半身裸で歩き回っている。活気に満ちていた。香港のカンフー映画は、ブルース・リーの死後翳《かげ》りを見せているとユン・シンは言っていたが、とてもそうは思えない雰囲気だった。

最盛期はもっとすごかったということか……。

ツァイは、食堂に案内してくれた。オフィスからスタジオの間の路地に入ったところにある。引き戸を開けると、狭い小さな食堂だった。テーブルにビニールのテーブルクロスがかけてある。

その上にいくつかの大皿が並び、スタッフたちが食事の最中だった。みんな立ったまま飯を食っている。

その食事の風景にもたくましさを感じる。蠅《はえ》がたかる料理をものともせず、箸《はし》でつまんで口に運び、飯を頬張《ほおば》る。

今食っておかなければいつ食えるかわからないという迫力を感じる。

「ブルース・リーもここで食事をしていましたよ」

ツァイが言った。

正直言って、少々気分が悪くなりそうだった。床は、スタッフたちが吐き散らかした骨などが散乱している。

なにしろ、ものすごい蠅だ。ここで食事をする自信を失いかけたときに、そのツァイの言葉だった。

そうか。ブルース・リーもここで飯を食ったのか。

その一言で気分が変わった。

「そういえば、腹が減ったな」

誠は言った。

ツァイは、うなずいた。

「じゃあ、いっしょに食べますか？」

誠はツァイがやるのを真似て、飯をよそい、その飯の上に大皿から蝿を追い払い料理を取ってのせた。鶏の足の煮物や豚肉の炒め物などがある。蛙《かえる》の揚げ物もあった。

手にした茶碗《ちゃわん》にも蝿が寄ってくる。誠は、鶏の足を食った。腿肉《ももにく》ではない。足先を切り取って煮たものだ。

口に入れると、とろりとゼラチン質がとけた。甘辛く煮た鶏の足は、意外にもうまかった。骨をぺっと床に吐き出し、飯をかき込む。

豚の脂身《あぶらみ》も、すぐに口の中でとける。これもうまい。

とにかくガツガツと食う。それがここの流儀のようだ。蝿や周囲の汗のにおいなど気にしてはいられない。

腹をこわしてもいい。気分が悪くてもどしてもいい。とにかく慣れることだ。誠は自分に言い聞かせた。

あのブルース・リーだって、ここで飯を食ったんだぞ。そう思えば、感慨さえわいてくる。

飯を終えて部屋に引き揚げると、ツァイは、明後日に打ち合わせがあるので迎えに来ると言って帰っていった。

一人部屋に残ると、誠はベッドに大の字になった。満足感が胸にひたひたと押し寄せてくる。

とにかく、映画の世界に第一歩を踏み出した。それだけは確かだった。

# 7

夜になると、手持ち無沙汰《ぶさた》で、どうしても関戸のことが気になった。ベッドサイドのテーブルには電話がある。

誠はそれを見つめていた。

電話をすれば、何か言われるかもしれない。また、仕事を頼まれる恐れもある。だが、香港に来てから世話になりっぱなしだったことも確かだ。

誠は、迷った末に関戸に電話をした。

「ウェイ……」

警戒するような関戸の声が聞こえてきた。今では、その理由もある程度想像がつく。彼は、黒社会の連中からの連絡ではないかと思っているに違いない。

「先輩、長岡です」

「おまえか。ドミトリを出たんだな。電話したら山本がそう言っていた。今、どこにいる？」

「ショウ・ブラザーズのホテルにいます」

「どこだって……？」

関戸は意外そうな口調で聞き返した。

「ショウ・ブラザーズの中にあるホテルですよ。映画の仕事がもらえることになったんです」

「そいつは……」

さらに意外そうな声の響き。「そいつは、何よりだったな……」

「ユン・シンさんから昨日電話があって、今朝会ったら、次に彼が監督をする作品に出てくれって言われて……」

しばしの沈黙があった。

「よかったじゃないか」

関戸はそれだけ言った。

誠は、一瞬の沈黙が気になっていた。あれは何を意味していたのだろう。

「だから、先輩のバイトはもう……」

その誠の言葉を遮るように関戸は言った。

「それはいいんだ。おまえが、仕事がほしいというから使っただけだ。本来素人《しろうと》に任せられる仕事じゃない」

関戸がどの程度その世界に関わっているのかは知らない。できることなら関わりを絶ってほしかった。

だが、やはり、関戸にとっては余計なお世話だろうと思い、何も言わなかった。

「じゃあ、先輩……」

誠が電話を切ろうとすると、関戸が言った。「待て……」

「何です？」

それからまた、ためらうような間があった。

「ユン・シンが監督をやると言ったな？」

「はい。アクション監督がアレックス・チャンという俳優で、アカサカで会った人です」

「アカサカで……？」

「マフィアの幹部に呼ばれたでしょう。あのとき、脇にいた人です」

「……ということは、その映画は、三羅で撮るのか？」

誠の心の奥で警戒信号が鳴った。

「たしかに三羅影業公司だと言っていました」

「なるほどな……」

「それが何か……？」

「いや、何でもない。三羅は、中堅の映画会社で、カンフー映画のヒット作もある。まあ、がんばれ」

電話が切れた。

誠は、受話器を耳に当てたまま、しばらく茫然《ぼうぜん》としていた。

関戸は、マフィアの幹部と三羅影業公司を結びつけて考えているようだ。知らないところで、何かが進行している。そんな気がした。もしかしたら、危険なことなのかもしれない。

だが、どうする？

今さら後には引けない。映画の仕事をするチャンスを無駄にするわけにはいかないのだ。

誠は、受話器を戻すと、またベッドにごろりと横になり、天井を見つめた。

関戸は何かを知っている。三羅というのは何か曰《いわ》く付きなのかもしれない。そして、それは黒社会絡《がら》みであることは、子供にでも予想が付く。

誠は、アレックス・チャンの行動について考えてみた。九龍《カオルン》公園で空手の練習を見たというだけで、映画に出ろと言うのは不自然ではないか。

彼は、黒社会の幹部といっしょにナイトクラブで酒を飲んでいた。親しい間柄なのかもしれない。それが、誠の映画出演と何か関係があるのだろうか。

わからない。

誠は考えるのをやめた。

考えてもわからないことは、考えるだけ無駄だ。もともと行き当たりばったりの性格だ。こうなれば、腹をくくるしかない。映画の世界がどんなところか、この眼でしっかり見届けてやろう。

今の誠にはそれしかなかった。

「来週の金曜日から撮影に入る」

打ち合わせの席上、ユン・シンがいきなり言った。

誠は驚いた。一昨日会ったときには、まだ脚本もできていないと言っていた。今日は木曜日。つまり、一週間後には脚本はできあがるということだろうか。

ユン・シンの隣には、アレックス・チャンがおり、誠の隣にはツァイがいた。一昨日とまったく同じ顔ぶれだ。

誰も驚いた顔をしない。当然のごとく打ち合わせが進んだ。

ユン・シンが淡々と説明し、それをツァイが小声で通訳してくれる。誠はなるべく、ユン・シンの広東語《カントン》を理解しようとつとめ、ツァイの通訳で内容を確認していた。

「出演者の顔合わせは、来週の木曜日、つまり撮影の前日に行われる。そこで、映画のストーリーの説明と役柄の割り振りがある。映画のタイトルは『黒客』。アレックス・チャンが、悪役の日本人ボスをやり、長岡は、その子分の役だ」

役がもらえるのだ。

誠は、その他大勢のやられ役だと思っていた。にわかに緊張が高まってくる。なにしろ初めての経験だ。

「主役は、レスリー・リュウ。私が武術指導をした映画に出たことがあり、今回は初めての主役だ。それから、セシリー・チェン。今、売り出し中の女優だ。最近はコメディタッチのカンフー映画が流行《はや》りつつあるが、私は本格的なアクションムービーを撮るつもりだ」

それから、ユン・シンは誠を見て言った。「何か、質問は？」

「脚本はいつもらえるのですか？」

誠が尋ねて、それをツァイが広東語に訳する。

ユン・シンはアレックス・チャンと顔を見合わせて笑みを浮かべた。

「現場で教える」

そのこたえの意味がわからなかった。ツァイが訳を間違えたのかと思った。

「脚本です。シナリオですよ」

ユン・シンは頭を指さした。

「シナリオは、この中にある」

誠は、映画のことはよくわからない。だが、まず脚本があって、それからすべてがスタートするものと思っていた。

だが、ユン・シンのやり方はそうではないらしい。監督がそういうやり方でいくという以上、何も言えない。

「来週の木曜日に顔合わせ、金曜日から撮影開始ですね」

誠は言った。「よろしくお願いします」


撮影所の中は広く、空手の練習場所には事欠かないと思っていた。だが、いざ練習を始めると、必ず誰かが立ち止まってそれを見物しはじめる。

すると、いつしか人が集まってくる。どうにも落ち着かない。集中することができなかった。それでも、練習をやめるわけにはいかない。金曜日の撮影は、ベストコンディションで臨みたかった。

撮影所は、二十四時間人が絶えることがない。真夜中だろうが、早朝だろうが、必ずどこかで撮影が行われていた。

撮影の三日前、誠はいつものように早朝に稽古を始めた。ホテルの前にある芝生の上を練習場所にしていた。

通りかかった若者が、立ち止まりじっと誠の練習を見ている。

またか、と思いながら無視して練習を続けた。突き蹴りの基本、ナイファンチ、十三《セイサン》、汪揖《ワンシュウ》の型、そして、キックの練習……。

一通り汗を流し、ふと見ると、若者はまだ立っている。誠は、「やあ、おはよう」と広東語で言った。

若者は近づいてきた。

「それは、何だ？」

彼は尋ねた。その程度の広東語は理解できる。

「日本の空手だ」

誠は広東語でこたえた。

「中国の武術とは違う動きだ」

相手の顔にはまだ幼さが残っているように見える。だが、香港の住民の年齢はよくわからない。もしかしたら、誠と同じくらいかもしれない。

だが、彼の態度は自信に満ちていた。その自信が鼻につく。

「あんたも武術をやるのか？」

誠は尋ねた。

「北派の武術をやる。詠春拳《ウィンツンクェン》も学んだ」

「詠春拳……」

名前だけは知っていた。「ブルース・リーがやっていたという武術だな？」

相手はうなずいた。

「俺の武術はすべて本物だ」

にこりともせずに言ってのけた。だいたい、香港の人間は謙虚さとは無縁の気がする。

誠も言ってやった。

「俺の空手だって本物だ」

「映画の仕事をしているのか？」

「これから始めるところだ」

「誰の映画だ？」

「ユン・シンが撮る映画だ」

相手は、肩をすくめた。どういう意味かわからない。

何かつぶやくように言った。

「そいつはたいへんだな」

そんな意味に取れた。

若者は、去っていこうとした。

「おい、あんた、名前は？」

若者は立ち止まり、振り返った。

「中国人は先に名乗るのが礼儀だが、日本人は違うのか？」

誠は名乗った。

相手はうなずき、言った。

「俺は、ジョニー・マーだ。この名前を覚えておくといい」

ジョニー・マーは堂々とした足取りで歩いて行った。その後ろ姿は、年齢のわりに貫禄《かんろく》があった。

広東語とジェスチャーを交えた会話だったが、ちゃんと意思の疎通《そつう》ができた。誠は、それが嬉《うれ》しかった。

通訳の助けを借りずに話ができたのだ。ジョニー・マーはいけ好かない若者だったが、広東語で会話ができたことのほうが、今の誠には重要だった。

「名前を覚えておけだって？」

誠は、つい苦笑していた。「この脳味噌に隙間がありゃあな」

顔合わせの席上は華やかだった。

ホテルの部屋を一つ借りて行われた。主役のレスリー・リュウとヒロインのセシリー・チェンが並んで席についていた。セシリー・チェンの脇には、アレックス・チャンがいる。

彼らはテーブルの向かい側だ。誠の隣にはツァイがおり、何かと誠に気をつかってくれる。公式の席で、自分がちゃんと働いていることをアピールしたいのかもしれない。

反対側には、ユン・シン監督が座った。

両側を見渡せる中央の席には、プロデューサーがでんと構えている。ハン・タオキンと名乗っていた。

腹の突き出た、いかにも中国の大人《ターレン》といった風体だ。髪をぺったりとなでつけている。高級そうな背広を着ているが、きっと中華服のほうが似合うだろうと、誠は思った。密《ひそ》かに、その姿を想像していた。

その他に、チーフ・カメラマン、照明のチーフも出席していた。

役者が四人だけというのは意外だった。主だった出演者が一堂に顔をそろえるものと思っていたのだ。

プロデューサーのハン・タオキンが冒頭に挨拶《あいさつ》をした。それを、ツァイが通訳してくれる。だが、すでに誠は、通訳なしでも半分近くを理解することができた。

内容は、どうということはない。

十五分にもおよぶ演説だったが、要約すれば、この映画を画期的なものにしたいということだ。

次に、ユン・シンが紙を配った。

たった一枚の紙に、何かメモのような走り書きがある。

「明日のシーンの台詞だ」

ユン・シンが言った。「細かいことは現場で指示する」

誠は、紙を仔細《しさい》に眺めた。

主役とヒロインのやりとりが主だ。それに、アレックス・チャンの台詞が絡む。誠の台詞はなさそうだった。

当然だと思った。

役をもらえただけでも御《おん》の字だ。最初から台詞をもらえるとは思っていない。

誠は、主役のレスリー・リュウとヒロインのセシリー・チェンに眼をやった。やはり、主役を張るだけあって、二人には役者らしい華がある。

レスリー・リュウは、線は細いもののなかなかの二枚目だ。そして、セシリー・チェンは、若さのわりにはちょっと崩れた感じの独特の艶《つや》があった。

へえ、やっぱ、美人だよな……。

誠がそう思っていると、セシリー・チェンがこちらを見た。眼があった。誠は思わず眼をそらしてしまった。格の違いを感じる。

それからおそるおそる視線を戻すと、もう彼女は、誠になど関心ないという態度で、ユン・シンの説明を聞いていた。

誠は、そっと肩をすくめて、ユン・シンの言葉を通訳してくれているツァイの声に耳を傾けた。

撮影が始まる日、誠はいつもと同じように目覚めた。昨夜はぐっすり眠った。

緊張で眠れないという経験があまりない。この神経の太さを、よく日本の友人たちがうらやましがったものだ。

ホテルの前の芝生で、いつもより軽めの運動をする。体中に血液が行き渡り、充実した気分になってくる。

食堂で朝食を済ませて、指定されたスタジオに向かった。野外セットのそばの、出入り口から一番遠いスタジオだった。

埃と塗料とメークのにおい。出入り口のすぐ脇には、最初にユン・シンと会ったときと同じように大きなテーブルがあり、同じような中年女性が茶の用意をしていた。

ツァイが教えてくれた。

彼女たちは、映画の撮影には欠かせない存在なのだそうだ。茶水おばさんと呼ばれており、役者や監督の茶を用意するのが役目らしい。

ツァイによると、役者や監督はそれぞれ、茶の好みが違い、それを百パーセント理解しているらしい。ユン・シンが、親しみと尊敬を示した理由がわかった。

スタジオには、日本家屋のセットが組まれていた。畳が敷いてあり、障子がある。だが、誠の眼にはどうしても中国風に見える。床の間の飾り付けや、襖《ふすま》の柄のせいだろう。

障子には、夕日が当たっているような照明がセットされていた。

へえ、うまいもんだな……。

その照明の具合に、誠は感心していた。

茶水おばさんがいるテーブルの脇には、監督や主役級の役者の椅子が置いてある。当然ながら、誠の椅子などない。

誠はテーブルの脇に立って、セットのほうを見ていた。やがて、ユン・シンがやってきて、照明の具合を見たり、カメラを覗《のぞ》き込んだりした。

それからスタッフと長々と打ち合わせをやる。どうやら、ヒロインのメーク待ちのようだ。

アレックス・チャンとレスリー・リュウは、何事か話し合っている。レスリー・リュウのほうがあれやこれや話しかけて、アレックス・チャンは、短く言葉を返すだけだ。

ようやくセシリー・チェンが現れた。メークを終えた彼女は、昨日見たときよりも輝いていた。クリーム色のブラウスに、ワインレッドのタイトスカートをはいている。

レスリー・リュウが椅子から立ち上がった。それから、やや遅れてアレックス・チャンが立ち上がる。

ユン・シンの指示で役者が位置に付く。部屋の中央にセシリー・チェンが座り、それをダークスーツの三人の男が取り囲んだ。

その男たちの後ろに、白いスーツ、黒いシャツという姿のアレックス・チャンが立った。どうやら、彼らは日本のヤクザという設定らしい。

ユン・シンの指示で何度かテストが繰り返される。

なるほど、ヒロインが危機に遭遇し、そこに主役のレスリー・リュウが登場するというシーンなのだな。

誠はそう思い成り行きを見守っていた。

やがて、ユン・シンの指示で、カメラが回りはじめる。スタジオ内は静まりかえり、緊張感に包まれた。

「アクション」

ユン・シンの声が響いた。

アレックス・チャンが、手下たちに何かを言う。手下たちは、ヒロインに迫っていく。一人がヒロインに飛びかかった。

抵抗するセシリー・チェン。やがてもう一人がセシリーに襲いかかる。そこまではテストのときと同様だ。

アレックス・チャンは、薄笑いを浮かべてその様子を見下ろしている。

手下の手がセシリー・チェンのブラウスにかかった。音を立ててブラウスを引きちぎる。え……。

誠は驚いた。迫真の演技だ。だが、テストにはなかった展開だ。

さらにその手下は、セシリーのブラジャーをむしり取った。豊かなバストが露《あら》わになり、たわわに揺れた。

誠は、仰天した。

カットはかからない。

さらにセシリーはスカートをはぎ取られ、あっさりとパンティーまで引き裂かれてしまった。

下半身まで丸見えだ。

セシリーは、三人の手下によって丸裸にされていた。必死に抵抗する。

だが、彼女はやがて組み敷かれ、手下の一人がズボンを下ろして彼女に覆《おお》い被《かぶ》さる。男は腰を使いはじめる。

二台のカメラが回り込み、その様子を舐《な》めるように撮影している。

誠はその様子を見て、茫然と立ち尽くしていた。

凌辱《りょうじょく》のシーンは延々と続いた。セシリーの悲鳴がスタジオ内に断続的に響く。

ようやくカットの声。

男たちはセシリーから離れ、ユン・シンの説明を聞く。

途中から、また撮り直しだ。どうやら、セシリーの体がよく見えないという指示だったようだ。

再び、凌辱のシーン。セシリーは悲鳴を上げ、アレックス・チャンは、その様子を冷ややかに見下ろしている。

ようやくユン・シンの「OK」が出ると、三人の男たちは何事もなかったようにセットを離れ、セシリーにはバスローブがかけられた。

次のシーンは、レスリー・リュウが障子を開けはなって、その場で愕然《がくぜん》とするシーン。そこで、アレックス・チャンと、言葉のやりとりがある。

ユン・シンは、そのシーンを何度か撮り直した。レスリー・リュウの表情に満足しなかったようだ。

だが、誠はそんなシーンはどうでもよかった。セシリー・チェンが凌辱されるシーンにショックを受けていた。

たしかに、女性が性的な暴力を受けるシーンは、日本の映画でもときどき見受けられる。しかし、それとはまったく違う。性描写そのものを目的としているように見えた。

アレックス・チャンとレスリー・リュウのシーンが撮り終わった。セシリー・チェンは、彼女専用の椅子にバスローブのまま脚を組んで座り、煙草《たばこ》をふかしていた。

誠は、テーブルのそばに立っていたツァイに近づいて、そっと尋ねた。

「これは、どういう映画なんだ？」

度を失っていたので、日本語になっていた。ツァイもそれに合わせて日本語でこたえた。

「どんな映画ですって？　それは、ユン・シン監督の頭の中にしかありませんよ」

その言葉に納得したわけではないが、それ以上尋ねても無駄なことがわかった。ツァイは、説明しようとしないだろう。彼の態度がそれを物語っている。

誠は、ユン・シンに呼ばれた。

「さあ、行きましょう」

ツァイが、どこか今までとは別人のような落ち着きを見せて言った。「あなたの出番ですよ」

誠より先にツァイがユン・シン監督に近づき、耳元で何事かささやいた。ユン・シンはうるさそうに顔をしかめて、言葉を返した。

おそらく俺のことを言っているのだろう。

誠はそう思った。

ユン・シンは誠に言った。

「あんたは、アクションを見込まれてこの映画に呼ばれた。余計なことは考えずに、アクションに専念してくれ」

それは広東語だったが、相手の身振りと表情に助けられて、ほぼ完璧《かんぺき》に理解できた。

そうだな。

ようやく衝撃から覚め、誠は思った。

これは、俺の映画じゃない。ユン・シンの映画だ。どんなシーンがあろうと、いちいち驚いていては仕事にならない。

「わかっています」

誠はこたえた。

スタジオの隅で、アレックス・チャンの武術指導が始まった。彼が殺陣《たて》をつけるのだ。ボス役のアレックス・チャンと街を歩いていて、敵のチンピラに遭遇するというシーンのようだ。

先陣を切って敵に突っ込むのが、誠の役だった。

さあ、ここからだ。ここからが本当の始まりだ。誠は思った。

アレックス・チャンはきっかけと、最後の振りだけを教えてくれた。あとは好きにやれということらしい。

相手は、アクション専門のスタントだ。いかにもこの仕事に慣れているという余裕の態度で、アレックス・チャンの説明を聞いている。

その間にセットのばらしが行われていた。

日本間のセットの後ろからは、うらぶれた街角のセットが現れた。ゴミ箱が持ち込まれ、段ボールが積み上げられる。

誠は、最後にその段ボールの山に背中から突っ込むことになっていた。

テストが始まった。誠は所定の位置につく。緊張感はそれほどない。相手のアクション・スタントとは、二メートルほど離れている。もう少し近づくようにとユン・シンが指示した。

お互いに十センチほど近づく。「アクション」の声で、相手のスタントが殴りかかってくる。誠は、そのパンチを組み手試合風に片手でさばいた。そうして、蹴りの反撃。前蹴りから回し蹴りにつなぐ。

相手はそれをかいくぐるようにして、腹にパンチを打ち込んでくる。誠は、再びそれをてのひらでさばいた。

突きで反撃する。さらに回し蹴りを二発。相手は、それをブロックすると、顔面にパンチを飛ばしてきた。そのパンチが顔面をかする。

誠は思わずのけぞった。相手の横蹴りが腹に飛んでくる。軽く、腹に当たる。まったくダメージはない。

さらに、相手は一歩踏み込んで横蹴りを飛ばしてきた。腹を押されたような感じだ。衝撃はない。

誠はよろよろと後ろに後退した。そのとき、アレックス・チャンの指示を思い出し、後ろの段ボールに倒れ込んだ。

「カット」

ユン・シンが言う。アレックス・チャンは、かぶりを振っている。

彼は、厳しい表情で誠に近づいてきた。

「何のつもりだ?」

アレックス・チャンに、横面《よこつら》をひっぱたかれた。

誠はびっくりした。アレックス・チャンが怒っている理由がわからない。ツァイが通訳しようとあわてて飛んできた。

「おまえはここに何しに来た?」

アレックス・チャンが低く押し殺した声で言った。

誠はぽかんとアレックスの顔を見ているしかなかった。

「これは映画だぞ。空手の試合じゃないんだ。相手の攻撃の威力がまったく感じられないじゃないか。観客は、退屈のあまり映画館に火を付けてしまうぞ」

誠はようやく気づいた。

相手のスタントは、本気で打撃を決めようとしていたわけではない。いわば、寸止めだ。あたりまえだ。これは映画のアクションなのだ。

相手の攻撃を受けたら、そのリアクションを取らなければならない。相手はたしかに、誠の攻撃に対してダメージを受けた演技をしていた。

「すいません」

誠は言った。「今度はうまくやります」

「いいか」

アレックス・チャンは歯を食いしばるようにして言った。「やる気を見せろ」

二度目のテストが始まった。

相手の攻撃のパターンはまったく同じだった。職人芸だ。

誠は、大きくリアクションを取った。腹へのパンチは、空手の試合のように小さく手で払ったりはしなかった。

大きく腕を突き出し、いくつかのパンチをしっかりと受け、いくつかは腹に食らった。パンチを打ち込まれたときには、大げさなくらいに体を折り、苦しげに顔を歪《ゆが》ませた。相手のパンチが顔面をかすったときは、実際に殴られたように、大きく首を捻り後方に退いた。

そして、最後。二発の蹴りで大きく後方に吹っ飛び、後ろ向きに段ボールに突っ込んだ。

「カット」

ユン・シンの声。誠は積み上げられた段ボールの中から起きあがり、まずアレックス・チャンの顔を見た。

アレックス・チャンはにこりともせずに、誠に近づいてきた。

「何だ、あのパンチは？　空手では役に立つかもしれない。だが、観客の眼にはそう映らない。観客にわかるような攻撃をしろ。体全体で打ち込め。わかったか？」

「はい」

そういえば、誠の突きは、空手の組み手試合のような動きだった。相手のボディーや顔面に目がけて繰り出される。スピードも実際の威力もあるが、見た目には地味に映るだろう。

一方、相手のスタントのパンチは、全身をつかって大きく腕を振っている。バックスイング、フォロースルー、ともに大きい。

誠は言った。

「わかりました」

三度目のテスト。

相手のスタントがうんざりしたような顔をしている。誠は、体育会の乗りで、深く頭を下げ、大きな声で言った。

「すいません」

今度は注意されたことすべてに気をつけた。相手の動きは、またしてもまったく同じだ。誠は、体を大きく使い、派手な動きでパンチを繰り出し、相手の攻撃にダメージを受ける演技をした。

アレックス・チャンは、ようやくＯＫを出した。

ユン・シンがアレックス・チャンと短い言葉のやりとりをした後に、本番となった。

スタジオ内が静まりかえり、カメラの回る音が聞こえる。

照明が誠と相手のスタントだけを照らしだし、誰もが二人に注目している。

誠は、それを感じ取ったとたんに、いままで感じたことのない緊張を覚えた。

何だこれは……。

手足に震えが来る。

「アクション」の声。

相手のスタントが、テストどおりの動きで迫ってくる。

だが、スピードと迫力が違う。

相手の手足が空気を切る音がする。

誠の頭は、ぼうっとしていた。

相手の攻撃についていくことができない。

「カット」

ユン・シンの苛立った声が聞こえる。

アレックス・チャンは、あらぬほうを向いてかぶりを振っている。

誠はまるで、雲の上を歩いているような気分だった。自分の体が自分のものでないような気がする。

周囲の風景が遠のいていくような気がする。見えているものに実体がないような奇妙な気分。

あ、俺はあがっているのか。

誠は思った。

これがあがるということなのか……。

アレックス・チャンが近づいてきた。

「どうやら、おまえにチャンスをやろうと思ったのは、俺の間違いだったようだな」

誠の眼には、アレックス・チャンの顔だけが大写しになっている。背景が歪んでいた。魚眼レンズを覗いているようだ。

このままではだめだ。

それは、誠にもわかる。だが、あがるなどというのは、初めての体験だった。試合のときにもあがったことはない。自信があったからだ。

照明を当てられ、カメラを向けられるというのは生まれて初めての体験だ。

どうすればいい。

どうすれば……。

誠は、アレックス・チャンの眼を見つめて言った。

「お願いがあります」

「何だ？」

「もう一発、ぶん殴ってください」

一瞬、怪訝そうな顔をしたアレックス・チャンは、すぐに誠の意図を悟ったようにふんと嘲るような笑いを浮かべた。

次の瞬間、腹にずしんと来た。

アレックス・チャンのボディーブローだった。背中まで突き抜けそうな衝撃だ。

頬を張られることを予想していた誠は不意をつかれた形になった。

したたかなダメージだ。

だが、それだけに効き目があった。頭に昇っていた血が、すうっと引いていく気がする。

「気合いを入れていけ」

アレックス・チャンが言った。広東語だが、そういう意味のことを言っていることはわかった。

再び、カメラが回りはじめる。「アクション」の声。

だが、今度はだいじょうぶだった。両脚が地面を踏みしめている実感がある。

テストどおりにやればいいんだ。

大きく動いて、派手にぶっ飛ぶ……。

それだけを考えて動いた。

相手の動きは、さらに激しさを増している。それだけ、彼も必死なのだ。

今度は相手の動きがよく見て取れる。動きは激しいが、テストのときとまったく同じ動きだ。

誠は、それに反応して思い切り動いた。

これでもか、と勢いをつけて段ボールの中に背中から突っ込む。

「カット」がかかる。

ユン・シンとアレックス・チャンが、何事か真剣に話し合っている。

誠が起きあがると、アレックス・チャンがまた近づいてきた。

「顔面を殴られたときに、体をひねって一度倒れてくれ。それから起きあがって反撃だ。その後に、サイドキックを二発食らって、段ボールの山に突っ込む。いいな?」

誠は、アレックス・チャンの広東語をだいたい理解していた。だが、念のためにツァイに通訳をしてもらった。これ以上、へまはやれない。

「わかりました」

次のテイクだ。

言われたとおり、顔面を殴られたときに、首をのけぞらせ、からだをひねって一度倒れる。それから、起きあがって、反撃。その後、相手の横蹴りを二度食らって、吹っ飛んだ。

「カット」

ユン・シンとアレックス・チャンがまた、真剣な表情で打ち合わせをする。

「誠、もっと高く蹴れないか？」

「やれます」

「相手の頭を蹴るんだ。相手は、身をかがめてそれをやり過ごす。そして、誠のボディーに反撃だ。それを加えよう」

テストを一度やって、段取りを確認する。

再びカメラが回る。

段取りどおりにできた。だが、まだユン・シンのＯＫが出ない。さすがに息が上がってきた。

スタジオの中は暑い。すでに、下着まで汗でびしょびしょだった。

アレックス・チャンの要求はだんだん高度になっていく。誠は、必死でそれに従った。汗を流し、体を動かすことによって、独特の高揚感がやってきた。すでに、カメラが回っていることも、スタッフたちが注目していることも気にならなくなっている。

指示を出すアレックス・チャンの表情が変わった。

身振り手振りを交えて指示するようになっていた。誠の知っているアレックス・チャンとは違う。

普段のアレックスは、どこか暗黒街のにおいを漂わせている。シニカルな笑いと、ある種の傲慢《ごうまん》さで殻を作り、他人を寄せ付けない雰囲気があった。

だが、今目の前にいるアレックスは違う。相手の眼をしっかりと見つめ、声のトーンも少しばかり高くなっている。饒舌《じょうぜつ》で、熱気にあふれていた。

誠もアクションだけに集中していた。

ようやく、ユン・シンの「ＯＫ」が出た。何度目のテイクか、もう誠にはわからなくなっていた。

誠はへとへとに疲れていたが、相手のスタントは、汗こそかいているものの、平気な様子だった。

ツァイが満足げにほほえみながら近づいてきた。

「俺はみんなに嫌われたかもしれないな」

誠は広東語で言った。

ツァイが怪訝そうな顔になった。

「なぜです？」

「あんなにＮＧを出しちまった」

ツァイは、肩をすくめた。

「たしかにテストのときは、なっちゃいませんでした」

「わかってるよ」

「でも、そのあとは悪くなかったですよ。アクションでNGを重ねるのは、香港映画の特徴ですよ。だから、世界一のカンフー・アクションを撮れる」

「そうなのか？」

慰めてくれているのかな。誠はふとそう思った。だが、ツァイが誠を慰めなければならない理由はない。

「そうです」

ツァイが言った。「そして、あなたは、アレックス・チャンとユン・シンを本気にさせた。たいしたものですよ」

そう言われて悪い気はしない。

だが、これから先もアレックスとユン・シンの要求にこたえられるだろうか。そう思うと不安になった。

そして、セシリー・チェンの暴行シーンを思い出した。明らかに、性描写を目的としたシーンだ。

この映画はどういう映画なのだろう。

三羅影業公司というのは、どんな映画を撮っている会社なのだろう。

アクションを撮り終えると、再びその疑問が頭をもたげた。

# 8

翌日は、街へロケに出かけるということだった。誠の出番はなしだ。ますます、どういう映画なのかわからなくなる。

誠は前日酷使した肉体をホテルの部屋で休めていた。毎日欠かさず練習をしていたおかげで、ひどい筋肉痛に悩まされることもなかった。

することもなくベッドに横たわっていると、昨日のアクションシーンを思い出した。血が熱くなる。

筋肉は疲れ果てているが、動かずにいられなくなった。

張っている筋肉をほぐそう。

そう思った誠は、着替えて外に出た。いつもの芝生の上で、念入りにストレッチをやり、筋肉に充分に酸素を送り込む。

最初は、ありとあらゆる筋肉が苦情を申し立ててくるが、その痛みに耐えて伸ばし続けていると、やがて体が軽くなってきた。

いつもより少な目に空手の突き蹴りといった基本練習をやり、次に、キックとパンチをやってみた。

昨日、アレックス・チャンに注意されたように、なるべく派手な動きを心がける。ボクシングのストレートやフックのような感じだ。

そういえば、ブルース・リーも、映画の中での動きと実際の戦いの動きは別物だと言っていた。

ショウ・ブラザーズのシネマ・タウンは清水湾《クリア・ウォーター》のそばの高台にあり、気温と湿度は高いが、海からの風が吹いてきて、気分がよかった。

パンチからキックへ。そのコンビネーションも練習した。できるだけ派手に、全身を使って動くことを心がける。

全身から汗が噴き出す頃、筋肉の張りも楽になってきた。さらに動けそうな気がしてくる。だが、誠はそのへんで練習をやめておくことにした。

明日はまたアクションの撮影がある。

ふと、誠は視線を感じて振り向いた。

ジョニー・マーが立っていた。

にやにや笑いながら、誠を見ている。

誠はタオルを手にして汗をぬぐった。

「何だよ。何か用か？」

誠は、広東語《カントン》で言った。毎日浴びるように広東語を聞いているし、ツァイの協力もあって、誠の広東語は日ごとに上達している。

「動きが変わったじゃないか」

「昨日、武術指導からさんざん言われてな……」

「武術指導？　ユン・シンか？」

「いや、アレックス・チャンだ」

「アレックス・チャン……」

ジョニー・マーは、あいかわらずにやにやと笑っている。「そうか三羅で映画を撮っていると言っていたな……」

その笑いが気に入らなかった。

「何がおかしいんだ？」

誠は、凄味をきかせてそう言ってやったつもりだった。だが、正確に言うと、「どうしてあなたは笑っているのですか」という広東語だった。

「別に……」

ジョニー・マーは肩をすくめた。「気に障ったのなら謝るよ」

とても謝るという態度ではない。

「俺のアクションを笑っていたのか？」

誠は、相手を睨みつけて言った。

ジョニー・マーの笑いが消えた。

「だったら、どうだというんだ？」

アレックス・チャンにジョニー・マー。誠は彼らの嘲るような笑いにうんざりしていた。

「笑えないようにしてやるよ」

誠は言って、一歩近づいた。

ジョニー・マーは、動かない。笑いは消えたが、表情から余裕は失われていない。

昨日は、アクションについてアレックス・チャンから注意された。まったくなっていなかったと、自分でも思う。だが、空手の技に関しては自信があった。

派手に見せる必要はない。最短距離でスピードのある突きを打ち込めばいい。そのためだけに、何年も練習を続けてきたのだ。

誠は、攻撃の姿勢を見せた。両手を胸の前に構える。左手、左足が前になっている。

ジョニー・マーは、棒立ちのままだ。表情も変わらない。

なめてるな……。

誠は、地面を蹴って飛び込んだ。前にある左手を顔面に飛ばす。だが、それはフェイントだ。本命は、右の中段突きだ。腰を充分にひねって、鳩尾を狙う。

大学時代に、鍛えに鍛えたワンツー攻撃だ。棒立ちのジョニー・マーがその動きに対処できるはずはないと思った。

右の拳がジョニー・マーの鳩尾をとらえたと思った瞬間、胸にしたたかな衝撃を感じた。誠は、自分の口から出た奇妙な音を聞いた。大きな蛙の鳴き声のようだった。

気がついたら、尻餅をついていた。

ジョニー・マーが、勝ち誇ったような表情で見下ろしている。

何をされたのかまったくわからなかった。誠は、ずるずると尻をついたまま後退し、距離を取ったところで立ち上がった。胸にうずくような痛みがある。

ジョニー・マーは、まったく移動していないように見える。

誠は、再び構えた。

相手も中国武術の心得がある。うかつに飛び込んだのが間違いだった。

今度は用心深く間を詰めた。じりじりと、自分の間合いになるまで近づいていく。ジョニー・マーは、やはり動かない。両手をだらりと下げて、ただ立っているだけだ。

誠は、今度は足でフェイントをかけた。どんと踏み込む振りをして、相手の反応を誘い、そこに最も速い前手の刻み突きを見舞った。

ボクシングのジャブのような突きだ。

これが、相手の胸に決まるはずだった。

まったく同じことが起きた。

胸にどしんという衝撃を感じて、誠はよろよろと、後ずさった。また尻餅をつきそうになったが、今度はなんとか踏みとどまった。

「ふん、そんなもんか……」

ジョニー・マーは言った。だが、どう攻撃していいかわからなくなった。何が起きているのかわからないのだ。

誠は、再び構えた。

「今度はこっちから行くぞ」

ジョニー・マーが動いた。ゆらりと上体が前に揺れたと思うと、彼の右手がうなりを上げて飛んできていた。

誠は反射的にそれをよけた。耳のすぐ脇を右手が通り過ぎていく。次の瞬間、同様にマーの左手が飛んできた。

それをよけると、また右手が振り下ろされる。マーは、両腕を風車のように振り回しながら前進してくる。そんな攻撃を受けたのは初めてだった。

手に気を取られていると、足が飛んでくる。まっすぐに伸ばした脚をやはりぶんぶんと振り回してくる。

絶え間ない攻撃。

誠は、ついによけることもさばくこともできなくなった。

横面を脚でビンタのように打たれ、さらに首の付け根に手刀を食らった。

すとんとその場に崩れ落ちてしまった。膝から力が抜けてしまったのだ。顔面を横から蹴られたせいで、軽い脳震盪を起こしたようだ。

誠は、頭を振って、ジョニー・マーを見上げた。

マーは、涼しい顔で立っている。

誠は、マーの顔をただ見上げているしかなかった。敗北感。

周囲が騒がしくなった。気づくと、いつの間にかまわりに人が集まっており、彼らがジョニー・マーに喝采を送っているのだ。

誠は、消えてなくなりたかった。

「悪くないな」

ジョニー・マーが言った。「相手が俺でなかったら、勝てたかもしれないぞ」

彼は、また薄笑いを浮かべた。そして、くるりと背を向けると、スタジオのほうへ歩き去った。そのマーについて、野次馬たちが移動していく。

誰かが駆け寄ってきた。

「何をやってるんです」

日本語だった。あきれたような口調だ。

ツァイだった。

「あんたか……」

　気力が失せ、広東語が出てこない。誠は日本語で言った。

「ちょっと、腕試しをな……」

「腕試し……？　ジョニー・マーを相手にですか……」

　ツァイはますますあきれた表情になる。

「知っているのか？」

「ここでジョニー・マーを知らない者はいませんよ」

「何者だ？」

「ナンバーワン・スタントです。武術の達人ですよ」

「達人？　あの年で……？」

「彼は天才なんですよ」

「天才か……。なるほどな……。いくつかの武術をやっていると言っていた」

「詠春拳《えいしゅんけん》と、北派の通臂拳《つうひけん》です」

　詠春拳はもちろん知っている。通臂拳というのも聞いたことがあった。肩を柔軟にして、両腕を振り回すようにする攻撃が特徴だということだ。

　なるほど、あの攻撃が通臂拳だったのか。

　誠は思った。その恐ろしさは、やられた者でないとわからない。

「ツァイ、あんた、俺たちの戦いを見ていたか？」

「途中からね」

「俺は、自信を持って空手の突きを打ち込んだ。だが、逆に胸を打たれてひっくり返ってしまったんだ。何をやられたのかまったくわからなかった」

「ああ、それ、詠春拳の技ですよ。詠春拳は、受けながら、同時に反撃するのが特徴なんです。へたに攻撃すると、何をやられたのかわからないうちに、倒されているそうです」

「まさにそんな感じだったよ」

だが、ジョニー・マーがどういう動きをしたのかはまったくわからなかった。何をされたのか知りたい。誠は切実にそう思った。

ジョニー・マーか。

誠は思った。

俺の名前を覚えておけ、と言ったのは伊達《だて》じゃなかったんだな。

それにしても、悔しかった。

大学までの空手人生でも、これほど悔しい思いをしたことはなかった。日本の空手が、中国の武術に負けたような気すらしていた。

なんとかあいつを見返してやりたい。

「あんまりびっくりしたんで、用を忘れるところだった」

ツァイが言った。

「用？」

　そういえば、ツァイはなんでここにやってきたのだろう。

「今夜のロケに、あなたにも参加してもらうことにした。ユン・シン監督がそう言ってました」


　夕刻に、ツァイが運転するぼろぼろのトラックで、香港の市街地に向かった。旺角《モンコック》にあるホテルで撮影が行われているという。

　一週間あまり市街地を離れていただけなのに、九龍《カオルン》の猥雑《わいざつ》さがなつかしかった。光と色彩の洪水だ。すべての道は、そそり立つビルの隙間でしかなく、そのビルから無数の看板が突き出しているので、空が見えないくらいだ。

　ビルの窓やベランダは、そこに住む人それぞれの個性をこれでもかというくらいに主張している。全体の景観などお構いなしで、見た目より生活のほうが大切だということを、声高に訴えているようだ。

　ツァイが運転するトラックは、ネイザン・ロードを左折して、旺角道《モンコック・ロード》に入った。さらに、街の猥雑さが増した。

　街中で駐車することが難しいのは、香港でも東京でも同じだ。ツァイはいったいどこに車を停めるのだろうと思っていると、いきなり、古い建物が多い細い路地に駐車してしまった。漢方薬を扱っている薬屋の前だ。

店から従業員らしい男が出てきて、大声で苦情を申し立てた。ツァイは、声高に何事か言い返した。

その口調には、独特の凄味があった。薬屋の従業員は、押し黙り憎しみのこもった眼でツァイを睨みつける。

ツァイは、舌を鳴らしてその男に近づいた。ポケットに手を入れると、札を一枚取りだして、男に突き出した。

薬屋の従業員は、それを受け取り、何事もなかったように店に引っ込んだ。

「さあ、行きましょう」

ツァイは広東語で言った。「こっちです」

薬屋の従業員に言い返したときのツァイは、危険な雰囲気を醸し出していた。普段、誠の前ではいかにも人がよさそうに振る舞っている。だが、たしかにツァイの別の一面を見た。

どいつもこいつも、油断ならねえな……。

誠はそんなことを思いながら、古い建物が並ぶ通りを、ツァイに付いて進んだ。

やがて、ツァイがあるビルの前で立ち止まった。その通りにあるほかの建物と同様に、そのビルも古く、薄汚れていた。

「ここです」

ツァイがビルに入っていく。今にも壊れそうなエレベーターが一基。階を示す表示は、動く矢の形をした針だ。ドアは手動で、中にもう一つ、格子《こうし》の扉がある。

「ここがホテルだって？」

誠が尋ねた。ロビーらしいものはない。エレベーターの手前に窓口があったが、人影はなかった。

「そうですよ。一つの階を借り切ってロケをやってます」

ツァイが平然とこたえた。

エレベーターはひどく揺れる上に、どこかで、何かの部品が拷問《ごうもん》にあっているような悲鳴を上げる。ツァイがドアを開けるまで、ひどく不安だった。

エレベーターが開くと、そこには照明機材、音響設備、カメラが並んでおり、スタッフたちが、談笑していた。

誠は、彼らに近づこうとしたとき、一つのドアの向こうから、女の悲鳴のような声が聞こえてきてぎょっとした。

誰もそれを気にしている様子はない。じきに、それが悲鳴ではないことがわかった。断続的に聞こえてくる女の声。それは、明らかに男女の営みを示していた。

ツァイはこの階を借り切って映画を撮影していると言っていた。ということは、部屋の中でも撮影が行われているということだ。濡れ場を撮っているに違いない。

いくら世情にうとい誠でも、これがどういう映画か気がついた。

誠はツァイに言った。

「ポルノ映画なのか?」

ツァイは、平然とこたえた。

「そうです。もともと三羅というのは、ポルノ映画の会社です」

なるほどな……。

ポルノ映画に、ちょっとばかりアクションの味付けをしたというわけだ。男と女が交わっているシーンがメインだから、脚本などいらないわけだ。

誠は妙に納得していた。

ユン・シンは、まだ若い。おそらく三十歳になっていないだろう。そんな彼が、そう簡単に監督になれるはずはない。だが、ポルノとなると話は別だろう。

三羅で映画を撮ると言ったときの、相手の反応の理由がようやく理解できた。

気落ちしなかったと言えば、嘘になる。

誠は、アクション映画だと思って一所懸命にアレックス・チャンの指示に従っていたのだ。

部屋の中が静かになり、中からまずユン・シンが姿を見せた。次に、現れたのはバスローブを羽織ったレスリー・リュウだった。ユン・シンに親しげに声をかけた。だが、ユン・シンは、表情を閉ざしたまま、レスリー・リュウのほうを見ずに、無言でうなずいただけだった。

それから、ややあって、やはりバスローブを羽織ったセシリー・チェンが出てきた。廊下に出ると、彼女は長い髪をさっとかきあげて、誠の前を通り過ぎると、となりの部屋に消えていった。どうやら、そこが控え室らしい。

いままで、彼女がベッドの上でレスリー・リュウと抱き合い、快楽に乱れる姿をカメラにとらえられていたのかと思うと、なんだか、誠はいたたまれないような気分になってきた。

誠を呼ぶユン・シンの声が聞こえた。

誠は、そちらを振り向いた。

「この廊下で、戦いのシーンを撮る。もうじき、アレックスがやってきて、指導をしてくれる。いいな」

「わかりました」

ユン・シンはどこか思い詰めたような顔をしている。何か難しい問題を抱えてでもいるように見える。

もしかしたら、俺に対して後ろめたい思いをしているのかもしれないな。

誠はそんなことを思った。

彼は、ポルノ映画を撮るとは一言も言わなかった。打ち合わせのときは、本格的なアクション映画を撮るつもりだと言ったのだ。

つまり、誠を騙《だま》していたことになる。

ユン・シンを怨む気はない。映画の仕事をくれたことには違いはない。だが、最初からちゃんと説明してほしかったと思うだけだ。この映画に携わる人々は皆知っていたはずだ。一人だけ知らされずにいたという点だけが不愉快なのだ。

例のエレベーターの悲鳴が聞こえ、アレックス・チャンが廊下に姿を見せた。黒いシャツに黒いラッパズボン、それにサングラスをしている。

どう見ても黒社会の恰好だ。

アレックス・チャンは、まっすぐにユン・シンのもとに行った。二人は、何事か小声で話しはじめた。

何かよからぬ相談をしているように見える。アレックス・チャンの恰好はいかにも怪しげだし、ユン・シンの表情は抜け目なさそうだ。

ポルノ映画のアクションシーンか。

誠は思った。

おそらく観客は、セシリー・チェンの裸と派手なセックスシーンを期待して映画館に来るのだ。アクションシーンなど誰も気にかけないかもしれない。

そういう客は、アクションシーンなど少なければ少ないほどいいと考えるかもしれない。

その分、セックスのシーンを増やしてほしいはずだ。

そう思うと、何だかやる気がしぼんでいくような気がした。

昨日は、アクションシーンの撮影に長い時間を割いた。それが香港映画のやり方だとツァイが言っていた。

だが、結局、どのくらいそのフィルムが使われるのだろう。もしかしたら、誠が出たシーンはほとんどカットされるかもしれない。

誠は勝手にそんなことを考えていた。

ユン・シンとアレックス・チャンの長い話し合いが終わった。誠はアレックスに呼ばれ、彼に近づいた。

「ここから、あそこまで、打ち合いながらずっと移動していく。できるな?」

アレックス・チャンは、廊下の端から端を指さして言った。それを台車にのせたカメラで追うのだという。

相手は、昨日とは別のアクション・スタントだった。彼も、昨日のスタントマンと同様に、余裕の表情で説明を聞いていた。

誠は、激しく拳を交え、蹴りを出し合いながら、後退していく役割だ。

「わかりました」

誠は言った。

「俺が一回やってみせるから、よく見ていろ」

アレックス・チャンは、アクション・スタントと向かい合った。カメラの真ん前だ。

アクション・スタントが気合いを発して、蹴りを出した。アレックス・チャンは、それを大きく手を振って叩き落とす。

相手が両手を振り回すように攻撃してくるのを、アレックス・チャンは、腕を交差させるようにして受けとめる。

二人は、それから目まぐるしく両手を突きだし、受け、反撃した。

休みなく攻防を繰り返しながら、アレックスは後退していく。

肉を打ち、骨がぶつかる音が絶え間なく響く。

おいおい、本気かよ……。

誠は思った。

たかが、ポルノ映画じゃないか……。

やがて、アレックス・チャンが廊下の端まで後退して、攻防は終わった。

あれだけ激しい打ち合いをやったにもかかわらず、アレックス・チャンは息も乱していなかった。

「わかったか、誠」

「はあ……」

誠は言った。「何とかやってみます」

どうも、いまひとつやる気がわいてこない。観客が注目しないアクションだという思い込みのせいだ。

何か奮起するきっかけが必要だ。

「テストだ」

ユン・シンが言った。

相手のアクション・スタントは、本気で打ち込んでくる。気を抜けば怪我《けが》をする。誠は、無難にアレックス・チャンがやったことを真似た。

一度目のテストが終わり、誠はアレックス・チャンの指示を待った。

アレックスは誠のほうを見ているようだが、サングラスのせいでその眼の表情を読みとることはできない。

アレックス・チャンは、眼をそらすと、ユン・シンに何か言った。ユン・シンはうなずき、誠に言った。

「おまえは、もう帰っていい」

誠は、立ち尽くした。

誰かほかの役者を使うということらしい。

「待ってください」

誠は言った。「どこか悪いところがあるのなら、言ってください」

アレックス・チャンが言った。

「俺たちは、アクションを撮りたいんだ。本物のアクションだ。お嬢さんのダンスを撮りたいわけじゃない」

「もう一度やらせてください」

誠は言った。

アレックス・チャンはかぶりを振った。

「やる気のある役者やスタントは、ほかにいくらでもいる」

ここで引くわけにはいかないと、誠は思った。深々と頭を下げ、大きな声で言った。

「お願いします。もう一度やらせてください」

こういう仕草は、体育会で鍛えられている。

アレックス・チャンが、ユン・シンに何事かささやいた。ユン・シンが言った。

「いいだろう。もう一度だけチャンスをやろう」

二度目のテストだ。

位置につこうとしていると、相手のアクション・スタントが、薄笑いを浮かべて誠に近づき、ささやいた。

「おまえ、ジョニー・マーと勝負して負けたそうだな。負けてあたりまえだ」

誠は、頭に血がのぼるのを感じた。

何だよ、こいつ、むかつくやつだな……。

その一言がきっかけになった。誠は、俄然《がぜん》やる気になった。こいつに一泡ふかせてやりたい。

テストが始まった。

誠は、さがりながらも、けっして攻撃の手を緩めなかった。隙があれば、本当にパンチか蹴りを決めてやるつもりだった。

相手の眼の色が変わった。

気がつくと、廊下の端まで来ていた。

「ストップ」

アレックス・チャンの声が聞こえた。彼はサングラスを外した。

「誠」

彼は言った。「やれるなら、最初からやれ」

すぐに本番になった。

相手のスタントマンは、テストのときよりも攻撃のスピードを上げてきた。誠はそのとき、アレックス・チャンがどう思おうが、ユン・シンが何を考えていようがどうでもいいと思った。カメラも照明も関係ない。

相手のアクション・スタントを本気でぶんなぐってやりたかった。

てめえは、ジョニー・マーと戦ったことがあるのかよ。やってもみねえで、好き勝手なことぬかすな。

いつしか、相手は必死の形相になっていた。誠が後退する役なのに、明らかに勢いは誠のほうが勝っている。

「カット」

ユン・シンの声が響く。

アレックス・チャンが、誠たち二人に近づいてきた。

また、何か言われるな……。

誠は覚悟した。

「おい、コウ」

アレックス・チャンは、相手のスタントに声をかけた。「さっき、誠に言ったことを、そのままおまえにも言わなけりゃならないようだな」

コウと呼ばれたスタントマンは、肩で息をしていた。

「いや、チャンさん……。そいつが段取りにないことをやるんで……」

「だったら、おまえもそれに応《こた》えろ。いいか。何度も言わせるな。これはアクションだ。俺は本物のアクションが見たいんだ」

コウはびびっている。

ざまあみろ。ジョニー・マーは言ったんだ。相手が俺でなければ勝てたかもしれない、と。

おまえごときに後れをとる俺じゃない。

心の中で啖呵《たんか》を切ったが、やはりむなしかった。

ジョニー・マーには勝てないのだ。

何をされたのか、わからぬままに尻餅をつかされた、あの屈辱がよみがえった。

そして、ポルノ映画の客は、どうせアクションシーンなど期待していないだろうという思い。

ユン・シンはやはり何度かNGを出した。

どうしても、コウが迫力負けするので、アレックス・チャンは、一度誠が、彼を押し返すシーンを加えた。

ようやくOKが出たのは、深夜になってからだった。

機材の片づけが始まると、誠は取り残されたような気分になっていた。すでに帰ったものと思っていたレスリー・リュウと、セシリー・チェンが廊下に現れた。

レスリー・リュウは、白いサマースーツにワインレッドのシルクのシャツという姿だ。スーツの襟は、ヨットの帆の代わりになるくらいに大きい。

セシリー・チェンは、光沢のあるブルーのドレスを着ていた。丈《たけ》はかなり短く、胸も広く開いている。

二人が現れた瞬間に、場の空気が変わるような気がした。薄暗い、壊れかけた安ホテルの暗い廊下が、明るくなったように感じられる。

ポルノ映画の俳優であっても、やはり主役級は違うものだな。

誠は思った。

彼らは、気取った仕草でスタッフと誠の前を通り過ぎ、ユン・シンとアレックス・チャンに近づいた。

ユン・シンとアレックスは、撮影が終わっても、ひそひそと話し合いを続けていた。アレックスは再びサングラスをかけている。ユン・シンはずっと難しい顔をしている。

悪だくみをしているようにしか見えない。彼らの様子を見ていると、どうしても不安になってくる。

だいたい、アレックス・チャンが、空手の練習を見かけたからというだけで、映画の撮影に呼ばれるというのは、話がうますぎるのではないか。

今になって、誠はそんなことを思いはじめた。

関戸に仕事を紹介すると言われて、麻薬を売りに行かされたことを思い出した。それ自体は大したことではないが、黒社会に関わりを持つという意味では、願い下げだった。

アレックス・チャンは、黒社会の大物とナイトクラブで酒を飲んでいた。黒社会と深い関わりがあるに違いない。

もしかしたら、映画の撮影というのは、真っ赤な嘘で、俺は黒社会の中に組み入れられようとしているのではないだろうか。

そんなことまで想像していた。香港では、どんなに用心しても用心しすぎるということはない。

ユン・シンがさきほどアクションで誠の相手をしたコウを呼んだ。

主役の二人、ユン・シンとアレックス、それにコウを加えた五人でどこかに行こうということらしい。

誠は、ツァイに尋ねた。

「彼らはこれから、どこかに行くのか？」

「ああ……」

ツァイは言った。「尖沙咀《チムサアチョイ》にあるナイトクラブに行くんでしょう。私も誘われています。あなたも行くでしょう？」

ナイトクラブか……。

一度、関戸と行ったアカサカを思い出した。ホステスのユミは広東語を教えてくれると言っていたが、それきりになっている。

ずっと山の中のホテルにいたので、都会の喧噪《けんそう》が懐《なつ》かしかった。ナイトクラブでもどこでもいいから、酒が飲みたい。

誠は、ツァイのあとについて、ユン・シンたちの集団に近づいた。

誠に気づいたアレックス・チャンが言った。

「おまえは来るな」

誠は、一瞬何を言われたのかわからなかった。

「え……？」

アレックス・チャンは、それきり誠に背を向けた。

セシリー・チェンがちらりと誠を見て、すぐに眼をそらした。コウが、一瞬、勝ち誇ったような笑いを浮かべた。ユン・シンは、最初から誠のことなど気にしていない様子だった。

誠は言葉を失い、立ち尽くしていた。

一行は、撤収作業をするスタッフたちと、誠を残して、エレベーターに向かった。

それでも誠は立ち尽くしていた。

そばにいたツァイがおろおろした様子で言った。

「当然、あなたも呼ばれると思っていたのですがね……」

その言葉を聞いたとたんに、誠の顔が、かあっと熱くなった。恥ずかしかった。セシリーのことについていこうとした自分の姿がひどくみじめで、恥ずかしかった。セシリー・チェンの眼を思い出した。蔑《さげす》むような眼だったように思える。

その恥ずかしさはやがて、怒りに変わった。

アレックス・チャンは、明らかに誠をのけ者にしようとしている。主役や、監督たちだけで飲みに行くというのならいい。それなら、コウやツァイを連れて行こうとしなければいいのだ。

ここで撮影したキャストの中で、誠だけがいっしょに行けなかった。スタントのコウまでが、いっしょだったのが腹立たしい。

「腹が減ったでしょう」

ツァイが言った。「飯でも食いに行きましょう」

「あんたは、監督たちといっしょにナイトクラブに行けばいい」

誠は言った。「飯くらい一人で食える」

「いっしょに行きますよ。あなたに何かあったら、撮影に支障をきたします」

「どうってことないだろう。代わりはいくらでもいると、アレックス・チャンは言っていた」

「私の責任があります」

「俺の知ったこっちゃない」

誠は、歩きだした。スタッフたちは、今誠がアレックス・チャンから受けた仕打ちを見ている。早くその場から姿を消したかった。

「いいでしょう。好きなところに行きなさい」

後ろからツァイの声が聞こえた。「私は勝手についていきますからね」


誠は、佐敦道《ジョーダン・ロード》ぞいのドミトリに住んでいたころにいつも行っていた店に入った。

油にまみれ、骨や殻が散乱している床。薄汚れた壁に張り出されたメニュー。テーブルクロスの上にも、鳩の骨が山と積まれている。

ほんの一週間あまり来なかっただけなのに、懐かしさを覚えた。見覚えのある従業員たちを見るとほっとした。

誠は、広東語でまずビールを注文した。

店主が目を丸くして言った。

「いつの間に、そんなに広東語がうまくなったんだ？」

「今、勉強中だ。料理の注文くらいはできるようになった」

「何にする？　また、ほかの席の料理を指さして注文するか？」

「鳩をくれ。それから、蛤《はまぐり》だ」

「前にシャコを食っただろう。シャコがあるぞ」

「じゃあ、それもくれ」

誠は、向かいの席に座ったツァイを無視するように振る舞っていた。

ツァイもビールを頼んだ。

今回の映画に関わっているやつら、全員が気に入らなかった。

ビールが来ると、ツァイが平然とコップを突き出してきた。

「乾杯です。今日の撮影もうまくいきました」

誠はそれを無視できるほど冷淡にはなりきれなかった。仏頂面《ぶっちょうづら》で、コップを合わせた。一気にビールを飲み干す。汗をかいた後だったので、たまらなくうまかった。すぐに注ぎ足して、もう一杯飲み干した。

「いい飲みっぷりですね」

ツァイが言った。「それに、こんな店を知っているなんて、なかなかたいしたものだ」

誠は、黙ってまたビールを注いだ。そして、今度はゆっくりと飲んだ。

まず焼いた鳩が出てきて、誠はそれを指でつまんで歯を立てた。肉を削り取り、骨をテーブルの上にぽいと捨てる。

「香港流が板に付いてきましたね」

ツァイが言って、鳩に手を伸ばした。彼はまず頭を取り、頭蓋骨《ずがいこつ》をかみ砕いた。脳味噌をうまそうに食う。

「俺が注文した料理だぞ」

「いいじゃないですか。金は払いますよ」

彼らは日本人のように気をつかったりはしない。特に、食い物に関してはそうだ。

誠は溜め息をついた。

ようやくビールの酔いが回りはじめる。

「俺は、映画の仕事をもらえて感謝している」

誠は言った。

「そうでしょう」

ツァイは、次に鳩の手羽に手を伸ばして、むしゃむしゃと食いはじめた。「あなたは、運がいい。アレックス・チャンが眼を付けたんです」

「だが、気に入らないこともたくさんある」

「ほう」

ツァイは、平然と鳩を食いつづけている。この勢いでは、食い尽くされてしまうと思い、誠も、鳩を食いながら話すことにした。

「まず、第一に、誰も三羅がどういう映画を撮る会社か教えてくれなかった」

「さっき、私が教えたじゃないですか」

「撮影に入る前のことを言っているんだ」

「おや、そうでしたか？」

このやろう、しらばっくれやがって。

誠は、撮影所でツァイがユン・シンのもとにあわてて駆けていったのを見ている。セシリー・チェンがチンピラに襲われるシーンを撮った直後のことだ。

ツァイも口裏を合わせて、誠に何も知らせないことにしていたに違いない。

「第二に、ユン・シンとアレックス・チャンは、いつもこそこそと何か相談をしている」

「監督と武術指導が相談をするのは、あたりまえでしょう」

「二人は何か悪い相談をしているように見える」

ツァイは、指をなめてから、おしぼりで手をぬぐった。軽く肩をすくめると、ビールを一口飲んだ。

「そう見えるだけです」

「込み入った話をしているようじゃないか」

「私は知りません」

「アレックス・チャンは、黒社会の大物と付き合いがある」

「そうですか」

「14K《サップセイケイ》の幹部だ」

一瞬、ツァイの顔に緊張が走った。

「そういう話をこういうところでしないほうがいいです」

「なぜだ？」

「どこで誰が聞いているかわからないんです。黒社会の構成員はどこにでもいます」

「とにかく、アレックスは、かなりの大物といっしょに親しげに酒を飲んでいた」

「見たのですか？」

「見た」

「どこで？」

「アカサカというナイトクラブだ」

ツァイは、また、さっと肩をすくめた。それがどういう意味か、誠にはわからなかった。

「あんただって、人のよさそうな振りをしているが、どうもまともな人間とは思えない」

「黒社会と関係があるということですか？」

「そんな気がする」

ツァイは平然とうなずいた。

「そうですよ」

ツァイはおしぼりで口をぬぐって、またビールを飲んだ。

あまりに、あっさりとツァイが認めたので、誠は言葉を失ってしまった。ツァイは、店の者に大声でビールを二本注文した。

冷たいビールが来ると、ツァイは空になっていた誠のコップに注いだ。

「この業界の人間はね、多かれ少なかれ、黒社会と関わりができる。珍しいことじゃない」

「それはどの程度の関わりなんだ？」

「ケースバイケースですね」

「あんたの場合は？」

「私は三羅で仕事をしてますからね……」

ツァイは言葉を濁した。

「どういうことだ？」

「言ったとおりの意味ですよ」

ようやく誠は気づいた。

「三羅そのものに、黒社会が関わっているということか？」

ツァイが、誠を見た。その眼は、冷たく底光りしている。人のよさそうな仮面の下に隠された、ツァイの本性を物語っている。

そこに、蛤の料理と、揚げたシャコがやってきて、話が中断した。

「やあ、私は、このシャコが大好きでね……」

ツァイは、まだ熱いシャコの殻をばりばりとむきはじめた。

誠は、料理に手を付ける気になれず、ツァイを見据えていた。シャコのむき身を口に放り込み、うまそうに頬張ると、ツァイは言った。

「正確に言うとね。黒社会が三羅を経営しているのですよ」

声を落とした。「14K系列の黒社会です」

なんてことだ。

誠は、衝撃を受けた。

今撮影されている映画はポルノ映画で、しかも、黒社会が経営している会社の映画だというのだ。

誠の様子に気づいたツァイが笑った。

「何も気にするほどのことじゃありません。そういう会社はいくつもあります。いや、黒社会と関わりのない映画会社のほうが圧倒的に少ない。香港はそういうところなんです。ただ、それだけのことですよ」

ツァイがそう言ったが、ショックには違いない。

誠は、知らないうちに、暴力団の構成員にさせられてしまったような気がしていたのだ。覚悟してなったのならいい。だが、知らないうちにそうなっていたというのが、面白くなかった。

そのとき、誠は思った。

アレックス・チャンにはめられたんだ、と。

ツァイは、シャコを食いながら、世間話をする態度で言った。

「日本のヤクザと、中国の黒社会はちょっと違います。香港では、多くの人が、黒社会は必要だと考えています。香港の黒社会は、ビジネスはビジネスと割り切っています。別に、私たちが犯罪を強要されるわけじゃありません」

「俺が面白くないのは……」

誠は言った。「誰も、俺に教えてくれなかったということだ。三羅がどういう映画を撮る会社なのか、ユン・シンが今撮っている映画がどういう映画なのか。そして、まだわからないことがたくさんある」

「何がわからないのです？」

「アレックス・チャンというのは、何者だ？」

ツァイはぽかんとした顔で誠を見た。

「今回の映画の悪役で、武術指導を兼ねています」

誠は顔をしかめた。

「そんなことは知っている。そうじゃないことを知りたい」

ったんだ？」

「それだけですよ」

ツァイはそっけなく言った。

「ユン・シンは若い。監督の実績もないはずだ。どうして、三羅で監督をやることにな
ったんだ？」

「ユン・シンは、武術指導として経験を積んでいます。有名な中国戯劇研究学院の出身で、実力は誰もが認めています。彼の同門は、サモ・ハン・キンポーや、ジャッキー・チェンをはじめとして、活躍していて……」

誠は、ツァイの話を遮った。

「その話は知っている。だが、これまで監督をやったことはなかった」

「誰にだって、『初めて』はあります。あなただって、これが初めての映画なのでしょう？」

「それはそうだが……」

何の実績もない監督が、日本から来た何の実績もない役者を使っている。

その点がひっかかった。

何だか、この撮影自体が、芝居なのではないかとまで勘ぐりたくなってくる。気がつけば、まわりに頼る人は誰もいない。誠はたった一人なのだ。

香港にやってくるときに、それは覚悟していたつもりだった。だが、いざ何かが始まっ

てみると、頼る人がいないというのは、いかにも心細い。

ツァイが、わずかに身を乗り出した。真剣な顔つきになっている。

「長岡さん」

誠は、一瞬ツァイの表情の変化にたじろいだ。

「なんだ……?」

「この映画に出演することが不満なのですか?」

あらためてそう尋ねられるとこたえに困った。

「映画に出演することには不満はない」

「文句を言ったら、バチが当たりますよ。香港には、チャンスを求めている若者が大勢います。そして、その多くはチャンスをつかめずに、一生を終わるのです。あなたは、チャンスを与えられた。しかも、アレックス・チャンに認められたのです。ミスター・アレックス・チャンは、一流の俳優であり、一流の武術指導です」

誠は、返す言葉に困った。ツァイは、さらに言った。

「香港ではね、貧しい少年たちが武術を学ぶ。なぜだかわかりますか? 映画に出るためですよ。本当に貧しい家庭の少年たちが、腹をすかせながら、仕事で疲れ果てた体にむち打って、武術の稽古をするんです。映画スターになれば、金が儲《もう》かると信じているからです。そして、その夢を叶《かな》えられるのはほんとにごく一部にすぎないのです」

そういう話は、関戸からも聞いていた。だが、現地の人間から直接聞くと、重みが違った。

ずしんと響く重さだ。

ツァイは、吐き捨てるように言った。

「いったい、何の文句があるんです。監督と武術指導の言うとおりにアクションをやる。それだけじゃ不足だとでも言うのですか?」

「いや、そうじゃない」

誠も、身を乗り出していた。ツァイを見据えて言う。

「問題なのは、観客の誰もアクションを期待していないだろうということだ」

「どういうことです?」

「ポルノ映画だろう? 観客は裸とセックスシーンを期待して映画館に来るんだ」

ツァイは、ゆっくりと体を引いて、椅子にもたれた。それからかぶりを振って苦笑した。

「何がおかしいんだ?」

誠が尋ねると、ツァイは、苦笑を浮かべたまま言った。

「あなたは、香港の映画ファンのことを、まだ何も知らない」

どういう意味だろう。

だが、どうでもよくなってきた。酔いのせいもあるかもしれない。もともと、誠は、物事を突き詰めて考えるのが苦手だ。

目の前には、うまそうな料理が湯気を立てているし、冷えたビールもある。

「そうだな……」

誠は言った。「ただ、ユン・シン監督と、アレックス・チャンに言われたとおりにアクションをやる。それだけを考えればいいということだな？」

「そうですよ」

納得したわけではない。ただ、考えるのが面倒になったのだ。

誠は、刻んだネギとニンニクのたっぷりきいた蛤の殻をつかんで、身を口に含んだ。一気に空腹感がよみがえる。蛤とシャコをがつがつと食い、ビールを飲んだ。

ツァイも、今までの話を忘れたかのように旺盛《おうせい》な食欲を見せた。

# 9

翌日は、朝の八時から撮影があった。夜のうちに雨があり、芝生が濡れていた。激しい雨だったが、ほんの小一時間でさっと上がり、今朝は朝から晴れていた。また、暑くなりそうだ。

誠は、ウォーミングアップで、軽く汗を流してから、いつものスタジオに向かった。アクション・スタントたちが集まって何かを話し合っている。今日のアクションシーンの話し合いでもしているのだろうと思った。

その中には、最初に誠が相手をしてもらったスタントマンもいた。誠は、彼らに向かって笑顔で手を挙げた。

だが、それに応えてくれる者は一人もいなかった。彼らは、誠を見つめ、それから憎々しげに眼をそらして輪を解いた。

誠は彼らの態度に驚いた。

そういえば、コウの姿が見えない。昨日の夜は、ユン・シン監督やアレックス・チャンといっしょにナイトクラブに出かけたはずだ。

コウがいないことと、今のスタントマンたちの態度と、何か関係があるのだろうか。

ちょうど、ツァイが入り口に姿を見せたので、誠は尋ねた。

「コウの姿が見えない」

「コウ？」

「昨日、俺とアクションシーンを撮ったスタントマンだ」

「そうですか？」

「何か知らないか？」

「さあ、私は今来たばかりですからね」

「スタントマンたちの態度が変なんだ」

「変？」

「俺は嫌われているようだ」

ツァイは、スタジオの中を見回した。スタントマンたちは、すでに散り散りになって、監督とアレックス・チャンが来るのを待っている。

「気のせいじゃないですか？」

ツァイは言った。

「俺は、世間知らずで、しかも鈍い男だ。その俺が感じるんだ。気のせいなんかじゃない」

「じゃあ、やっかまれているのでしょう」

その広東語《カントン》の意味がよくわからなかった。聞き返すと、ツァイは、英語で「ジェラシー」と言った。

ツァイにこれ以上尋ねても無駄だと思った。彼は、余計なことに口を出さないかぎりは誠の味方でいてくれる。そういう役割なのだ。

だが、一歩でも何かに抵触すると、とたんに別人のように冷淡になる。彼は、アレックス・チャン側の人間だ。本当の味方ではない。

いつしか、誠は、アレックス・チャンを敵と見なすようになっていた。映画の世界でチャンスをくれたのは確かだ。だが、それが本当のチャンスなのかどうかまだわからない。騙されているような気分がつきまとう。その疑いは、どうしてもぬぐい去れなかった。

ならば、用心するしかない。

とにかく、アレックス・チャンの腹がまったく読めないのだ。サングラスと、不敵な笑みの奥にあるものを、見透かすのは不可能だった。

やがて、ユン・シンとアレックス・チャンが連れだってスタジオにやってきた。ユン・シンはいつも白いシャツに、古いジーパンをはいている。

アレックス・チャンの今日の出で立《い》ちは、黒いスーツに、真っ赤な開襟シャツだ。金のネックレスをその襟の間から覗かせている。そして、黒いサングラス。

撮影用の衣装なのだろうが、普段の恰好とあまり違わない。板に付いている。こうして見ると、監督のユン・シンよりアレックス・チャンのほうがずっと貫禄がある。

もしかしたら、ユン・シンは、アレックス・チャンに操られているだけなのではないだろうか。

アレックス・チャンは、ただマフィアと関わりがあるだけではなく、れっきとしたマフィアの一員であり、何らかの目的で、ユン・シンにこの映画を撮らせているのかもしれない。

誠はそう推理した。

だが、何のために……。

映画撮影にはかなりの金がかかるはずだ。たしかに香港映画の制作費は、ハリウッドなどに比べれば桁違《けたちが》いに安い。それでも、半端な金ではないはずだ。

そんな金をかけて、ユン・シンに映画を撮らせるとしたら、その理由は何だろう。誠にはわからなかった。

考えられるとしたら、海外向けの違法なフィルムのコピーだろうか。そろそろビデオデッキも普及しはじめているから、ビデオを制作して各国のマフィアや暴力団に流すということも考えられる。

だが、そういうフィルムやビデオなら、もっと安上がりに作れるはずだ。スタントを使ってアクションシーンを入れる必要などない。

そうか……。

誠は思った。

今撮影しているのはあくまで香港で上映するための映画だ。そのためには、ある程度の尺も必要だし、アクションシーンも入れたほうが受けがいい。

同時に、セックスシーンやヌードシーンだけを編集して、密輸用の違法なフィルムやビデオを作るのだ。

それならば、香港での興行成績が多少悪くても、裏で金儲《かねもう》けができる。さらに、香港で上映される本編は、カムフラージュにもなる。

ユン・シンがいつも深刻そうな、浮かない表情をしているのも、アレックス・チャンと常にひそひそ相談をしているのも、そう考えれば辻褄《つじつま》が合うような気がする。

事実上、この映画を仕切っているのは、アレックス・チャンなのだろう。アレックスは、14Kの幹部からこの仕事を任されているのだ。おそらく、香港でも上映できないようなシーンを、密かに撮っておくようにユン・シンに命じているに違いない。

上映用の本編では、そういうシーンはカットされる。そして、違法な密輸用のフィルムや、ビデオでは、アクションシーンがカットされる。

誠は、すべての筋書きが読めたような気がした。

ならば、この映画に俺を使おうとしたのは、アレックス・チャンの単なる気まぐれか……。

九龍公園《カオルン》でたまたま見かけて、アカサカで再会した。おそらく、あのとき、14K《サップセイケイ》の幹部とはこの仕事の話をしていたのだろう。

そこで、誠に会ったものだから、思いつきで使ってみようと思ったわけだ。一回かぎりの使い捨てなのかもしれない。

アレックス・チャンにとって、誠などどうでもいいのだ。

ただ、彼もアクション俳優であり、武術指導では実績があるので、アクションシーンになると、つい熱くなってしまう。ただそれだけのことなのだ。

誠は、一人納得していた。

ならば、俺はどうする。

真剣に考えなければならなかった。撮影の間はいい。住むところも保証されている。蠅さえ我慢すれば、食事にも苦労はしない。

撮影が終わって放り出されたら、行くところもなくなる。また一から出直しだ。ギャラはもらえるかもしれないが、たいした金額ではないだろう。

いや、ギャラなどもらえないかもしれない。

「おまえを約束どおり、映画に出してやった。それだけでもありがたいと思え」

アレックス・チャンにそう言われてしまえば、それまでなのだ。

どうすればいい……。

まだ、午前八時を少し回ったばかりだが、すでにスタジオ内は暑く、誠の頬に一筋汗が伝った。

埃と塗料とメークのにおい。そして、熱せられた照明器具のフレームのにおい。

誠は考えるのをやめた。

いつもの結論だ。考えても仕方のないことは考えない。

今は、言われたことをやるしかない。

いずれ、展開もあるさ。

スタントマンの一人が誠のほうを見ていた。眼が合うと、さっと眼をそらした。敵意が感じられる。

何だよ、まったく……。

誠は彼らの態度が面白くなかった。

ユン・シンとアレックス・チャンの打ち合わせが終わり、アレックス・チャンが、殺陣の段取りを始めた。

スタジオ内には酒場のセットが組まれている。酒場の中で、アレックス・チャンと誠が香港マフィア役のレスリー・リュウと、スタントマンたちに囲まれて、大立ち回りをするという設定だ。

最初に、アレックス・チャンと、レスリー・リュウの台詞のやりとりがある。まずそのシーンを撮影した。会話のシーンのテイクは少ない。あっさりとOKが出て、アクションシーンの撮影となった。

いつものとおり、アレックス・チャンが段取りをつける。日本のヤクザ役のアレックス・チャンと誠が、好き勝手に暴れ回って、香港マフィアの連中をさんざんにやっつけるというシーンだ。

アレックス・チャンは、レスリー・リュウに、動きを細かく指示した。その後、スタントマンと誠に、移動の段取りを教える。

アレックス・チャンが、両手をパンと叩き鳴らした。

「さあ、やってみよう」

最初は、ゆっくりと移動の段取りを追う。それが確認できたら、実際にパンチや蹴りを入れながら、動いてみた。

アレックス・チャンがユン・シンに合図をすると、カメラを含めたテストが始まる。カメラの移動を含めてチェックする。

誠は、二度の経験を無駄にはしたくなかった。少しでも手を抜くと、アレックス・チャンは、誠を叩き出してしまうだろう。

少しでも長く撮影に参加している必要があった。ここを追い出されたら、住むところもなくなる。金だって、すぐになくなってしまうだろう。

それが、新たな動機になった。必死にやらないと、追い出される。

誠は、テストの段階から、体を大きく使い、腕を派手に振り、高く蹴った。

すぐに本番になった。

セットの中央で、アレックス・チャンがレスリー・リュウと戦いを繰り広げる。誠はその脇で、スタントマンたちと戦った。

何度かリテイクがあり、ＯＫが出る。それから、アレックス・チャン、誠、それぞれのアクションを撮ることになった。編集で、それらの戦いを組み合わせて、一つのシーンにするのだ。

アレックス・チャンは、レスリー・リュウとの戦いを撮る。主役と悪役の一回目の激突だ。ここでは、アレックス・チャンが勝つことになっていた。

何度かのテストの後、本番となった。

どれ、実力のほどを見せてもらおうじゃないか。

誠は、アレックス・チャンの動きを見つめた。

「アクション」の声を聞いた次の瞬間から、誠は、茫然と立ち尽くすしかなかった。

アレックス・チャンの動きは、テストのときとは別物だった。体を鋭く回転させて、続けざまに高い回し蹴りを放つ。

レスリー・リュウの反撃を受けると、鋭く顔をのけぞらせ、さらに、体をくるりとひねって、床に倒れる。

とどめを刺そうとする、レスリー・リュウの顔面を、倒れた状態から蹴り上げる。床に背を付けたまま、両脚を大きく交差させるように空中で振った。

レスリー・リュウはおもわずのけぞる。脚を振った勢いで体を回転させて起きあがる。目まぐるしく、派手な動きだが、決して無駄はない。

さらに、すごいのは、レスリー・リュウの攻撃が、実際に威力あるように見えることだ。すべて、アレックス・チャンのリアクションのおかげなのだ。

「カット」がかかり、誠は、ずっと息を詰めていたことにようやく気づいた。ふうっと大きく息を吐く。同じような吐息の音が、スタジオ中のそこかしこで聞こえた。

ユン・シンは、アレックス・チャンに近づいて、何事か言う。アレックス・チャンは、うなずき、汗をぬぐう。

アレックスはうなずき、レスリー・リュウにいくつかの指示をする。ユン・シンがカメラの脇に行った。

二度目のテイクのようだ。

おい、これでもOKじゃないのかよ……。

誠は、思わず心の中でつぶやいていた。

メーク係が、アレックス・チャンとレスリー・リュウのもとに駆けつける。

二度目のテイクは、さらにパワーアップしていた。

アレックス・チャンの動きは、さらに鋭さを増していたし、レスリー・リュウも派手に動いた。

優男《やさおとこ》に見えたレスリー・リュウもアクション・スタントに負けない動きを見せた。体が柔軟で、蹴り技が多彩だ。

ブルース・リーの遺産だ。

誠は感動すらしていた。香港のアクションというのは、誰が何といっても本物だ。悔しいが、俺のアクションは、アレックス・チャンどころか、この優男のレスリー・リュウにすらかなわない。

誠はそう思わざるを得なかった。

さらに、テイクが重ねられる。

ユン・シンから高度な要求が出され、アレックス・チャンはそれに応えていく。アレックスとレスリーのアクションは、ほとんどアクロバティックといっていいほどになっていた。

ようやくOKが出たときには、さすがのアレックス・チャンも息を切らせていた。

だが、アレックス・チャンは休憩も取らずに、今度は誠のアクションの段取りを始めた。

二人の香港マフィア役を相手の立ち回りだ。一度は、殴り倒され、テーブルに倒れ込む。テーブルは壊れるように細工してある。

そこから起きあがり、二人を相手にして、最後はその二人をやっつけてしまうという役《やく》所《どころ》だ。

移動の経路といくつかのきっかけを確認する。大切なのは、誠がテーブルに倒れ込むところと、そこから起きあがるときの反撃、そして、最後に二人を倒すところだ。

手順を確認すると、テストだ。テストではテーブルはうまく崩れてくれた。組み直して何度でも使えるように細工されたテーブルだ。

誠は、必死に動いた。

この映画で使われているのは、アレックス・チャンの気まぐれかもしれないんだ。今度、彼の機嫌を損ねたら、本当に追い出されてしまう。誠には、新たにそういう危機感が生まれていた。

やがて、本番となった。集中力を切らさないようにつとめた。

カメラが回りはじめる。

「アクション」の声。

いきなり、スタントの一人が段取りにない攻撃に出た。回し蹴りを脇腹に叩き込まれた。容赦ない蹴りだ。息が詰まる。

誠は、それでもアクションを続けた。次々と飛んでくる相手のパンチや蹴り。それを大きな動きで叩き落とし、払い上げ、フルスイングのパンチや、高い回し蹴りで反撃する。一人をやり過ごし、同時にもう一人に攻撃を加える。

決して一所に留まらず、移動し続けた。

脇腹に再び、衝撃を感じた。さっきとは別のスタントマンが、脇にショートのフックを見舞ってきたのだ。

明らかに見せるためのパンチではない。痛めつけるためのパンチだ。

何だよ、こいつら……。

誠は、それでもきっかけを忘れず、テーブルに倒れ込んだ。

腰にひどい衝撃が来た。

テーブルが崩れない。天板にしたたか腰を打ちつけたのだ。

誠はテーブルの上に乗る形になった。そこに、どちらかのパンチが飛んできた。実際に、顔面を打たれた。

がつんという衝撃とともに、視界に星が飛んだ。鼻の奥がきな臭くなる。

誠は、頭を振った。

このやろう……。

誠はテーブルの上から跳ね起きた。天板に打ちつけた腰がずきんと痛んだ。思わず、体の力が抜ける。

そこに一人が攻撃してきた。

誠は、反射的に動いていた。殴りかかってくる相手の顔面に、思い切り横蹴りを見舞った。

カウンターで決まった蹴りに、相手はのけぞって倒れた。

もう一人が、ハイキックを飛ばしてくる。それも容赦ない蹴りだ。誠は下がらなかった。飛び込んで、肩から相手にぶつかった。

相手はよろける。そこに、全身のバネを利《き》かせたパンチを打ち込んだ。相手は吹っ飛んだ。

誠は、仁王立ちだった。フイゴのような音を聞いていた。それが、自分の呼吸の音だということに気づくまでしばらくかかった。

「カット」

ユン・シンの声が聞こえる。

誠は、なま暖かいものが鼻から流れだし、ぽたぽたとしたたっているのに気づいた。着ていた衣装の胸が赤く染まっている。

鼻血が出ていたのだ。

近づいてくるアレックス・チャンの姿が見えた。

誠は、はっとして、スタントマンたちを見た。彼らは、倒れたまま、力なく動いている。仲間のスタントマンが彼らに近づく。

やべえ……。

誠は思った。つい、頭に血が昇っちまった……。

アレックス・チャンにまた油を絞られると思った。サングラスをしているアレックスの表情は、相変わらず見て取ることができない。

誠は、アレックスの罵声《ばせい》を覚悟していた。

アレックスは、誠の背後に回り込んだ。後ろから尻でも蹴られるのだろうか。誠は身構えた。

いきなり、シャツをめくられた。

なんだ……？

誠は、首を捻って後ろを見た。アレックス・チャンは、誠のシャツを持ち上げ、かがみ込んで腰のあたりを見ている。

「痛むか？」

アレックス・チャンに尋ねられた。言われてから、痛みだした。テーブルの天板にぶつけたところだった。

「はい。少し……」

本当は少しどころではなかった。動いている間は何とかなったが、時間が経つにつれて痛みが増してくるようだ。

「少しか……」

アレックス・チャンがぐいと一点を押した。跳び上がるほど痛かった。体が反応する。危うく叫ぶところだった。

それから、アレックス・チャンはさらに脇腹を見た。最初に回し蹴りを食らい、さらにショートフックを食らったところだ。

誠のシャツを下ろすと、アレックスはゆっくりと立ち上がった。彼は、誠の相手をしたスタントマンたちを見た。

「おまえら素人か？」

その声は、低くささやくようですらあった。二人のスタントマンは、それまでにやにやと笑っていたが、瞬時に笑いを消し去った。その顔に、驚きと恐れが同時に現れた。

アレックス・チャンは、さらに言った。

「どういうつもりだ。俺は、殴り合いの喧嘩《けんか》をやれと言った覚えはない」

スタントマンの片方が言った。

「アクションに事故は付き物ですよ、チャンさん」

「俺の眼を節穴だと言いたいのか？」

相手は押し黙って、眼をそらした。

それから、アレックスは、壊れる細工がしてあるはずだったテーブルに近づいた。その天板にてのひらを当てて、押している。

それから、小道具係のほうを見た。

「これはどういうことだ？」

小道具係は、すっかり怯えきって見えた。

「ちょっとした手違いです、チャンさん」

「手違い……？」

アレックスは、その小道具係の初老の男に近づいた。「手違いだって？」

「そうです」

初老の小道具係は、わずかに後ずさった。「セットするテーブルを間違えたのです。それだけです。次はちゃんとやります」

「おまえにとって、次があるといいがな……」

小道具係は、震え上がった。そして、ちらりと、スタントマンたちのほうを見た。

アレックスは、その眼の動きを見逃さなかったようだ。さっとスタントマンたちを見る。

それから、もう一度、誠の相手をした二人のスタントマンに近づいた。

二人のスタントマンは、ふてくされたような眼でアレックスを見ていた。

アレックスが言った。

「テーブルをすり替えるように、小道具係に指示したのはおまえらか？」

スタントマンの一人が言った。

「何の話です？」

「何の話かだって？　そいつは、俺が聞きたい」

二人のスタントマンは、落ち着かない様子で、顔を見合った。

「何が気に入らなくて、こんな真似をする？」

スタントマンたちは何も言わない。

アレックスは、聞き分けのない子供を相手にするように、溜め息をついた。

「俺を怒らせるためにやったのか？　そうなんだな？」

スタントマンの一人が、あわてて言った。

「とんでもない。そんなことするはずないじゃないですか」

彼らがアレックス・チャンを恐れているのがよくわかる。

アレックスは言った。

「だが、事実、俺は腹を立てている」

二人は叱《しか》られた子供のように、ちらりと互いに顔を見合った。

「さあ……」

アレックスが言う。「俺は、あまり気が長くないんだ。ちゃんと説明してくれ」

二人は、口を閉ざしていた。

スタジオの戸口で声がした。

「コウのことだろう」

その場にいた全員がその声のほうを見た。ジョニー・マーが、立っていた。逆光になっており、表情がよく見えない。

アレックスが、しばらくジョニー・マーを見つめていた。ジョニー・マーもアレックスを見返している。

スタジオの中は蒸し暑い。だが、凍り付いたような雰囲気になっていた。

やがて、アレックスが言った。

「コウのことだって？　そりゃ、どういうことだ？」

ジョニー・マーは肩をすくめた。

「俺は、ちょいと小耳に挟んだだけだ」

誠を相手にしたスタントマンたちの一人が、ジョニーの出現に勢いを得たようにしゃべり出した。

すると、もう一人も猛然とそれに加わった。誠は、その早口の広東語を理解することができなかった。

誠は隣にいるツァイに尋ねた。

「彼らは何を言ってるんだ？」

ツァイは、じっと二人の言葉に耳を傾けていた。ややあって、彼はこたえた。

「コウが突然、姿を消しました。それが、あなたのせいだと、彼らは言っているのです。あなたが、昨日の撮影で、むちゃくちゃなアクションをやり、コウの立場を悪くした。なのに、あなたは撮影に残り、コウが姿を消した。彼らはそれが不満なのです」

「コウはこの撮影から外されたのか？」

「どうやら、そういうことらしいですね」

そりゃ、憎まれるのも当然だな……。

誠は思った。

ただでさえ、誠は、彼らにとっては日本から来た新参者だ。温かく迎えられるとは思っていない。

アレックス・チャンが、おもむろに口を開いた。

「コウがいなくなったのは、誠のせいじゃない」

「じゃあ、どういうことなんですか。昨日、撮影の後、あなたといっしょに飲みに行ったと聞いています。それから、コウは姿を見せなくなった」

「誠とはまったく関係のないことだ」

スタントマンの一人が言った。

「じゃあ、どういうことなんです」

そのとき、じっと黙って話を聞いていたユン・シンが口を開いた。

「私がコウを外した」

今度は、皆の注目がユン・シンに集まった。

ユン・シンは、ゆっくりとスタジオの中を見回してから言った。

「コウは、酔って私たちの客に失礼なことを言った。私たちの映画を侮辱したのだ。だから、私が外した。何か言いたいことはあるか？」

二人のスタントマンは、じっとユン・シンを見つめていた。彼らが、ユン・シンのことを、アレックス・チャンほど恐れていないことは明らかだった。

だが、ユン・シンはこの映画の監督だ。全権を握っている。彼らは、何も言わなかった。

ユン・シンは、大声で言った。

「今のカットは、そのまま使う。なかなか迫力があった。だが、何ヶ所か追加で撮りたい。休憩の後、そのカットを撮る。いいな」

凍り付いていた時間が動きはじめた。スタッフたちは、それぞれに役割を思い出し、スタントマンたちは、休息のためにスタジオの外に出ていった。

誠は、その場にいた。

背中と脇腹がずきずきと痛んで、動くのがつらい。

ジョニー・マーがゆっくりとアレックス・チャンに歩み寄った。誠は、彼らの関係を知らない。二人の間には、緊張感が見て取れるような気がする。いや、それは彼らを見ている誠自身の緊張だったのかもしれない。

ジョニー・マーが手を差し出すと、すぐにアレックス・チャンはその手を握った。二人は、同時ににっこりと笑った。

彼らは親しげに話を始めた。

ジョニー・マーが、誠のほうを指さして、アレックスに何か言った。アレックスも誠のほうを見た。

何だ？

誠は訝った。

彼らは何を話しているんだ？

それから、アレックス・チャンは何度かうなずいた。やがて、ジョニー・マーは、ちらりと誠のほうを見ると、アレックスに別れを告げて去っていった。

彼らが、誠について何か話をしていたのは明らかだ。その内容が気にならないはずがない。

アレックス・チャンが、誠に近づいてきた。誠は、思わず身構えていた。

「誠」

アレックスが言う。「休憩後に、もう一度、テーブルに突っ込むカットと、二人を倒すカットを撮る。やれるか？」

「はい」

誠は反射的にこたえていた。「やれます」

大学時代には、捻挫《ねんざ》や打撲傷をおして試合に出るのはあたりまえのことだった。あばらにひびが入った状態で試合に出たこともある。

アレックスはうなずいて、去って行こうとした。

「あの……」

誠は呼び止めた。

アレックスが立ち止まり、振り返る。

「ジョニー・マーが、何か俺のことを話していたような気がするんですが……」

アレックスは、あらためて誠のほうに体を向けて言った。

「後で話そうと思っていたんだが……。散打《さんだ》大会のことだ」

散打という言葉の意味がわからなかった。

「何です、それは……」

「武術の大会だ。グローブをつけて打ち合う。もともと台湾などで盛んだったのだが、最近では香港でも催されるようになった」

「それで……？」

「ジョニー・マーは、おまえが出場してはどうかと言っている」

「俺が武術の大会に……？」

「ジョニー・マーも出場すると言っていた」

アレックス・チャンは、独特の嘲るような笑いを浮かべた。「借りを返すチャンスがあるかもしれない」

「借りを返すって……」

「やられっぱなしじゃ、面白くないだろう。おそらくジョニー・マーは決勝まで残る。おまえも決勝まで残れれば、ジョニーと再び戦うことができる」

いったい、何を考えているんだ……。

誠は、つい勘ぐってしまう。

武術の大会には興味がないわけではない。しかし、ジョニー・マーとアレックス・チャンという組み合わせが問題だった。

そこにも何か罠が待ち受けているような気がする。

香港では、黒社会がさまざまな方面に関わっていると、ツァイが言っていた。ならば、その武術の大会に関わっていてもおかしくはない。日本でも、プロレスやボクシングの興行には、暴力団が絡んでいると聞いたことがある。

あらゆる手で、俺を黒社会に取り込もうというのだろうか……。

もしかしたら、関戸も、こうした方法で知らず知らずのうちに、麻薬を扱わざるを得ない立場に追いやられたのかもしれない。

誠は、そんなことを想像していた。

「まあ、考えておけ」

アレックス・チャンは言って、歩き去った。


休憩後、腰と脇腹の痛みに耐え、三度テーブルをつぶし、四回、二人のスタントマンを打ち倒した。スタントマンたちは、今度は姑息《こそく》ないやがらせはしなかった。

撮影が終わったときには、誠の腰の痛みは耐え難いほどになっていた。

コウが死んだと聞いたのは、その日の夜のことだった。九龍公園の南側に並ぶ広大な市場のはずれ、豚小屋にある餌用の残飯の中から、めった刺しにされたコウの死体が発見されたのは、誠が、三度目にテーブルをつぶしている頃のことだった。

# 10

翌朝起きると、腰と脇腹がひどくこわばっていた。ちょっと身動きするだけでも鋭い痛みが走る。苦労してベッドの上で上半身を起こし、脇腹を見ると紫色に変色して熱を持っている。

「やべえな、これ……」

そろそろと起きあがり、バスルームに向かった。わずかな距離だが、たどりつくのに苦労するほど腰が痛む。

洗面台の前の鏡に腰を映してみた。こっちも、赤黒く腫れあがっている。

アクションどころではない。だが、怪我をしたからといって、撮影のスケジュールを変えてもらえるとは思えない。変えるとしたらスケジュールではなく役者のほうだ。

誠は、映画から外され、ここを追い出されてしまうかもしれない。動けないアクション俳優などに用はないと言われるのがオチだ。

怪我を隠してアクションをこなすことは可能だろうか。誠は真剣に考えた。

歩くのもつらいのだ。とてもカンフー・アクションができるとは思えない。無理にアクションの撮影をやったとしても、とてもアレックス・チャンの要求には応えられないだろう。

「まいったな……」

誠は、鏡の前で立ち尽くしていた。

打撲や筋肉痛などの痛みは、朝起きたときが一番ひどい。少しでもからだを動かして筋肉がほぐれてくれれば、多少は痛みがやわらぐのはたしかだ。

だが、この怪我はそんなレベルではない。昨日動けたのが不思議なくらいだ。筋肉が臨戦態勢で、充分に血液が行き渡っており、さらに、緊張感のためにアドレナリンが体に満ちていた。

アドレナリンは痛みをやわらげてくれる。

怪我をしてもその日は稽古を平気で続けられる。試合で怪我をしても、その日は次の試合もこなせる。翌日にひどい痛みが来るのは、大学時代に何度も経験していたことだ。

アレックス・チャンの眼は鋭い。この打撲傷を隠してアクションシーンに臨むのは無理だ。

それが考えた末の結論だった。

映画から降ろされてもいいから、正直に言おう。今日は動けそうもないと。

腰をかがめるのもつらい。苦労して、顔を洗った。ズボンをはくのも一苦労だった。誠は、ショウ・ブラザーズのホテルにやってきてから、ずっとTシャツとジャージのズボンで過ごしていた。ジャージは、動きが楽な上に着脱が容易だ。

だが、今日は、そのジャージのズボンをはくのにも苦労した。

ドアをノックする音が聞こえた。誠が返事をすると、ツァイの声がドアの向こうから聞こえた。

「そろそろスタジオへ行く時間ですよ」

誠は、そろそろと歩いて出入り口まで行き、ドアを開けた。

誠を見たツァイの表情が曇った。

「どうしたんです？　顔が真っ青ですよ」

誠は顔をしかめてこたえた。

「昨日の怪我だ。今朝になったら痛みがひどくなっていた。動けそうにない」

ツァイは、厳しい表情になった。

「まずいですね……」

「ああ。俺もそう思うよ」

「とにかく、私は監督に知らせてきます」

行きかけたツァイに声をかけた。

「おい、俺はこの映画から外されると思うか？」

「さあね」

ツァイは言った。「監督と、チャンさん次第ですね」

ツァイは歩き去った。

誠はドアを閉め、有罪判決が下るのを待つような気分で、ベッドに腰かけていた。

ドアをノックする音。

「どうぞ。鍵はかかってません」

ツァイがドアを開けた。その後ろに、アレックス・チャンがいた。

ツァイは、深刻な表情をしているが、アレックスはいつもと変わらなかった。

誠は、アレックス・チャンに謝った。

「すいません。思ったより、怪我がひどくて……」

アレックスは何も言わずに、昨日と同じように誠のTシャツをまくり上げて、傷の様子を見た。

誠は、アレックスの表情をうかがっていた。

アレックスは、例の薄笑いを浮かべた。何を考えているかわからない。

立ち上がると、アレックスはツァイに言った。

「いつもの医者に連れて行ってやれ」

ツァイもにやりと笑った。

「マオさんのところですね。わかりました」

アレックス・チャンは、戸口に向かった。

「あ……」

誠は声をかけた。「撮影は……？」

アレックスが振り返った。

「その体で、アクションができるのか？」

「できないと思います」

「ならば撮影はできない」

「俺は追い出されるのですか？」

アレックス・チャンは、その問いには直接こたえなかった。

「明日まで待ってやる。とにかく医者に行ってこい」

彼は部屋から出ていった。

ツァイが言った。

「さあ、でかけますよ」

誠に選択権はない。彼らの言いなりになるしかなかった。一歩歩くごとに、腰と脇腹に痛みが走る。特に、テーブルの天板に打ちつけた腰の痛みがひどい。

十メートル歩くのに、一分もかかりそうだった。ツァイは、気の毒そうな顔で気長に誠を待ってくれた。

崩壊寸前に見えるトラックに乗り込み、ツァイは出発した。

「おい、たのむよ」

誠は言った。「もっと、静かに運転してくれ。腰に響くんだ」

「おや、これは失礼」

ツァイは面白がっているような口調で言った。実際に面白がっているのかもしれない。

誠がうんざりした気分でいると、車は、崩れかけたビルの集合体のようなものに近づいていった。

「さあ、ここからは歩きますよ」

目の前の風景に圧倒されて、誠は、一瞬腰と脇腹の痛みを忘れた。

無数のビルが重なり合うようにして乱立している。そのビルから、大小さまざまな大きさの無数の看板が突き出している。ありとあらゆるベランダの形が違うように見える。その無秩序さは、これまで見た香港のどこよりもすさまじい。

さまざまな大きさのビルがぎっしりと立ち並び、さらに奥に向かって重なり合っている。

ビルとビルの間の路地は狭く、暗い。

「何だここは……」

誠は、茫然と、広大なビルの固まりを見上げてツァイに尋ねた。

「九龍城砦《カオルン・センツァイ》ですよ」

「九龍城砦……」

その名前は聞いたことがある。ガイドブックにも載っていた。

東洋の魔窟《まくつ》と呼ばれている。中国政府の手も、イギリス政府の手も及ばない特殊な地域。どちらの法律にも縛られない、本当の意味での無法地帯だ。

物怖《ものお》じしない誠も、さすがに気味が悪かった。薄暗い路地の向こうは、危険のにおいがぷんぷんする。

「なんでこんなところに来たんだ？」

誠が尋ねると、ツァイは平然と言った。

「ここには、優秀な医者がたくさんいます。歯医者もいっぱいありますよ。正規の医者に行ったら、莫大《ばくだい》な金を取られます」

誠はおびただしい数の看板を見上げた。たしかに、「診所」や「醫務所」といった医者らしい看板が目立つ。「牙科」というのは歯科医のことだろう。

誠の不安は増したが、ここはツァイに任せるしかない。

アレックスは、ツァイに、いつもの医者に連れて行けと言った。つまり、これから行く医者を頻繁に使っていることを意味している。そう思うと、多少は気が楽になった。

ツァイについて、路地に入った。

とにかくにおいがひどい。何かが腐ったようなにおいが満ちている。路地を進むと、そこは、外から見たよりずっとひどい状態だった。

ビルと民家が密集しており、路地は文字通り迷路となっている。さまざまなにおいと湿気が襲いかかってくる。

薄暗い隘路《あいろ》の向こうにぼんやりと人影が見える。その蠢《うごめ》きが不気味だ。

戸口のカーテンの隙間から、独特のにおいがする煙がかすかにたなびいてくる。アヘンに違いないと、誠は思った。

ツァイは折れ曲がり、交差し、突き当たる細くて暗い路地を平気でどんどん進んでいく。しなびた老人が、ぼんやりとこちらを見ている。

ビルの天井や路地の上には、電線やら配管やらがむき出しになり、垂れ下がっている。見上げると、ごく小さく切り取られた空が見える。

九龍の街並を、ビルの谷間だと感じたが、ここはビルのジャングルだ。

ぬるぬるする足元や、じっとりと湿った壁、怪しげな店が並ぶ一角を過ぎ、誠がもう帰りたいと切実に思いはじめたとき、ツァイがひょいとビルの小さな入り口に入っていった。

そこには、たしかに矢印があり、診所と書かれている。診療所のことだ。

「心配ない。マオさんは本当に名医だよ」

狭い入り口をくぐると、中に五人の男たちが固そうな木のベンチに腰かけていた。中は薄暗く、その男たちの人相は悪い。

誠たちが入っていくと、胡散臭そうに睨みつけられた。皆、痩せているが、筋肉が妙に発達している。おそらく労働者たちなのだろう。彼らは一様に眼が鋭かった。

誠は、ここでびびっていても仕方がないと腹をくくった。男たちとならんで、ベンチに腰を下ろした。

ツァイの座る隙間はなく、彼は立ったままだった。

診療所の中も、獣じみた汗と男たちの体臭が満ちている。さらに、得体の知れないにおいがそれに混じっている。

おそらく漢方薬の類なのだろうが、有機物が発酵したような悪臭が混じっている。要するに、クサヤのようなにおいだ。

腰の痛みよりも、気味の悪さと、においに参ってしまいそうだった。

待合室では誰も口をきかなかった。誰もが苦痛に耐えているような青い顔をしている。

ツァイも口を閉ざしていた。それが、この場の約束事のような気がした。

待っていた男たちが、呼ばれてはとなりの診察室らしい部屋に入っていく。その間にも、新たに患者がやってきた。なかなか繁盛《はんじょう》しているようだ。

一時間以上待たされて、ようやく誠の番になった。ツァイが通訳のために付き添ってくれた。誠の広東《カントン》語は、急成長しているが医者にかかるとなると、やはり言葉の不安がある。

だが、言葉の心配はほとんどなかった。マオと呼ばれた医者は、問診などしなかった。無精ひげを生やした、痩せた老人だ。薄汚れた白衣を着ている。背が低く、誠の肩くらいしかない。だが、その目が異常に大きく、どこか人間離れしたような印象があった。爬《は》虫類《ちゅうるい》を連想させる。

マオは患部を見ると、すぐに薬を処方した。ガーゼに茶褐色のどろりとしたものを塗りたくった。

漢方薬独特の刺激臭と、メントールのような芳香が混じっている。それを、腰と脇腹にぺたりと貼《は》り付けた。

湿布薬のようだ。その湿布薬の入った瓶と、乾燥した葉のようなものを袋に入れて、ツァイに渡した。湿布薬を入れているのは、ジャムか何かの空き瓶らしい。

ツァイとマオは、旧知の仲のように見えた。ほとんど言葉を交わさないが、意思の疎通はできているようだった。

「さ、帰りましょう」

ツァイが言った。「今日は一日安静にしていたほうがいいです」

「そう言ってくれるのを待っていたよ」

「ここが嫌いですか？」

そう尋ねられて、返事をする代わりに顔をしかめて見せた。

ツァイは笑った。

「ここはね、本当の中国の最後の砦《とりで》なんですよ」

「本当の中国？」

「そう。人民共和国でもなければ、イギリスでもない」

「なるほどな……」

誠は、切り立ったビルの壁に挟まれた路地から頭上を見上げた。水道らしい配管と電線がまるで腸のように絡まり折り重なっている。

そして、壁にはさまざまな案内らしい文字が落書きのように書き記されている。屋上には、おびただしいテレビのアンテナが見て取れた。窓からは、たしかに生活のにおいもただよってくるし、路地には商店も並んでいる。

飲食店もある。

本当の中国か。

たしかに、この町は、中国人の生きるエネルギーを象徴しているのかもしれない。誠はそんなことを思った。

すっかりひ弱になってしまった日本人は、この町では三日と暮らせないかもしれない。

「革命のときに、武道家の多くは台湾に渡りました」

ツァイは言った。「政府から弾圧されることを恐れたのです。その中の多くの門派が、台湾に渡る途中、福建省の福州市に定住しました。今でも、福州に三十六派ありと言われています」

「へえ……。三十六派……」

「そして、この九龍城砦にも、多くの武術家が逃げ込みました。彼らの多くは洪門《ホンメン》に属していました」

「洪門……？」

ツァイは自分のてのひらに人差し指で字を書いて見せた。

「秘密結社のことです。もともとは、清《しん》を倒して、明《みん》を復興させようという民族的な結社でした。中国の武術家が、拳をてのひらで包んで掲げる礼をするのをよく見るでしょう」

「ああ、知っている」

「あれは、明という字を表しているのです。拳が日で、てのひらのほうが月です。武術家と洪門はそれほどに密接に関係を持っていました。そして、今、黒社会と呼ばれている組織の多くは、洪門を母体としているのです」

「そういう連中が、ここに逃げ込んだというのか？」

「昔の話ですがね……。今では、法の眼を逃れるために、犯罪者が逃げ込んできます。たしかに、ここでは麻薬の売買や、売春、密輸といったあらゆる犯罪行為が行われています。強盗や殺人も珍しいことじゃない。でもね、それが、生きるということなんですよ。きれい事ばかりじゃ生きていけない。汚いことを知らずに生きていける人は幸せです。でも、その幸せな人は、世界には一握りしかいない。私はそう思います」

誠は、またツァイの新たな一面を見た気がした。

香港の黒社会は、日本の暴力団とはちょっと違うとツァイがいつか言った。そのことも、少しだけ理解できたような気がした。

「とにかく、ここを早く出よう」

誠は言った。

情けないが、俺もひ弱な日本人にすぎないようだ。ここにいるのは耐え難い……。

ツァイは笑った。乾いた笑いだった。

「何か食っていこうと思っていたんですがね。けっこう、うまいものが食えますよ。ストリップも見られますよ。女も買えます」

誠はうんざりした気分で言った。

「俺は、怪我人だぞ」

ホテルへ戻って、ツァイから薬の使い方を聞いた。膏薬《こうやく》のほうは、乾いたらすぐに取り替える。ウーロン茶の葉のように見える薬は、煮出してから、冷やして飲む。飲み薬はすぐに飲んだほうがいいと言われた。

ツァイは去っていき、誠は、ベッドに横たわった。Tシャツは汗で濡れていたが、かまってはいられない。とにかく、ぐったりと疲れていた。打撲傷のせいもある。だが、九龍城砦に足を踏み入れたための、心理的な疲れが大きい。ツァイも、面倒を見てくれるなら、とことんやってほしい。誠は、そんなことを思った。飲み薬くらい作っていってくれてもバチはあたるまい。

一度横になると、二度と起きあがりたくなくなる。今のうちにやることをやっておこうと思った。

茶を飲むための電気ポットがあったので、そこに薬だと言われた乾燥した葉を入れた。どのくらいの量を入れたらいいのかわからない。適当に袋の半分ほどを入れて、水を満たしコンセントに差し込んだ。

脇腹に貼り付けた膏薬はすでに半分ほど乾いて土塊《つちくれ》のようになっている。医者は余分なガーゼなどくれなかったので、乾いた膏薬を揉《も》み落として、瓶から新たな膏薬を指ですくいだして、塗りたくった。それをまた脇腹に貼り付ける。ひやりとした感触に思わず身をすくめた。

腰の膏薬も同じように貼り替え、湯が沸くのを待った。どれくらい煮詰めればいいのかもわからない。

やがて、お湯が沸いたので、試しにコーヒーカップに注ぎ、熱いまま飲んでみた。ひどいにおいがした。苦い。薬だと思わなければ、決して口にしたくないにおいと味だ。

ポットのコンセントを抜いて、そのまま冷えるに任せようと思った。コーヒーカップの中身も、冷めるまで置いておくことにした。冷めればにおいも多少はやわらぐのではないかと思ったのだ。

熱くなければ、一気に飲み干してしまうこともできる。

しかし、こんな薬で本当によくなるのだろうか。もし、誠が一流の俳優なら、アレックス・チャンはあんな医者のところに連れて行けとは言わなかったのではないだろうか。

例えば、レスリー・リュウが怪我をしたのなら、もっとましなちゃんとした病院へ行けと言ったはずだ。

まあ、それも仕方がないか……。

問題は、アレックス・チャンが、一日しか休みをくれなかったことだ。腰も脇腹もひどくうずき、ちょっとでも動くと鋭い痛みが走って、体中の力が抜けてしまう。この調子だと、明日までに動けるようになるのは無理だ。

そうなれば、今の映画から追い出され、このホテルからも追い出される。暗い気分で電気ポットを見つめていた。

やがて誠は、コーヒーカップを手に取った。多少ぬるくなった薬を一気に飲み干し、ベッドに横になった。

なるようにしかならない。

今は、とにかく安静にしているしかない。

部屋の中は暑いのだが、ぞくぞくする。傷のせいで発熱しているらしい。これは、大学空手部時代にも経験したことだ。

薄い毛布をかぶり、汗を流しながら、横たわっていた。

ふと、九龍城砦でのツァイの言葉を思い出した。黒社会についての話だ。

誰かを弁護していたようにも思える。彼自身のことだったのか。

もしかしたら、と誠は思った。

ツァイは、アレックス・チャンのことを弁護していたのではないだろうか。

そんなことを考えているうちに、重苦しい眠りがやってきた。夢なのか現実なのかわからないほど不安定な眠りだ。

目が覚めると、日暮れ時だった。朝から何も食べていない。だが、食欲はなかった。誠は、汗びっしょりのTシャツとパンツを着替え、もう一度膏薬を貼り替えた。

ひどく喉が渇いていた。何か飲もうと思い、ふと気づいて、電気ポットの中の薬をコーヒーカップに注ぎ、飲み干した。不思議なことに、それがうまかった。きっと喉がからからだったせいだろう。誠は、もう一杯薬を飲んで、またベッドに横たわった。

遠くから、かすかに人のざわめきや、釘を打ちつける音が聞こえてくる。スタジオでは、さまざまな映画の撮影が行われている。

夕闇《ゆうやみ》が迫る部屋で一人ベッドに横たわり、そのかすかに聞こえてくる物音を聞いていると、ひどく心細くなった。

俺は今どこにいて、どこに行こうとしているのだろう。

かすかに響くざわめきを聞きながら、誠はまた眠りに落ちた。


ドアを叩く音で目が覚めた。

すでに日が昇っている。時計を見た。六時半だ。

「誰だよ、こんなに早く……」

誠は、うめいてから起きあがった。そのとき、脇腹と腰にごわごわしたものを感じた。乾ききった膏薬だった。

その瞬間に、はっきりと目が覚め、昨日のことを思い出した。長時間寝ていたせいで体がこわばっている。

ノックが聞こえる。

誠は、大声で返事をした。

「誰だ？」

ドアの向こうから声がする。

「ツァイですよ。起きてますか？」

「今起きたところだよ」

誠はベッドを降りて、ドアに向かった。

「何だってんだよ、朝っぱらから……」

日本語で毒づきながら、ドアを開けた。

ツァイは、探るような眼で誠を見ている。

「何だよ？」

「傷の具合ですよ。よさそうですね」

言われてから気づいた。昨日は歩くのにも不自由していたのだ。

誠は、そろそろと体を捻ってみた。腰がずきんとしたが、その痛みは鈍い。脇腹はさらに痛みが軽くなっている。

この程度なら、ストレッチを充分にすればたちまち動けるようになりそうだった。誠は、信じられないような気分だった。

それがそのまま表情に出たようだった。ツァイは、自慢げな顔で言った。

「薬が効いたようですね。言ったでしょう。マオは名医だって……」

「傷の様子を見るために、わざわざこんな時間にやってきたのか？」

ツァイは、まさかという顔をした。

「ユン・シン監督と、アレックス・チャンに言われてやってきたんです。誠が動けるようになっていたら、撮影をやると言ってます」

「二人とも、もうスタジオに来ているのか？」

「昨日の分を取り返したいそうです」

「すぐに行く」

ツァイはうなずいて、歩き去った。

ドアを閉じると、誠は急いで体中の関節をほぐした。それから、ストレッチを念入りにやった。血液と酸素が行き渡り、体が軽くなる。

脇腹と腰の痛みは、ちょっとした筋肉痛程度になっていた。一汗かけば、もっと楽になるだろう。

マオという医者が処方した薬は奇跡をもたらした。そうとしか思えない。いや、これが中国の叡智《えいち》なのだろうか。もともと中国の医術は武術と根が同じだと聞いたことがある。

傷の治療など、朝飯前なのかもしれない。

これはいくつかある香港の魔法の一つだ。誠はそんなことを思っていた。

その日、誠はいっそう撮影に集中した。体が本調子でないので、その分慎重にやらなければならない。

最高のできではないにしろ、何とかアレックス・チャンの指示に従えたのは、その集中力のおかげだろう。

アレックスは、その日のできばえについて、何も言ってくれなかった。何も言われなかったということは、悪くなかったということだ。誠は、勝手にそう理解することにした。

昨日の分を取り返すというユン・シンとアレックスの言葉は嘘ではなく、撮影は、早朝から、深夜までぶっ通しで行われ、とにかく、誠はへとへとに疲れ果てた。

アレックスの評価など考えている余裕もなく、ベッドに倒れ込み、眠ってしまった。

アクション・スタントの連中は、コウについて何も言わなくなり、アレックス・チャンには、絶対服従の様相を呈しはじめた。つまり、ますますアレックスを恐れるようになったわけだ。

# 11

コウの死が影響している。

誰もが、コウの死とアレックス・チャンが関係していると考えているのだ。誠も、そう考えていた。

コウは、アレックスたちとナイトクラブに行った。おそらくその日のうちに殺されたのだろう。

撮影は、何事もなかったかのように進められる。誠は、アクション以外のことは考えないようにした。考えても仕方のないことは考えない。それが誠のモットーだ。

アレックスの睨みがきいているので、その後アクション・スタントたちの嫌がらせもなくなった。だが、彼らが誠に友好的かというと、決してそうではない。

誠と親しく言葉を交わすスタントマンはいない。ただ一人、例外はジョニー・マーだけだ。彼は、スタジオの外などで誠に会うと、必ず声をかけてきた。

だが、彼の態度は、相変わらず横柄《おうへい》で、誠は、鼻持ちならないやつだと感じていた。

ジョニー・マーは、散打大会のことを話題にしたがったが、誠はいい加減な返事を繰り返していた。どういう団体が何の目的で開く大会なのか、ちゃんと調べてから参加するかどうかを決めたかった。何より、アレックスとジョニー・マーが誠のほうを見て、何事か話し合っていたときの様子が気になっていた。

マフィアのスカウト大会などだったら、願い下げだ。

アレックス・チャンとユン・シンの誠に対する要求は、さらに厳しくなり、誠はNGを出しつづけた。

あっという間に一ヶ月が過ぎた。

誰もがコウのことを忘れ去ったように見える。この季節、気温と湿度はさらに上がり、人々は一日中汗をかいている。汗とともにコウの記憶は流れ去ってしまったのかもしれないと、誠は思う。

そして、誠の最後のシーンを撮影する日がやってきた。猛烈に暑い日だった。まるで熱気に押しつぶされそうな気がする。思考力を奪われそうな暑さだ。

すでに、アレックス・チャンとレスリー・リュウの最後の決戦のシーンは撮り終えている。手抜きなしの、迫力あるカンフー・アクションだった。

最後のシーンの誠の相手は、セシリー・チェンだ。彼女は、ただのポルノ女優ではなく、アクションもこなす。それが、この映画のヒロインに選ばれた理由のようだ。

誠は彼女と戦い、最後に殺されるという段取りだ。セシリー・チェンは、さんざん凌辱された怨みを晴らすというわけだ。

凌辱したのは誠ではない。ほかの役者だが、監督のユン・シンは、そういう点にはあまりこだわらないようだ。

セシリー・チェンのメーク待ちだった。誰もが、暑さに参っている。スタッフたちは、皆上半身裸で、膝丈のズボンをはいている。

ユン・シンもさかんに扇子を動かしていた。セシリー・チェンのスタジオ入りは一時間近くも遅れている。衣装選びに時間がかかっているという。

裸でアクションをやればいいじゃないか。観客はそれがお望みだ。暑い中待たされて、苛立った誠は、心の中でそう毒づいていた。

ようやくセシリーがスタジオに現れた。その姿を見て、誠は慌てた。裸ではないにしても、かなりそれに近い。

スリットの入った、ものすごく短いスカートをはいている。上は真っ赤なタンクトップ一枚だ。ノーブラなのはすぐにわかった。豊かな胸が、タンクトップからあふれ出しそうだった。

その服装で、カンフー・アクションをやるというのだ。観客にはいいサービスになる。

アレックス・チャンは、セシリーのセクシーさをほめた。香港の男性は、女性に対する気配りを決して忘れない。アレックスであっても例外ではないのだ。

ナイトクラブ風の酒場のセットが組まれている。カウンターがあり、その向こうに酒瓶を並べる棚が作られていた。

誠はその酒場で、セシリー・チェンと戦い、最後に、彼女の蹴りを食らってカウンターを乗り越えて酒瓶の並ぶ棚に突っ込むことになっていた。

本番では、棚に酒瓶がずらりと並べられる。それが派手に割れるという寸法だ。もちろん、酒瓶は松ヤニで作られた小道具だ。

セシリーは、割れた瓶を持ち、倒れた誠の胸をぐさりとやる。誠は苦悶《くもん》の表情で死に絶える。それで、誠の出番はすべて終わる。

ユン・シンからカット割りの説明がある。まずは派手なカンフー合戦。カウンターの向こうに突っ込むカット、セシリーが誠の胸を刺すカットは別撮りだ。

アクションに先だって、セシリーの台詞撮りが行われた。セシリーがアップで啖呵を切るシーンだ。

ユン・シンは、こういうシーンではすぐにOKを出す。すぐに、アクションの撮影となった。

いつものように、アレックスが、細かく段取りをつける。だが、誠にしてみればいつもとはちょっと勝手が違う。相手は汗くさい男ではない。肉感的な美女だ。しかもこれでもかというほど、体を露出している。

「いいか？」打ち合わせの最後に、アレックスが言った。「セシリーをただの女だと思ってなめてかかると、痛い目にあうぞ」

「はい」

誠はこたえた。

だが、アクション・スタントを相手にするようなわけにはいかないと、心の中でつぶやいていた。

テストが始まり、セシリーと向かい合った。いきなり、セシリーが大きな気合いを発して、打ちかかってきた。

誠は、それを軽く受け流そうとした。だが、セシリーの勢いとスピードが、予想をはるかに上回っていた。

セシリーの拳が誠の頬をかすめた。次の瞬間、ボディーにしたたかな一発を食らった。

誠は慌てた。反撃のきっかけがつかめない。これでは、アクションにならない。

セシリーがパンチを繰り出すたびに、大きな胸が揺れ、タンクトップからはみ出しそうになる。

さらに、セシリーは、誠の頭部を目がけて、ハイキックを飛ばしてきた。ミニスカートをはいての高いキックだ。目の前に白い下着が見えた。

やりにくいことこの上ない。

やべえな、こりゃ。

このままだと、また、アレックスから冷ややかに叱責《しっせき》されることになる。

誠は、相手がセシリーであることを忘れようとした。アレックスの言うとおりだった。セシリーを女だと思って甘く見ていたら痛い目にあう。アレックスの言うことはいつも正しい。

誠は、にわかに反撃に出た。続けざまのセシリーのハイキックをしっかりと受け、その下をくぐるようにして、脇に回った。

彼女のキックをくぐるとき、下着がすぐ近くに見えた。

誠は、セシリーの肩を押しやり、間合いを取った。そこから、続けざまにパンチを見舞う。

セシリーは、それを両手を交互に突き出してしっかりと受ける。たしかにその手応えは、男顔負けだ。

誠は、ミドルキック二発とハイキックを連続して出した。セシリーは、それをやり過ごして、さっと床に伏せ、長い脚を振って誠の軸足を払いに来た。

誠は、ひっくり返って背中から落ちた。だが、すぐに後転して立ち上がる。さらに、セシリーが前蹴りを飛ばしてきた。

それを飛び込み前転の要領でかわし、逆にセシリーの足を払ってやった。セシリーは飛び退《の》いてそれをかわした。

再び間合いができる。

セシリーが、鋭く打ち込みながら突進してきた。左、右、さらに左。

誠は、最後の左を顔面に受けた演技をした。派手に後方に吹っ飛ぶ。起きあがったところに、セシリーのボディーブロー。

誠は体をくの字に折って、後退する。もちろんこれも演技だ。

そして、体を起こしたところに、セシリーの横蹴りが飛んできた。それを胸に受けて、バーカウンターまで吹っ飛んだ。

そこでテストが終わった。

まるで本番のような気分だった。

アレックスは、三ヶ所の手直しをして、本番となった。

本番では、誠は最初から全力を出した。

相手が女だろうと、下着が見えようとかまってはいられない。セシリーのカンフー・アクションはそれくらいに迫力がある。

相手を立てることも忘れなかった。殴られたら、派手なリアクションを取る。蹴られたら、吹っ飛ぶ。痛そうに顔を歪め、苦しそうにあえいだ。

アクション・スタントを相手にしているのと、同じような高揚感を覚えた。乗ってきたのだ。これなら、何度でもテイクを重ねられる。

誠はそう思った。

だが、ユン・シンは、たった三度のテイクでＯＫを出した。

拍子抜けしたような気分だったが、考えてみれば、セシリーは、主演女優なのだ。アクション・スタントのようなわけにはいかない。

相手をできただけでも幸せだと思わなければならない。たしかに、主演女優というのは、誠にとっては雲の上の存在だった。撮影が始まってから、一度も口をきいたことがなかった。

誠など相手にしていない。ずっとそういう態度だった。映画の世界ではそれが当然だと誠は納得していた。

セシリーは、彼女専用の椅子に腰を下ろし、脚を組むと、煙草をふかしはじめた。

誠が、バーカウンター越しに酒瓶の棚に突っ込み、酒瓶が崩れ落ちて割れるカットの撮影が始まった。

松ヤニ製の酒瓶が貴重なので、撮影は一発勝負だ。誠は、身も壊れよとばかりに背後から棚に突っ込んだ。

一瞬、自分の体勢がどうなっているのかわからなくなった。背中にひどい衝撃が来て、ばらばらと何かが頭上から降ってきた。

意識が吹っ飛びそうになった。

遠くで、「カット」という声が聞こえた。スタントマンが危険なシーンを撮ると、必ず仲間が助け起こしに近づいていく。だが、誠のもとには誰もやってこなかった。

誠は頭を振って、意識をはっきりさせようとした。松ヤニの破片がぱらぱらと頭から落ちた。

以前怪我をした腰をまた打ったようだが、たいしたことはなさそうだった。ダメージが去るのを待って、そろそろと起きあがった。

スタントマンたちは、無言でカウンターの向こうから誠を見ていた。誠が立ち上がるのを確認すると、彼らは関心なさげに、ほかのことを始めた。

俺が大怪我でもすればいいと思っていたのか。

誠は、心の中で彼らに言った。

おあいにくさまだったな。

アレックスと眼が合った。彼は、かすかにうなずいただけだった。

その後は、またセシリーとの絡みのシーンだ。カウンターと棚の間に倒れた誠の胸に、セシリーが、割れた酒瓶を突き立ててとどめを刺すというカットだ。

誠が所定の位置に横たわると、アレックスがやってきた。

「段取りをちょっと変えたい」

「はあ……」

「セシリーがカウンターの上からおまえの上に飛び降り、馬乗りになって、胸を突き刺したいと言うんだ。そのほうが、迫力が出るし、憎しみも表現しやすいと言っている」

「はい」

誠は、ただ言われたとおりにやるだけだ。カメラテストが始まり、セシリーがカウンターの上に立った。誠は棚の下に横たわっているから、ミニスカートの中が丸見えだった。

セシリーがカウンターから誠の上に飛び降りてきた。彼女の尻がどすんと腰のあたりに落ちてくる。

けっこうな衝撃だ。セシリーは、割れた酒瓶のボトルネックを両手で持ち、高々と掲げる。もちろん、プラスチックの作り物だ。

それを勢いよく誠の胸に突き立てた。誠は、断末魔の悲鳴を上げ、苦悶し、やがて事切れるという一連の演技をした。

そして本番。

セシリーは同じように、誠の上に飛び降り馬乗りになる。だが、テストのときのようにすぐには、誠に割れた酒瓶を突き立てなかった。

ゆっくりと腰を動かしはじめる。セシリーの腰は、誠の腰の上にある。微妙な位置がこすられる。

誠は戸惑った。それがそのまま表情に出たはずだ。

やべえ。立っちまう。

セシリーの腰づかいはうっとりするほど巧みだ。彼女が誠を見てほほえんだ。妖艶《ようえん》なほほえみだ。

誠は、戸惑いの表情のまま彼女を見返していた。

カットはかからない。

彼女の体温と柔らかい感触。妙な気分になってきた。

そのとき、セシリーのほほえみがさっと消え去った。憎しみの表情が宿る。それが演技だとわかっていても、誠はぎょっとした。

次の瞬間、セシリーは、割れた酒瓶を両手で高々と差し上げ、誠の胸に突き立てた。シャツの下に仕込まれていた血袋が裂ける。

シャツに血の染《し》みが広がり、誠は、テストの時と同様に、叫び、苦悶し、そして事切れた。

「カット」

ユン・シンの声。

セシリーが誠の上から降りた。その感触と心地よい重さは名残惜しかった。

セシリーが、誠の脇に立ち、見下ろしている。何事かと、誠は、その美しい顔を見返した。文句を言われるのかと思った。誠の若い下半身は見事に反応していた。勃起《ぼっき》したのだ。

おいおい、俺のせいじゃないぞ。

誠は、心の中で抗議した。

誰だって、あんなことされりゃ……。

セシリーは、手を差し出した。

「え……?」

誠は、どういう意味かわからず、その手とセシリーの顔を交互に見ていた。

セシリーは、さあ、つかめというふうに、さらに手を突きだした。誠は、恐る恐るその手を握った。

ぐいっと引かれた。女性にしては力強い。誠が起きあがるのに手を貸してくれたのだ。

「あ、どうも……」

誠は言った。

セシリーは、妖艶な笑みを残し、歩き去った。誠は、茫然と立ち尽くしていた。

セシリーと入れ替わるように、アレックス・チャンがやってきた。

「やるじゃないか」

アレックスは、意味深長な笑いを浮かべている。

誠は、アクションや演技を褒められたのかと思った。アレックスが褒めてくれたのは初めてだ。

「ありがとうございます」

「セシリーは、おまえのことを気に入ったようだ。じゃなきゃ、腰の上に馬乗りになるなどと、言いだしたりはしない」

どうやら、アクションや演技を褒めてくれているわけではなさそうだった。

誠もなかなか隅に置けない。要するに、アレックスはそういうことを言おうとしているのだ。

「これで、おまえの出番は終わりだ」

「はい」

「あとのことは、ツァイに指示してある。彼に聞いてくれ」

「わかりました」

アレックスは、それだけ言うと誠から去って行こうとした。

映画で使ってもらった礼を言うべきだろうか。誠は迷った。日本からふらりとやってきた、なんのコネクションもない若者に、アレックスはチャンスをくれたのだ。それが黒社会の経営する映画会社制作のポルノ映画であっても、チャンスには違いない。

「あの……」

誠は言った。「映画に使ってくださって、ありがとうございました」

アレックスは振り向きうなずいた。

「ああ、そうだ。散打大会には出場しろ。きっとおまえのためになる」

この機会に、その散打大会について尋ねてみようとした。どういう連中が主催しているのか。その大会には黒社会は関わっていないのか。どうして、ジョニー・マーやアレックスは、誠にその大会に出ろというのか……。

いろいろな疑問が頭の中をかすめていく。だが、質問する暇はなかった。アレックスは、背を向けて歩き去った。すぐに、ユン・シンと打ち合わせを始めた。

監督と武術指導の打ち合わせに、割ってはいることなどできない。

誠は、カウンターを乗り越えて出口に向かった。ふと立ち止まり、スタジオの中を見回した。

必死の思いで一ヶ月あまりを過ごした。ひどく長い期間だったようでもあり、またあっという間に過ぎ去ったような気もする。

天井から吊るされた何本ものバー。そこにさまざまな角度でライトが取り付けられている。照明があたっている場所は、明るく華やかだ。だが、その周囲は、倉庫のように殺風景だ。

これが映画の撮影所なんだ。今さらながら、そんな感慨を覚えた。

出口のそばで、ツァイが待っていた。

誠は、ツァイに言った。

「いろいろと世話になったな」

ツァイは、人のよさそうな笑顔を見せた。それがなかなか曲者《くせもの》だと感じていたときもあったが、今では、すべての面を含めてツァイという男なのだろうと思う。この善人づらが嘘かというと、そうでもないのだ。

「それが私の仕事ですからね」

「おかげで、広東語《カントン》もずいぶんと覚えられた」

「誠さんは、語学の天才かもしれません。こんなに早く広東語が上達した日本人は、初めてです」

「おだてるなよ」

「本当のことですよ」

思えば、中学生の頃から英語は嫌いではなかった。本当に、ツァイが言うとおり、自分には語学の才能があるのではないかと思う。

武術と語学は似た面がある。理屈を知っていても使いこなせない。反復練習と経験が何より必要なのだ。

そして、最初は、指導者を真似ることから始める。武術では、無批判に、ひたすら真似をする者の上達が早い。語学にもそういう一面がある。

「とにかく、これでお別れだな」

誠が言うと、ツァイは目を丸くした。

「まだ、いろいろと手続きがあります。まだ、契約書を交わしていないので、ギャラの支払いができません。まず、あなたは、会社と契約書を交わさなければなりません」

「撮影が終わってから契約書を交わすというのも妙な話だな」

「通常は撮影に入る前にサインしますが、今回は特別です。なにせ、撮影に入るまでばたばたしていましたから……」

誠の心の奥で、かすかに警鐘が鳴った。

「おい、三羅影業公司と契約書など交わして、後々、妙なトラブルはないだろうな」

「妙なトラブル？」

ツァイは怪訝そうな顔をした。

「つまり、黒社会の連中の言うことを聞かなければならないような……」

ツァイは笑った。

「心配いりませんよ。たしかに、三羅に出資しているのは、黒社会です。でも、三羅は普通の映画会社ですよ」

「俺は、ある程度広東語をしゃべれるようになったが、読み書きはまるでだめだ。契約書に何が書いてあるかわからない」

「そのために、私がいるんですよよ」

「あんたは、三羅の側の人間だろう」

ツァイは、かぶりを振った。

「私は、アレックス・チャンさんに個人的に雇われているのです。三羅とはあなたと同じく契約で仕事をしているのです」

それは初耳だった。

アレックス・チャンは、どれくらいの力を持っているのだろう。おそらく、ユン・シンに監督をやらせようと考えたのは、アレックス・チャンに違いない。それを実現する力があるわけだ。

なんの実績もない誠を、彼の一言で抜擢《ばってき》できたことから考えても、ほぼ間違いない。この場合、彼の力というのは、黒社会とのコネクションのことのように思えた。

アレックスが、黒社会のために働いているという疑いは、依然として晴れていない。海外向けの、ブルーフィルムや、ビデオを編集して作るという思いつきは、その後も頭を離れなかった。

「さて、部屋を引き払う用意をしてください」

ツァイが言った。

ついに、このときが来たか。

誠は思った。撮影が終われば、誠はショウ・ブラザーズのホテルに留まることはできない。まだ、ギャラをもらっていないから、誠の手持ちは心許ない。部屋を探すのは難しいだろう。また、あのドミトリに転がり込むか……。

「準備はすぐにできる。たいした荷物はないからな」

「車で待ってます」

「街まで送ってくれるのか?」

「何言ってるんです。新しい部屋に案内するんですよ」

「新しい部屋?」

「そうですよ。チャンさんに言われて探していたんです」

アレックス・チャンが誠に部屋を用意してくれた。これをどう解釈すればいいだろう。善意と考えることもできる。だが、誠を何かに取り込もうとしていると考えることもできる。

誠は、まだコウの死のことを忘れてはいなかった。映画の撮影に集中している間は、いろいろなことを忘れていられた。

だが、今はまた、アレックス・チャンに対する疑いがむくむくと頭をもたげてきた。

「部屋は自分で探すよ」

「なぜです？」

「アレックス・チャンにはもう充分世話になっている。これ以上世話になりたくない」

「あなたの居場所がわからないと困るのですよ。契約のことだってあるし……。連絡がつかないとまずいんです」

「連絡先は教えるよ」

「チャンさんは、好意を受け容《い》れられなかったと思い、気分を害するかもしれません。中国人は好意を拒否されることを嫌います」

誠は、迷った。

たしかに、せっかく部屋を用意してくれるというのに、それを断るのは失礼かもしれない。だが、アレックス・チャンに借りを作るのが、なんだか恐ろしかった。

今後、彼の言いなりになるように飼い慣らされていくような気がする。

どうしたものかな……。

「さあ、ホテルを引き払って、新しい部屋に行きましょう」

ツァイがせかした。

まあ、いいか。

誠は思った。

ここであれこれ迷っていてもしかたがない。どうせ、部屋は必要なのだ。探す手間がはぶけたと考えればいい。

誠は、ホテルに向かった。


例によって、ツァイは、狭い路地にトラックを無理やり駐車した。そこは、大角咀《タイコックツィ》だ。誠は、ぼろぼろになった日本人女性に麻薬を売りに行ったことを思い出した。あれははるか昔のことだったような気がする。

ツァイが、案内したのは、その日本人女性が住んでいたビルとそれほど遠くない場所だった。

あのとき、道を聞いた乾物屋の近くだった。その部屋を見たとき、アレックス・チャンに借りが増えたと考えるのをやめることにした。

エレベーターもないぼろぼろの建物の三階にその部屋はあった。窓は、市街地のほうを向いているが、そこからはとなりのビルの壁しか見えない。昼間でも部屋の中は薄暗かった。

薄汚れた部屋で、ベッドだけでいっぱいといった狭さだ。壊れかけたロッカーが一つ置いてある。

「シャワーとトイレが付いています」

ツァイが、どこか自慢げに言った。

たしかに、それだけでも贅沢《ぜいたく》なのかもしれない。何かが誠の足元を横切った。

同居人がいるらしい。ネズミだ。

東京からやってきたばかりの頃だったら、うんざりした気分になったかもしれない。だが、ドミトリで暮らし、九龍城砦《カオルン・センツァイ》に足を踏み入れた経験のある誠の眼からすれば、この部屋だってそれほど悪くはなかった。

「一階に電話があります」

ツァイが説明した。「電話はみんなで使っています。好きなときに好きなだけ使えます。かかってきた電話は、管理人が取り次いでくれます」

「いちおう、管理人はいるんだ……」

「もちろんですよ。管理人がいなかったら、電話なんかすぐに盗まれてしまいますよ」

「なるほどな……」

「さて、私は、これで失礼しますよ」

「ああ。何から何まで世話になっちまったな」

「それが私の仕事だと言ったでしょう」

それからツァイは、ぱちんと自分の額をてのひらで打った。「いけない。忘れるところだった。チャンさんからの伝言です。散打大会まで、それほど日がないから、トレーニングをしておけとのことです」

「どうして、アレックスは、俺に散打大会に出ろと言うのだろう」

「さあね。私にはわかりません」

「ジョニー・マーも出場するんだろう」

「多分ね」

「撮影所の一件だけでは足りずに、今度は俺に公衆の面前で恥をかかせたいのかな?」

「物事、そう悪く考えるもんじゃないですよ」

誠は、以前から考えていたことを、ツァイに相談してみることにした。

「詠春拳《ウィンツンクェン》の道場を知らないか?」

「詠春拳……?」

「興味があるんだ。ブルース・リーがやっていた武術だし、ジョニー・マーもやっている。そして、俺がジョニー・マーにやられたのは、詠春拳の技のようだ」

ツァイは、一度首を傾《かし》げ、それからうなずいた。

「当たってみましょう。じゃあ、契約書については連絡します」

ツァイは去っていった。

ベッドには、すり切れた毛布がかけてあった。触るとなんだか湿っぽいような気がする。

黴《かび》のにおいもする。

それでもかまわず、誠は横たわった。染みだらけで、しかも、配管や電線がむき出しになった天井を見上げる。

映画の仕事は終わってしまった。

俳優やスタントマンたちと別れの言葉を交わしたわけでもない。ただ、誠が撮影所を去った。それだけだ。あっけない。

これから、どうなるのだろう。

三羅から支払われるギャラで、どれくらい生活できるのだろう。

考えれば考えるほど、不安がつのる。

だから、誠は、考えないことにした。

## 12

九龍《カオルン》南端のペニンシュラ・ホテルで契約書にサインをした。契約書を持ってきたのは、きちんとネクタイを締めて、髪をきれいにセットしているどこから見ても堅気のビジネスマン風の男だった。

ネズミが走り回り、夜中にごうごうと下水やら水道やらの水音が響く、日の当たらない部屋からやってきた誠にとって、ペニンシュラ・ホテルは、なんとも優雅だった。

従業員も客も別世界の人間のように思える。

ツァイによると、このホテルは、映画スターたちのたまり場で、三羅の社員を待つ間にも、ほら、あれが有名な誰それで、あそこにいるのが、最近売り出しの何某《なにがし》だと、教えてくれる。

だが、誠は、その名前も顔もまったく知らない。関心もない。明日からどうやって生きていこう。それが最大の関心事なのだ。

ツァイは、契約書の条文をすべて丁寧に日本語に訳してくれた。正確に訳しているかどうかはわからない。誠に不利な点を故意に隠していたとしても、誠には知る手段がない。ツァイを信用するしかなかった。サインを済ませると、三羅の社員は営業スマイルを浮かべて、手を差し出した。握手を交わすと、彼はきびきびとした身のこなしで去っていった。

「詠春拳《ウィンツンクェン》の教室を見つけました」

ツァイが、言った。「佐敦《ジョーダン》にあるビルの一室です。今日の夕方六時から練習があります。行ってみますか？」

「もちろんだ」

「じゃあ、五時半に迎えに行きます」

「わかった」

ホテルでツァイと別れた。

ロビーでは、派手な恰好をした男たちが、大きな身振りで声高に何事か話し合っていた。おそらく、映画スターたちだろうと誠は思った。周囲の眼を意識している。

ここは俺のいる場所じゃない。

誠はそう感じて、そそくさとホテルを出た。突然、激しい雨が降りだした。誠は、ずぶ濡れになりながら、ゆっくりと通りを歩いた。香港の夏独特のシャワーだ。一時間もしないうちに上がることはわかっていた。だが、雨宿りする気にもなれなかった。

雨に打たれたい気分だった。

ツァイに連れられて行ったのは、佐敦の繁華街からちょっとはずれた路地に面して建つ古いビルだった。

途中に、武術用具店が二軒あった。このあたりには、武術の道場がいくつかあるらしい。その道場に向かうまでの階段は、暗く湿っており、天井は配管がむき出しだった。だが、もう誠は驚かなかった。いつしか、それが普通だと思うようになっていた。

道場は、驚くほど狭かった。床はコンクリートの打ちっぱなしだ。

誠が小学生のときから通っていた空手道場も決して広くはなかった。だが、そこはちゃんとした板張りだったし、ここの倍はあった。

道場生たちが、それぞれに準備運動をしている。皆若い。思い思いの服装をしている。Tシャツにジーパンという恰好が多い。そして、皆靴をはいている。カンフーシューズではない。普通の運動靴やスニーカーだ。

そこに背の低い、三十歳前後の男がやってきた。どうやら、師範のようだ。だが、道場生たちは、会釈《えしゃく》をした程度で、準備運動をやめようともしない。

師範も気にした様子はない。日本の道場とはずいぶんと趣が違う。空手の道場なら、何をしていようと、師範が現れたら、気をつけをして、全員で礼をして迎える。

師範は、黄恒昌《ウォンハンチオン》と名乗った。

身長は、百六十センチ前後といったところか。どちらかというと、細身で、あまり強そうには見えない。

　師範は中国風に言うと師傅《しふ》だ。

　黄恒昌師傅は、誠と握手を交わすと、いたずらっ子のような笑顔を見せて言った。

「日本の武道では、礼儀を重んじるのでしょう。でも、この道場はちょっと違います。香港の道場は、日本ほど礼儀作法にうるさくないのです」

　人なつっこい笑顔だが、眼は笑っていない。誠を警戒しているのかもしれない。日本の武術家に技を見られるのが嫌なのかもしれない。

　誠は、礼を尽くすことにした。ここで気分を害されては、見るべきものを見られなくなってしまう。

　深々と頭を下げて、言った。

「今日はよろしくお願いします」

　黄恒昌師傅も、Tシャツにジーパン、スニーカーという恰好だ。

　どこかで着替えて練習するものと思っていた。黄恒昌師傅は、部屋の隅にあった小さなテーブルに腰を乗せると、道場生に何かを命じた。詠春拳の専門用語なのだろう。

　すると、道場生たちは、思い思いの服装のまま、並んで稽古を始めた。おそらく基本練習なのだろう。

　空手の正拳突きのように拳を突き出すと、手首をくるりと返して手刀のような形を作る。

それを引きつけ、逆の手で同じ動作をする。それを繰り返した。

立ち方は、空手でいう内八字立ちだ。両脚のつま先を内側に向けて立つ。流派によっては、ナイファンチ立ちともいう。

ゆっくりと、同じ動作を繰り返す。基本の動作には何パターンかあるようだ。すべての動作を内八字立ちのような立ち方で行う。

黄恒昌師傅は、机に腰を乗せたままで、特に指導らしいことをしない。国が違えば、武術の練習の仕方も違うものだ。感慨深かった。

立ったままの基本稽古の後は、移動稽古だった。脚を前後に開いて立ったが、やはり両脚のつま先は内側を向いている。膝をやや曲げて立つ。剛柔流などの、三戦《サンチン》立ちに似ていると、誠は思った。だが、体の使い方が、剛柔流などの空手よりもずっと柔軟だ。

歩法はすべて継ぎ脚だ。つまり、まず、前足を進め、後ろの足を引きつける。必ず、最初の形を維持していなければならない。腰の高低もなければ、足の間隔も常に一定だ。

黄恒昌師傅の声が響いた。

誰かが、うまくできなかったらしい。黄師傅は、テーブルに腰を乗せ、脚を組んだままで、何かを教える。

再び、移動稽古が始まる。見ていると簡単そうだが、やってみるとなかなかうまくできないのだろうと、誠は思った。詠春拳の技術を知らない誠の眼から見ると、誰も大差ないように見えるが、黄師傅が見ると、上級者と初心者ではおおいに違うのだろう。

その後、二人組みになって、何かを始めた。打ち合いではない。互いに手を取り合えるほどに接近する。両者とも足をやや前後させているが、やはり両脚のつま先を内側に向けている。

向かい合った二人は互いに両手を出して手首のあたりを触れ合わせる。その状態で、半円を描くように二人で手をくるくると回しはじめた。

二人でバスケットボールくらいの球を抱えて、それを空中で回しているように見える。互いに、右手が上のときは同時に左手が下になり、左手が上に来ると、右手が下になる。くるくるとただ互いに手を触れ合って回しているようにしか見えない。

ようやく黄師傅が立ち上がった。

一組の道場生たちに近づき、一人を脇によけさせ、自らがやって見せた。誠はなるほどと思った。

右手が上に来るときには、肘を突き出すようにして相手の攻撃を受けている。同時に左手が下から突くような攻撃になっている。

そのとき、相手の右手は下になっており、手の甲で受けるような形になっていた。左手が上になるときには、てのひらで攻撃するような形になる。だが、それが下に降りるときに、相手の手をひっかけるように押さえている。

攻防が完全に一体になっており、それを互いに繰り返しているのだ。

そう理解して見ると、それは高度な動きだった。

詠春拳の攻防一体の技というのは、こうして培《つちか》うものなのか。誠はすっかり感心していた。

同じような動きでも、やはり黄師傅がやると違う。道場生は、引き込まれるように前のめりになり、やがて、黄師傅の掌打や、拳を決められた。

くるくると繰り返すその動きの中から、うまくタイミングをつかむのだ。

攻撃していったら、やられる。それが、詠春拳だ。誠はそれを実感した。

練習のメニューはそれだけだった。おそらく、まだ高度な手がいくつもあるのだろうが、どうやら道場生はまだ初心者が多いらしく、そこまで進んでいない様子だ。

日本人が見ていたので、基本的な練習だけで、稽古を終えたのかもしれないとも思ったが、それはおそらく考えすぎだろう。

稽古が終わり、黄恒昌師傅が何かのパンフレットを持ってきた。見ると、自分の経歴や指導の実績を書き記したもののコピーだった。

やはり、香港の人々は自分を宣伝することに躊躇《ちゅうちょ》しないのだ。武術家であっても例外ではない。

見ると、グローブとヘッドギアをつけて打ち合っている写真があった。リング上のようだ。

「これは、散打大会ですか？」

誠は尋ねた。

黄師傅は、自慢げな顔でうなずいた。

「ええ。自由搏撃大賽《はくげきたいさい》という試合で優勝したことがあります」

「グローブとヘッドギアを付けて打ち合うんですか？」

「そうです。激しい試合ですよ」

「近々、香港で、散打の大会が開かれると聞きましたが、それも同じようなルールで行われるのですか？」

「そうです」

「この道場から出場する人はいますか？」

黄恒昌師傅が顔をしかめた。

「いや、残念ながら、この道場には、まだそういう試合に出られる実力がある者はいません」

「大会は、誰が主催するのでしょう」

「いくつかの武術団体が集まって主催するようですね」

黄恒昌師傅の口調からすると、怪しげな大会ではなさそうだ。

彼は、大会には関心がなさそうだ。話題を変えることにした。この機会に、詠春拳について尋ねておかなければならない。

「立ち方が独特ですね」

「ああ、馬法と言います。こう、足をそろえて立つことを、正身馬と言って、すべての立ち方の基本になります」

「受けながら攻撃するのが特徴なのですね」

「詠春拳の技はすべてカウンターで決まります。だから、よけられない。攻撃したほうは、何をされたのかわからないうちに倒されています」

誠は納得した。ジョニー・マーに倒されたときは、まさにそのとおりだった。

誠は、愛想笑いを浮かべ、冗談めかして言った。

「詠春拳の達人と戦うのは、難しそうですね」

黄恒昌師傅の顔に、凄味のある笑いが浮かんだ。

「難しいですよ」

彼は言った。「とても、難しい」

翌日の早朝から、またトレーニングを始めた。大角咀《タイコックツィ》はもともと埋め立て地なので、まだ空き地がいくらでもあった。

トレーニングを終えると、もうその日はすることがない。ドミトリにいたころに逆戻りしたような日々が続いた。

じりじりとした焦燥感を覚える。

ただ仕事がない、というだけではない。何か心の奥底にくすぶるものがある。くたくたになるくらいに体を動かしているのに、一日中、何かしなければならないような気分がつきまとう。

契約書を交わしてから、一週間以上経ったが、ツァイからも三羅影業公司からも連絡はない。

そのことがまた、誠を不安にさせる。

ある日、管理人が荷物を届けに部屋までやってきた。管理人は、痩せた初老の男で、常に不満の種を探しているような眼をしている。

いつも緑のズボンに、白い開襟シャツを着ていた。

誠に荷物を渡すと、管理人は、言葉も交わそうとせずに階段を降りていった。日本人を嫌っているのかもしれない。

荷物は小振りの段ボール箱だ。送り主の名前がない。荷物を送ってくるような相手に心当たりがなく、誠は不審に思いながらも、ガムテープをはがしていった。

新聞紙が詰め込まれている。それを引き出すと、下から、真新しいグローブとヘッドギアが出てきた。

誰が送ってきたかはわからないが、それに込められたメッセージは明らかだ。

散打大会に出ろと、荷物の送り主は言っているのだ。

誠はしばらくグローブを見つめていたが、それをはめてみることにした。ボクシングスタイルのグローブだ。

グローブをつけると、洗面所の鏡の前に立ってみた。周囲が汚れた鏡に向かって構えてみる。

顔の近くにグローブを構えると、革のにおいがした。

ふつふつとわき上がってくるものがある。その瞬間に、誠は焦燥感の正体に気づいた。

自分を試す場がほしかったのだ。

香港映画のアクションには、もちろん演技力も必要だ。だが、それ以前に、武術の実力が重要なのだ。それを、試したかった。

他人に知らしめるためではない。自分自身のための確認だ。

「いいだろう」

誠は、鏡の中の自分に向かって言った。「やってやろうじゃないか」

初めて、誠のほうからツァイに電話をした。

「ギャラの件ですか?」

電話に出ると、ツァイは真っ先にそう言った。「すいません。まだ三羅から連絡がないんです」

誠は言った。

「散打大会に出場することにした」

一瞬の間。

「そうですか。じゃあ、すぐに手配します」

「よろしく頼む」

「任せてください」

「ツァイ」

「何です?」

「グローブとヘッドギアを送ってくれたのは、あんたか?」

「それ、何のことです?」

「いや、いいんだ」

誠は電話を切った。

その翌日から、グローブを付けて練習をした。素手の練習とは、かなり勝手が違う。たいした重さではない。だが、しばらくパンチを繰り返していると、その重みがこたえてくる。

しっかり、顔面の脇にグローブを構えてガードしつづけることが、これほどたいへんとは思わなかった。

空手の基本練習に加え、グローブを付けてのシャドウを長時間やった。グローブのテクニックなど誰にも教わったことはない。自己流だった。

空手の試合は、ずいぶんと経験している。だが、すべて寸止めルールの試合だった。ポイントを先取すれば、試合に勝てる。

だが、グローブとヘッドギアを付ける試合となれば、おそらくボクシングと同じようなルールで行われるはずだ。つまり、時間制だ。相手をノックアウトしない限り、三分間なら三分間、フルに戦わなければならない。

それを念頭に置いて、練習を続けた。スタミナが必要だ。練習のメニューにランニングを加えた。毎日、汗に溺《おぼ》れそうになるくらいに練習をした。今は、それしかすることがない。それしかできない。

まるで、ボクサーだな……。

誠は、先日見た詠春拳の練習を思い出した。あの技術自体はなかなかすばらしいものだ。しかし、グローブをつけてどうやってあの技術を活かすのだろう。

ジョニー・マーは、どういう戦い方をするというのか。そのことが頭から離れなかった。

## 13

「散打大賽《さんだたいさい》」は、香港島のハッピーバレーのそばにある学校の体育館で開かれた。木造の体育館で、イギリス風の建物だった。

体育館の中央にリングが設けられ、その周囲にパイプ椅子が並べられていた。リングサイドの一ヶ所に白い布をかけたテーブルが置いてある。おそらく、武術界の有力者が座る席なのだろう。空手の大会などで用意される雛壇《ひなだん》のようなものに違いない。

特に選手の控え室のようなものはなく、観客席の一部を仕切って、選手控えの席になっていた。

ツァイが同行していた。それぞれの選手には、コーチやセコンドらしい人がついており、彼らは一様に興奮した面持ちだった。

だが、ツァイはいつもと変わらなかった。彼は、いつどんなときにも穏やかな表情だ。それが、実はツァイの凄味だということに、誠はすでに気づいていた。

開場すると、席がどんどん埋まっていく。中にはアベックや家族連れもいるが、若い男性客の姿が眼に付く。あっという間に、観客席は埋まり、後方に立ち見の列ができた。

冷房など入っていないので、ただでさえ暑いのに、観客の熱気で場内は、息苦しいほどになった。

何もしないのに汗が流れ出る。

誠はすでに、会場の外でアップを終えていた。汗が滴っている。

「暑いな」

誠は、ツァイに言った。

「暑いと感じるのは、落ち着いている証拠です」

ツァイは言った。「いい傾向です」

誠は、ライトに照らされたリングを見ながら言った。

「俺は、試合であがったことがないんだ」

誠は、選手控え席に眼を移した。いろいろな体格の選手たちがいる。小さいやつ、大きなやつ。体重制ではない。中には、どう見ても太りすぎのやつもいる。

「ジョニー・マーの姿が見えないな」

「彼は一回戦シードですからね。そのうち、現れるでしょう」

「重役出勤というわけか」

誠は日本語でつぶやいた。

「何です？」

ツァイにはその言葉の意味がわからなかったようだ。

「いいんだ。気にしないでくれ」

誠がそう言ったとき、体育館の出入り口によく知っている男が現れた。

アレックス・チャンだった。いつものように、ちょっと崩れた感じに着飾っている。赤い開襟シャツに、黒いラッパズボンだ。襟の間に、金色のネックレスがのぞいている。

アレックスは、誠を見つけると近づいてきた。

誠は彼に言った。

「見に来てくれたんですか？」

アレックスは、彼独特の皮肉っぽい笑みを浮かべた。

「ただ試合を見に来ただけじゃない」

「どういうことです？」

「セコンドについてやろうと思ってな」

「俺のセコンドにですか？」

「そうだ」

アレックスは、誠がつけているグローブを見た。「俺が送ったグローブは気に入ったか？」

「やはり、あなたでしたか。このグローブを見て、試合に出る決心がつきました」

アレックスは、ふんと鼻で笑った。

誠は言った。

「セコンドに付いてくれるのなら、訊いておきたいことがあります」

「何だ？」

「この試合、どういうルールなんですか？」

さすがのアレックスも、ちょっと驚いた顔をした。


リング上では、太り気味の選手と背の高い選手が打ち合っていた。

太り気味の選手は、体を開いて相手にたいして半身になっての攻撃が多い。背の高い選手は、長いリーチを活かして振り回すようなパンチを打ち込んでいる。

背の高いほうの選手が北派の長拳《ちょうけん》の選手で、小太りのほうが、八極拳の使い手だと、パンフレットを読みながら、ツァイが教えてくれた。

蹴りも出すが、両者とも足の裏全体で踏みつけるような蹴りが多い。それが中国武術の蹴りの特徴のようだ。空手のように、スナップをきかせて足先で蹴るのとは違う。キックボクシングのような回し蹴りもあまり見られない。

アレックスによると、目突き、金的打ち以外は、ほとんど何でもありだという。もちろん蹴りもＯＫだし、投げ技、関節技も使える。

だが、やはりパンチによるＫＯの確率が一番高いという。

レフェリーがいて、ジャッジが二人いる。テンカウントのノックアウト勝ちのほか、ダウンを三回奪えば勝ちとなる。

試合時間は、三分の一ラウンドだ。

三分間だけの勝負となると、手数がものをいうだろう。誠は、刻み突きを多用して、ポイントを確実に稼ぐ方針でいくことにした。刻み突きというのは、ボクシングのジャブのような突きだ。

リング上の試合は結局、長身の選手が小太りの選手を打ち負かした恰好だった。ポイントで長身の選手が勝利した。

次の試合は、南派の虎拳と少林拳の戦いだ。虎拳のほうは、山なりのパンチを出す。おそらく、それが虎拳の特徴なのだろうが、実戦では、威力、スピードともに見劣りがする。

一方、少林拳のほうは、動きが派手で、観客受けしていた。高い蹴りも多用している。だが、やはり、キックボクシングの蹴りとは違う。足を振り回すようにして、両側のくるぶしのあたりで相手を打つような蹴りだ。

だが、結果は意外なことに虎拳の選手の勝ちだった。何度か顔面を捉《とら》えた山なりのパンチが、見た目より威力があったようだ。ダウンを奪い、ポイントで勝利した。

誠は、ぞくぞくと体の芯《しん》が震えてくるのを感じていた。悪い兆候ではない。緊張感が高まっているのだ。

試合にはある程度の緊張感が必要なことを、誠は経験上知っている。緊張しすぎはいけない。だが、ある程度の緊張が普段以上の実力を発揮させてくれることもある。

血が熱くなり、頭の中がしんと冷えている。そんな状態がベストだ。誠は、それがやってくるのを冷静に待っていた。

やがて、誠の順番が回ってきた。

相手は、長拳の選手だという。長拳の選手の戦い方はさきほど見ている。とにかく、パンチを振り回してくる。それをかいくぐって、確実に刻み突きを決める。徹底してその戦いでいこうと決めた。

誠のコーナーには、アレックス・チャンとツァイがいる。

誠は、アレックス・チャンに尋ねた。

「何か、アドバイスは？」

アレックスは、笑いを浮かべた。

「好きに戦ってみろ」

ゴングが鳴る。

へえ、リングって、立ってみるとこんなに高く感じるんだ。

誠はそんなことを考えていた。ライトに照らされ、リング上は観客席より暑い。

相手は、誠より五センチほど身長が低い。ウエイトも、明らかに誠のほうが上だ。

楽勝かもな。

そう思った瞬間、相手が仕掛けてきた。

大振りのパンチだ。楽にかわせると思った。しかし、相手のグローブが顔面をかすめた。

え……？

意外な衝撃に驚いた。弾力のあるものが、顔にぶつかった感触。ただかすっただけなのに、かなりのダメージがある。

誠は、ガードを固めた。

相手は、さらに左右の大振りのパンチを繰り出してくる。その矢継ぎ早の攻撃に、なかなか反撃のチャンスをつかめない。

端《はた》で見ているのと、実際に戦ってみるのとでは大違いだ。

とにかく、潜り込んで前に出ないと……。

一歩踏み出したとたんに、顔面にパンチを食らった。

何だ、これは……。

弾力のあるものが顔面に激突した。まるで、バレーボールか何かがぶつかったようだ。

空手の試合で顔面を打たれたときの衝撃とはまるで違う。

顔全体に弾力のある衝撃が伝わり、さらにその弾力の中に固い芯があった。

気がついたら、足がもつれていた。さらに一発食らって、そのまま尻からマットに落ちていた。

レフェリーがダウンを宣告して、カウントを始めた。

誠は、あわてて起きあがろうとした。だが、体がいうことをきかない。頭を振った。首筋がこわばっている。後頭部に不快な固まりができたように感じる。

セコンドにいたアレックスが眼に入った。アレックスは、あきれたような顔でかぶりを振った。

にわかに頭に血が上り、全身にようやく力が戻ってきた。立ち上がったとき、レフェリーは、カウントを七まで数えていた。

エイト・カウントでファイティングポーズを取る。

レフェリーが「ファイト」を告げる。

忘れていた。

誠は、思った。

こういう試合は、先手必勝だよな。

相手が出てこようとする瞬間、誠は飛び込んで、左を出した。

それが、相手のグローブに当たる。

相手が、また大振りのパンチを繰り出してくる。それに合わせるように、カウンターのパンチを出した。また、相手のグローブに当たった。

グローブというのが、こんなにやっかいなものとは思わなかった。カウンターのタイミングでパンチを出そうとすると、やたらと相手のグローブに当たる。さらに打たれたときには、妙な衝撃がある。

「誠……」

場内に響き渡る観客の喚声の中、普段と変わらないアレックスの声が、不思議とはっきり聞こえた。「おまえの脚は、飾りもんか？」

はっとした。

俺は何をやっていたんだ。

ここにボクシングをやりにきたわけじゃないんだ。

にわかに落ち着きを取り戻した。

たしかに、素手の突きとグローブのパンチはまったく違う。だが、蹴りは空手の試合と同じ威力を発揮してくれるはずだ。

うまくカウンターのパンチが使えないのなら、蹴りを使えばいい。

あと、どれくらい時間が残っているのだろう。このままではダウンを奪われている誠のポイント負けとなってしまう。

誠は一発逆転に賭《か》けた。

相手に余裕が見て取れた。

このやろう……。

誠は、チャンスを待った。

相手が、大振りの左を放ってきた。チャンスはその一瞬しかなかった。

自然に体が動いた。

右の前蹴りを相手の鳩尾に見舞う。これまで、何千回、何万回と練習してきた動きだ。力みもあせりもない。

誠の蹴りは、狙いどおりのポイントに決まった。相手は、動きを止めて、わずかに上体を前に折った。明らかに蹴りが効いている。

相手は一歩後ずさる。

誠は思い切り、右の上段回し蹴りを放った。

足の甲が、相手の側頭部に炸裂《さくれつ》する。そのまま足を戻さずに、振り切った。

相手は前のめりにマットに叩きつけられた。そのまま、動かない。

レフェリーは、ダウンを宣言。しかし、カウントを取らなかった。倒れた相手の様子を見て、頭上で両手を交差した。ドクターが呼ばれる。

ゴングが連打された。

誠のKO勝ちだった。

コーナーに戻ると、アレックスが言った。

「ずいぶんと手間取ったじゃないか。時間ぎりぎりだぞ」

「はあ……」

誠はそれだけ言って、リングを降りた。

リング上は、さながら中国武術の博覧会のようだった。ツァイが説明してくれるが、聞いたこともない武術が次々と登場してくる。

だが、グローブとヘッドギアをつけてリングに上がった選手たちは、いずれも力まかせにパンチを繰り出すだけに見える。精妙な武術の技など見られない。

誠は、最初の試合が終わって、軽い放心状態になっていた。緊張の糸が切れてしまったようだ。

この先も試合がある。このままではまずい。それはわかっているのだが、どうにも試合の雰囲気に入り込めない。空手の試合では会場内がぴりぴりとした緊張感に包まれていた。

だが、ここでは、試合を盛り上げようというのか、広東《カントン》語のアナウンスが入る。そのアナウンサーはしきりに冗句《ジョーク》を飛ばしているようで、ときおり会場が笑いに包まれる。

場内の雰囲気など気にせずに、試合に集中しようとするのだが、どうしてもだらけてしまう。

やがて、二回戦が始まった。

出場選手がそれほど多くなく、二回戦でベスト八が出そろっていた。

アレックスは何のために、俺にこの試合に出ろと言ったのかな……。

誠は、場内の喧噪から一人隔離されたような気分で、ぼんやりとそんなことを考えていた。

場内がひときわ、わいた。

リング上に、ジョニー・マーが姿を現した。観客たちは、彼の実力を知っているらしい。さらに、彼は映画にも出ているので顔が売れているのだ。

相手は、形意拳の選手だと、ツァイが説明した。

誠は、試合に集中できぬまま、リング上を眺めていた。ジョニー・マーが、誠のほうを見ているような気がした。気のせいだろうと思った。

リング上は明るく、客席は暗い。リングの上から誠の顔が見えるとは思えない。だが、コーナーポストの向こうで、ジョニー・マーは笑った。

たしかに、誠を見て笑ったのだ。不敵な笑いだった。

なんだよ……。

誠は、妙にむかついた。

俺の戦いぶりをよく見ておけ。

自信たっぷりにそう言っているように見えた。

ゴングが鳴る。

ジョニー・マーは、軽快なフットワークを使っている。リングを広く使っている。

相手の形意拳の選手は、ジョニー・マーよりはるかに大きい。身長は十センチ近く大きいし、体重もおそらく十キロ近い差があるだろう。

まともに打ち合ったら絶対に勝てない体格の差だ。それでもジョニー・マーは、自信に満ちている。

ふん、ノックアウトされちまえ。

誠は、心の中でそう言ってやった。

相手が仕掛けた。左のパンチだ。ジョニー・マーは、下がらなかった。ぎりぎりでそのパンチをかわしながら、左の腕で受け流す。同時に、右の腕を交差するように突き出した。そのパンチが、相手の顔面を横からとらえた。

流れるような動きだ。相手は、顔面を打たれてひるんだ。だが、ジョニー・マーは深追いをしない。いつでも倒せるという余裕が感じられる。

相手は、間合いを取ってダメージの回復をはかる。ジョニー・マーは、またフットワークを使って、ロープ際《ぎわ》を回り込むように移動している。ガードを固めてはいない。

何かに似ている。

ふと、誠はそう思った。

そうか。ブルース・リーの戦い方だ。

形意拳の選手がまた、左のパンチから仕掛けていった。その瞬間に、ジョニー・マーも左を出す。先に相手の顔に届いたのは、ジョニー・マーの裏拳《うらけん》気味のパンチだった。

間違いない。

これは、ブルース・リーのスタイルだ。ジョニー・マーは、誠にわざとそれを見せつけているのだ。映画のアクションの動きで勝って見せようというのか。

そのとき、誠は悟った。ジョニー・マーにとってもブルース・リーは憧れの存在だったのだ。アクション・スタントをやっているのだから、当然それは考えられる。香港の映画界にとって、ブルース・リーの存在の大きさは計り知れない。

どうだ。俺たち香港のアクション・スタントはこれくらいの実力があるんだ。

ジョニー・マーは、戦いを通して、誠にそう言っているのかもしれない。

なめやがって。

誠の血が再び熱くなってきた。

形意拳の選手が、鋭いワンツーを打ち込んだ。だが、二発目のパンチは、中断していた。懐《ふところ》に入ったジョニー・マーは、見えないくらいに速い二連打を相手の顔面に叩き込む。

ボディーに一発ブローを打ち込んで、相手を突き放しておいて、一歩踏み込むと、全身のバネを使った横蹴りで相手の顎を蹴り上げた。

相手はおおきくのけぞり、仰向《あおむ》けに倒れた。そのまま、ぴくりとも動かない。レフェリーは、誠の試合のときのように、カウントを取らずに、ジョニー・マーのKO勝ちを宣した。

リングを降りるとき、ジョニー・マーは、また誠のほうを見ていた。

誠の血はますます熱くなってくる。心地よい緊張感がやってくる予感を感じた。

「あと二人だ」

コーナーで、アレックス・チャンが誠に言った。「あと二人倒せば、またジョニー・マーとやれるぞ」

「それまで、ジョニーが残っていればな」

誠は言った。アレックスは、のんびりした口調でこたえた。

「心配するな。間違いなくやつは決勝に残る」

二回戦の誠の相手は、小太りの八極拳使いを打ち負かした長拳の選手だ。

誠は、へたにガードを固めるのをやめた。慣れないボクシングスタイルで戦っても勝ち目はない。

どこかでジョニー・マーが見ている。

誠は、両脚を開き、相手に対して真半身になった。両手は、軽く掲げているだけだ。

ブルース・リーの構えを意識していた。

客席がふたたび、わいた。やはり、香港の格闘ファンの心には、まだブルース・リーが生きているのだ。

相手のリーチは長い。だが、キックの射程のほうがさらに長い。

相手が、左のパンチを出してきた。左右の大振りのパンチを続けざまに繰り出してくるのはわかっている。

誠は、わずかに踏み込んで、横蹴りで相手の胸を蹴りやった。カウンターで蹴りが決まった。これも、ブルース・リーが映画の中でやっていた動きだ。

相手はよろよろと後退した。誠は、最初と同じ構えを取る。

相手の表情が変わった。なめられていると感じたのかもしれない。怒りの表情で、飛び込んできた。

誠は、まったく同じタイミングで、横蹴りを放った。相手の突進が止まる。

すぐさま、下ろした足を後方に振り上げた。後ろ回し蹴りにつないだのだ。そこに、相手の頭があった。

誠の踵《かかと》が相手の側頭部に激突する。

相手はロープまで吹っ飛び、バウンドしてマットにうつぶせに倒れた。

レフェリーは、今度もカウントを取らずに、誠のKO勝ちを告げた。

アレックス・チャンが言ったとおり、ジョニー・マーも順当に勝ち進んでいた。彼は、準決勝の相手を、たった数秒で倒してしまった。

誠の準決勝の相手は、南派虎拳の選手だ。山なりの奇妙なパンチを出す選手だ。さきほどの試合では、まったく蹴りを出さなかった。

体格はずんぐりしている。八極拳の使い手ほどではないが、どちらかというと太めの選手だ。

パンチのコースだけには気をつけようと思った。

「さあ、ジョニー・マーが待ってるぞ」

アレックス・チャンが、コーナーで言った。

言われなくても、わかってるさ。

誠は、心の中でこたえて、リング中央に歩み寄った。

ゴングが鳴り、戦いが始まる。相手のパンチの射程距離は短い。徹底した接近戦が得意なようだ。

誠は、相手を近づかせないように、蹴りを多用した。

前蹴りが、相手のいいところをとらえた。鳩尾だ。最初の試合では、これで相手がひるんでくれた。

だが、この虎拳使いは、平気な顔をしている。蹴った感触でわかった。ずんぐりした彼の体は、全身固い筋肉で鎧《よろ》われている。

今気づいたのだが、首も異様に太い。あの山なりのパンチの威力は、この全身の筋肉によるものなのだ。

誠は、徹底的に、相手が出てくる瞬間を狙ってカウンターの蹴りを叩き込んだ。だが、いっこうに効く様子はない。

今度は、回り込んで、パンチを顔面に打ち込んだ。それでも、平気な顔をしている。いきなり、バックブローが返ってきた。

それを顔面に受けた誠は、一瞬、目の前が真っ白に光るのを感じた。鼻の奥がきな臭くなり、腰が浮いていくような気がした。

あわてて距離を取った。だが、相手は、ここぞとばかりに接近戦に持ち込もうとする。するすると、誠の懐に入ってきた。

山なりのパンチが顔面に飛んでくる。

グローブで救われた。しっかりと顔面の前で合わせた二つのグローブが、相手のパンチの威力を殺してくれた。

やべえぞ、これは……。

誠は、刻み突きを相手の顔面に打ち込んでから、後ろにさがって再び距離を取ろうとした。しかし、相手はしつこくつきまとい、間を取らせない。

山なりのパンチが飛んでくる。

その次の行動は、まったく無意識のものだった。

誠は、相手のパンチを顔面に感じた。したたかな衝撃だ。再び、目の前でフラッシュを焚《た》かれたように感じる。

同時に、右の膝に手応えを感じていた。

誠は、すとんと尻餅をついていた。

しまった。ダウンを取られる……。

あわてて起きあがろうとした。

だが、そのとき、目の前に相手の選手も倒れているのに気づいた。苦しげにもがいている。

ダブル・ノックダウンだ。

誠は、まず膝をつき、脚に力がはいるかどうかを確かめた。

だいじょうぶだ。頭もふらついていない。

膝に手を突いて、ゆっくりと体を持ち上げる。ファイティングポーズを取った。

レフェリーは、ニュートラル・コーナーを指さした。誠は、そのコーナーに向かった。

レフェリーのカウントは続いている。

相手の選手は、ゆっくりとマットにグローブと膝をついた。

だが、彼が起きあがる前に、レフェリーは、テンカウントを数えていた。

ゴングが鳴る。

誠は、レフェリーに右手を差し上げられた。相手は、何が起きたのかわからないような顔をしている。誠も同じ気分だった。

コーナーに戻ると、アレックス・チャンが言った。

「手間取ったじゃないか」

「相手がタフだったんですよ」

「だが、あそこで膝蹴りを相手の顎にぶちこむとはな……。正直言って、ちょっと驚いたぞ」

誠はぽかんと、アレックスの顔を見た。

「俺、膝蹴りを出したんですか?」

「覚えてないのか?」

「はあ……」

アレックスは鼻で笑って、かぶりを振った。

ついに決勝戦までやってきた。

大学時代、幾度となく経験した舞台だ。だからこそ、誠は、ここで負けたら何にもならないことを知っている。準優勝と優勝は雲泥の差なのだ。

試合の勝者は一人だけだ。準優勝者は、ただ最高の敗者であるにすぎない。試合とはそういうものだ。誠は大学時代からそう考えていた。

リングの対角。ジョニー・マーがいる。余裕たっぷりに、コーナーにもたれている。誠は、ジョニーと眼を合わせないようにしていた。

気合い負けするのを恐れたわけではない。ジョニー・マーの顔を見ると、むかつくのだ。なんだか、やつに仕組まれてここまで来てしまったような気がする。アレックス・チャンがジョニー・マーに手を貸していたのは明らかだ。それが面白くなかった。

まあいい。

誠は、ジョニー・マーに背を向けたまま考えた。

こうなったら、全力で戦うまでだ。

遊びはなしだ。派手な動きなどなくていい。空手の試合で培った技を百パーセント活用してやる。

ゴングが鳴り、レフェリーの「ファイト」の声が聞こえる。

誠は、振り向き、コーナーを飛び出した。その瞬間、ジョニー・マーのパンチが飛んできた。

集中力を高めていた誠は、それをぎりぎりでかわした。グローブが頬をかすめていく。

反射的に、ボディーに打ち込んだ。ボクシングのボディーブローではない。おもいきり腰を捻り、足を大きく踏み込んだ空手の逆突きだ。

それが受け流されるのを感じた。同時に、顔面にパンチが来た。

誠は、さっと上体を後方に引いてそれをやりすごす。体勢を立て直すと、誠は、左の回し蹴りをジョニー・マーのボディー目がけて放った。

ジョニーは、肘のあたりで腕を交差させて蹴りを受ける。そのまま、下になった腕がくるりと誠の脚の下に回り込み、すくい上げた。

脚をすくわれた誠は、マットに倒れ込んだ。

「スリップ」

レフェリーが、早く立ち上がるようにジェスチャーで示した。

誠が立ち上がると、ジョニーは、両手を胸の前に構え、それを回転させるようにして交互に突き出してきた。

片方をよければ、もう片方が飛んでくる。避けようのない攻撃だ。その連続攻撃を続けながら、ジョニー・マーは足早に迫ってくる。

誠は、パンチを受けるのを覚悟で飛び込んだ。左のグローブで相手のパンチを払いながら、右の中段突きをぶちこむ。

それも受け流される。同時にパンチが飛んでくるのはわかっていた。

誠は、おもいきり上体を後方に倒した。その勢いを利用して、左足で上段に回し蹴りを放った。

不意をついたはずだった。だが、ジョニーはその上段回し蹴りも、両腕で受け、さきほどと同様にすくい上げようとした。

今度はすばやく足を引いて、倒されるのを避けた。引きつけた左足を着地させると同時にくるりとバックターンして、右の後ろ蹴りにつないだ。

空手の試合では使ったことのない連続技だが、香港に来てからいやというほど練習していた。

ジョニー・マーは、その上段の後ろ回しをかいくぐった。すぐに反撃してくる。

誠は左のジャブを出した。

ジョニーは両手でそれを押さえる。押さえると同時に、右手が攻撃となっていた。裏拳のような攻撃が飛んでくる。

それを顔面に受けながらも、誠は踏みこたえ、さらにショートの前蹴りにつないだ。膝を曲げたまま、下からしゃくりあげるように鳩尾を蹴るのだ。

決まった。

そう思った。

だが、ジョニーは誠の蹴りを、足で抑えていた。

左の刻みに、右の上段突きを続けざまに出す。

ジョニーのカウンターが返ってくる。

さらに左、そして右。

左の前蹴りに、右の上段回し蹴り。

ジョニーの回転するように打ち込んでくるパンチを両手でさばいてさらに、フック気味の左を試みる。

右のパンチ、左の蹴り、左のパンチ、右の蹴り。

体は半ば自動的に動いていた。

何もかも忘れていた。

誠の体は、無意識のうちに相手の攻撃に反応し、体に染みついた技が自然に出ていた。

リズムに乗っている。激しいリズムだ。

パンチを打ち込まれる痛みも忘れてしまうほどの集中力。叫び出したいほどの喜びに満ちた躍動感だった。

どれくらいの攻防を繰り返しただろう。

この瞬間が無限に続けばいい。そんな気持ちにさえなってきた。とっくに息は上がっている。だが、まだまだ戦える。そんな気分だった。

遠くで何かが聞こえた。

誠は、まだ戦いの真っ最中にいた。

誰かが、ジョニーとの間に割って入った。

何だ？

誠は腹を立てた。

いったい、何なんだ。

誠は、目の前のやつを無視して、まだジョニー・マーを見つめていた。

「ゴングだ」

誰かが言った。誠は、そいつを見た。間に入ったレフェリーだった。

「試合終了だ」

「え……」

誠は、ようやく体の力を抜いた。

とたんに、ごうごうという喚声が耳に飛び込んできた。

あたりを見回した。リングは、暗闇《くらやみ》の中に浮く光の島のようだった。波のようにさざめいているのは、観客たちだ。みんな総立ちだった。海鳴りのように響いているのは、彼らの喚声だ。

夢から覚めたような気分になった。

気づくと、腕がひどくだるかった。脚ももう上がらないほどに疲れている。

ジョニー・マーも肩で息をしていた。

判定に持ち込まれた。

レフェリーが、ジョニー・マーの左手と、誠の右手を持った。

ジャッジの判定が読み上げられる。

やがて、レフェリーは、ジョニー・マーの左手を高々と差し上げた。

まだ、誠はぼうっとしていた。

負けちまったのか……。

ジョニー・マーがコーナーで、誰かと抱き合っていた。彼らに見覚えがあるような気がする。おそらく、アクション・スタントの仲間だろう。ジョニー・マーの取り巻きかもしれない。

誠は、すごすごとコーナーに引き揚げた。

すでにアレックス・チャンの姿はそこになかった。

負けちまったのか。

誠は、もう一度、心の中でつぶやいた。

また、ジョニー・マーに負けちまった。

14

誠は、試合の後の虚脱感の中にいた。

ジョニー・マーとの試合は充実していた。あれほどの高揚感は、長いこと味わったことがない。

大学一年の合宿以来かもしれない。

充実した試合だっただけに、勝ちたかった。悔しかった。ボロ負けだったら、これほど悔いは残らなかったかもしれない。

あのやろう、今度チャンスがあったら、絶対にぶちのめしてやる。

誠は、薄暗く、暑く、湿った部屋の中で、ベッドに横たわり、そんなことを考えていた。

試合から二日経ったが、まだ筋肉痛は癒《い》えていない。普段からトレーニングを積んでいても、試合では筋肉を極限まで働かせる。筋肉疲労に加え、激しく発汗し続けたせいで、腎臓《じんぞう》にかなり負担がかかっている。しばらくは休養が必要なのだ。

試合に出るまでは、たしかに目標があった。トレーニングに励んでいる間は、余計なことを考えずに済んだ。

しかし、試合が終わった今、誠はひどいむなしさを感じていた。準優勝ということで、わずかだが、賞金が出た。それは、今の誠にとって生活費の足しになったが、ただそれだけのことだった。

ギャラはいつもらえるのだろう。

誠は、考えた。

三羅は、最初からギャラなど払うつもりはないのかもしれない。ユン・シンもツァイもアレックス・チャンの側の人間だ。そして、アレックス・チャンは、三羅と明らかにつながっている。

誠の味方は一人もいない。ギャラを払えとアレックスに申し入れたら、彼はこう言うかもしれない。

「映画に使ってやっただけでもありがたいと思え。ギャラがほしかったら、もっとまともな仕事をしろ」

一人きりで部屋にいると、どんどん気分が落ち込んでくる。外は晴れているのだろうか、曇っているのだろうか。それすらも、ここにいるとわからない。

肉体的に弱っているので、どうしても思考が湿りがちになる。

今はどうしようもない。

誠は、そう思うことにした。

いずれ、事態は動くかもしれない。悪いほうに転がるかもしれない。そうなれば、負け犬として日本に帰らなければならない。

それは嫌だった。何が何でも香港である程度の成功を収めなければ日本には帰れない。一本の映画に出られたのは、たしかに収穫だった。だが、ギャラももらえず、次の仕事にもつながらないのでは、エキストラとそう変わらない。

エキストラだって、日当くらいもらえるのだ。

そんなことを考えているうちに、いつしか日が暮れていた。部屋の中がさらに暗くなる。

誠は、明かりをつける気にもなれず、あいかわらずベッドに寝そべっていた。

不思議なことに、暗くなると、窓の外が明るく感じられる。外のネオンサインが向かいのビルの壁に反射しているのだろう。

昼間よりも華やかな九龍《カオルン》の夜がやってくる。

ノックの音が聞こえた。

誠は、起きあがるのも億劫《おっくう》で、寝そべったまま返事をした。

陰気な管理人の声が聞こえた。

「電話だよ」

誠は、うめき声を上げながら起きあがり、ベッドから下りた。筋肉疲労で歩くのがつらい。階段を下って一階まで行かなければならないと思うとうんざりする。

だが、ツァイからの、ギャラについての電話かもしれない。手すりにつかまりながら、一階にたどり着き、受話器を取った。

思った通り相手はツァイだった。だが、その声が妙に沈んでいる。

「今日、三羅から連絡がありました」

「ギャラの件か?」

「ええ、そうなんですが、実は、三羅はもうギャラを支払ったと言っているんです」

「どういうことだ?」

「日本人がやってきて、あなたの代理人だと言って金を受け取って行ったのです」

「日本人?」

「ええ、関戸という人を知っていますか」

関戸先輩……。

誠は混乱した。なぜ、関戸先輩が……。

「知っている人ですか?」

ツァイが重ねて尋ねてきた。

「知っている。大学の先輩だった」

「彼にギャラの受け取りを依頼しましたか?」

「いいや。そんなことはしていない。ここしばらく会ってさえいないんだ」

「では、あなたのギャラは、その人にだまし取られたということですね」

誠は再び沈黙した。

なぜ、関戸先輩が……。

ただ、その問いが頭の中で繰り返されるだけだった。

「誠さん」

ツァイの声が、どこか自分と関係ない場所から聞こえてくるような気がした。「聞いてますか？」

「ああ」

誠はこたえた。「聞いている」

「関戸という人の居場所を知っていますか？」

「住所と電話番号ならば知っている」

「それを教えてください」

「どうするんだ？」

「三羅はもう金を払ってくれない。その人から取り返すしかないでしょう」

「ちょっと待ってくれ、手帳を部屋に置いてきた。取りに行かなきゃならない」

「いいです。これから、私、そちらに行きます」

電話が切れた。

誠は部屋でツァイを待つことにした。階段を昇る間も、関戸のことで頭がいっぱいで、筋肉痛を忘れるほどだった。

ベッドに腰を下ろすと、誠は考えた。

たしかに、誠は、関戸に三羅影業公司の映画に出ることになったと、電話で教えた。そのときに、監督がユン・シンであることも告げたと思う。

それだけ知っていれば、三羅影業公司に出向き、誠のギャラを受け取ることは不可能ではないような気がした。

しかし、本人の依頼書もサインもないのに、ギャラを渡してしまうなんてことがあるのだろうか。

よほどうまいことを言ったに違いない。

誠は、関戸が麻薬か覚醒剤の売買に関わっていたことを思い出した。世間の荒波に揉まれ、世渡りに長《た》けているのだ。

誠のような下っ端のギャラなど知れている。その支払いの管理はかなりずさんだったのかもしれない。

まさか、関戸が誠のギャラを奪うとは思ってもいなかった。それほど金に困っていたのだろうか。後輩の稼いだ金まで奪わねばならない。先輩のやることではない。

悔しくはない。ただ、悲しかった。

おそらく空手の実力は、大学にいる頃から誠のほうがはるかに上だった。だが、先輩と後輩というのは、空手の実力の問題ではない。関戸は、誠が二年になるとすぐに休学してしまったので、付き合いは一年ほどでしかない。

だが、いつも飄々《ひょうひょう》としており、世界を放浪する旅に出たと聞いたとき、いかにも関戸らしいと感じた。

誠は、関戸を間違いなく尊敬していたのだ。香港に来ることを決めたのも、関戸がいてくれたからだ。

誠は、身動きする気も失せて、ツァイが現れるまでずっと同じ恰好でベッドに腰かけていた。

ツァイは、関戸の住所と電話番号を聞くと、すぐにアレックス・チャンに知らせると言った。

誠は驚いた。

「どうしてアレックスに知らせるんだ?」

「何かトラブルがあったら、すべて知らせろと言われています。チャンさんなら、あなたのギャラを何とかできるかもしれません」

誠は、コウの一件を思い出した。

「物騒なことになるんじゃないだろうな。関戸さんは、大学の先輩だ。暴力沙汰はやめてほしい」

ツァイはその点に関しては何もこたえようとしなかった。

「とにかく、チャンさんに知らせます。トラブルを知っていて知らせなかったら、私が叱られますからね」

あきらかにツァイもアレックスを恐れているのだ。誠はそう思った。

止めるわけにはいかない。ツァイは、誠のギャラを取り返そうとしてくれているのだ。ギャラは、生活のために必要だ。

ツァイは入ってきたときと同様に、あわただしく部屋を出ていった。

また、取り残されたような気分になった。誠はただ一人、部屋で知らせを待つしかない。

試合後の肉体疲労に加え、心理的な抑圧で、食欲がまったくなかった。

コンロの上のやかんに湯冷ましが入っている。それを一口飲んだ。

とたんに、ひどく喉が渇いていることに気づいた。やかんの中身を一気に飲み干していた。

水を飲んだとたんに、どっと汗が出てきた。水分をたっぷり取らないと、腎臓への負担が軽減しない。そんなことまで、忘れていた。

湯冷ましを作るために、再びやかんに水をくんでガスの火にかけた。

そうして、またベッドに寝ころんだ。散打大会では優勝を逃し、頼りになる先輩だと思っていた関戸には、ギャラを奪われる。

ショウ・ブラザーズのホテルにいたころが天国のように思えた。つらい毎日だったが、張りがあった。ポルノ映画と知ったときは、多少ショックだったが、間違いなくアクションの仕事がやれた。

今は、明日のこともわからない。

なんだか、すべてがどうでもいいような気がしてきた。

このまま、俺も関戸のように、香港の片隅で日の当たらぬ生活を送るようになるのかもしれない。

そう考えると、関戸のことを怨む気にもなれなかった。

暑い香港の夜だ。ただ寝ているだけで、汗が滲《にじ》み出てくる。窓を開けても風は入ってこない。

誠は、またひどい渇きを覚えた。だが、それは肉体的な渇きではなかった。心の渇きだ。

やるせない思いに、唇を噛んだ。

試合で殴られた鼻がうずく。

誠は、溜め息をついていた。

その夜遅くにツァイが再び誠の部屋を訪ねてきた。

「関戸さんは見つかりません」

ツァイは言った。

そうだろうな、と誠は思った。

やばい真似をして、のうのうともとの住所に住んでいるはずがない。

「どうやら、関戸さんというのは、14K系列《サップセイケイ》の黒社会と関わりがあるようですね」

「アカサカというナイトクラブで、アレックスを見かけたことがあると言ったのを覚えているか」

「覚えています」

「そのとき、いっしょだったのが関戸先輩だ。アカサカは14Kの系列なのか？」

「そうです」

ツァイの眼が鋭くなった。

「売春とかもやっているのか？」

「日本妹《ヤップンムイ》で有名ですよ」

「何だ、それは」

「日本人女性が相手をするという意味です」

「そういう女に覚醒剤を使うこともあるのか？」

ツァイは、わずかに顔をしかめた。

「商売ものに商売ものを使うのははばかげてます。でも、ときにはいうことをきかせるために、使うこともありますね」

　誠は、薬を買った病的な日本人女性のことを思い出していた。

「関戸さんは、多分、日本人の女性を調達してくる役目だったんだろう。そして、その女性たちの管理を任されていた。ときには、そういう女たちに薬を売っていた……」

「そのとおりです。香港では、姑爺仔《グーイエチャイ》と言います。スケコマシのことですよ。関戸さんがやっていたことを、知っていたのですか？」

「いいや。推理しただけだ。日本人女性が相手をすると聞いてぴんときた。日本人の関戸さんが、アカサカのオーナーから任される仕事は限られているはずだ。それに、俺、一度、関戸さんの使いで、女に薬を届けに行ったことがある」

「でも、アカサカのオーナーと関戸さんの関係は知っていた……」

「関戸さんに呼ばれて、アカサカに行ったんだ。関戸さんは、オーナーと何か仕事の話をしていた。そのとき、アカサカでアレックス・チャンと会ったんだ。アレックスの連れが14Kの大物だと教えてくれたのは、関戸さんだった」

　ツァイの眼から、剣呑な色が消えていった。

「そういうことでしたか」

「そのときから、俺の人生はちょっとずつ狂ってきていたのかもしれない」

　ツァイは、誠のぼやきになど耳を貸さなかった。彼は時計を見ると言った。

ついていくしかなかった。


「でかけましょう」

「どこへ？」

「チャンさんが、待っています」

「会いたい気分じゃないな」

「呼ばれたら行くのですよ」

こちらには選択の余地はないという言い方だ。すでにツァイは部屋の外にいた。誠は、ついていくしかなかった。


アレックス・チャンは、一流の中華レストランで誠たちを待っていた。派手な門構えの店で、入ると正面右手の一段高いところにバーがある。

そのまわりにテーブルが並んでおり、いかにも金持ちそうな客が食事を楽しんでいた。

ツァイは、そのカウンターの脇をすり抜け、奥に進んだ。個室があった。大きなテーブルがあり、アレックス・チャンが席について、茶を飲んでいた。

彼の両側には、見たことのない男たちがいた。彼らは、アレックス・チャンと何事か声をひそめて話し合っていた。

誠たちが部屋に入っていくと、彼らは話をやめた。アレックス・チャンがその一人にうなずきかけると、彼らは連れだって部屋を出ていった。

「面倒なことになっているな」

アレックスは、誠に言った。

誠はどうこたえていいかわからず、ただちょっと肩をすくめただけだった。

「まあ、座れ。夕食は済ませたか？」

誠はこたえた。

「食欲がないんです」

「とにかく、座ってくれ」

誠は席についた。アレックスの向かい側だ。ツァイが誠の隣に腰を下ろした。

「まず、喉を潤《うるお》そう。そうすれば、食欲もわくかもしれない。香港で飯を食わないというのは、犯罪に等しい」

アレックスは、店の従業員を呼び、ビールを注文した。とても酒を飲む気分ではない。

だが、アレックスとグラスを合わせ、ちょっと口に含んだ冷えたビールはうまく、思わずグラスの半分ほどを飲み干していた。

アレックスは、店の者に料理を運ばせた。前菜に続き、大きなアワビを丸ごと煮たもの、ゆでた大きなロブスターなどが運ばれてきた。

「試合であれだけ体力を使ったのだ。たっぷり食わなければ回復しない」

誠は、勧められるままに料理を口に運んだ。おそらくこんな時でなければ、そのうまさに感激していただろう。だが、どうしても食が進まない。

アレックス・チャンは、大きく切ったアワビを頬張り、世間話をするような口調で言った。

「今、関戸という男の行方を捜している」

誠は手を止めた。

「捜してどうするつもりですか？」

「何を言っている。おまえのギャラを取り戻すんじゃないか」

「どうして俺なんかのために……」

「おまえだけの問題じゃない。今回の映画は、俺の仕事だ。関戸というやつは、おまえを騙しただけじゃない。三羅と俺を騙したんだ」

誠はコウのことを思い出していた。

コウとアレックスの間に何があったか知らない。だが、想像はつく。

二人の間にトラブルがあった。そしてコウは消された。誰だって、そう考えるだろう。

「関戸さんは、大学の先輩なのです。俺が香港にやってきたときには、ずいぶん世話になった。その関戸さんが金を必要としているのなら、俺のギャラくらいやってもいいんです」

アレックスは、ロブスターの殻をばりばりと音を立てて手でむいた。

「だから、言ってるだろう。おまえだけの問題じゃないって」

「関戸さんをどうするつもりですか？」

アレックスは、ロブスターのむき身を口に放り込み、うまそうに食っていた。それを呑み込むと言った。

「どうしてほしい？」

「無事でいてほしいと思います」

アレックス・チャンはうなずいた。

「俺もそう思う」

「じゃあ、捜さないでください」

「本当にギャラをくれてやろうというのか？」

「それでもいいです。ギャラが戻るよりも、関戸さんの身の安全のほうが重要です」

「だから、俺は捜すんだ」

「どういうことです？」

「これ以上のことは言えない」

「俺にわかるように説明してほしい」

アレックスは、ビールを一口飲んだ。グラスに手を伸ばす間も、ビールを飲んでから、グラスをもとに戻す間も、ずっと誠を見据えていた。

危険な瞬間かもしれない。

誠は思った。アレックス・チャンを怒らせると、コウの二の舞になるかもしれない。

やがて、アレックスは言った。

「三羅の手の者が、関戸を捜している。俺は、やつらより先に関戸を見つけたい。俺に言えるのはそれだけだ」

誠は、その言葉の意味を正確に知りたく、一度ツァイに通訳してもらった。

だが、結局、アレックスが何を言いたいのか理解できなかった。そして、それ以上、質問することもできなかった。

アレックスは、撮影していた「黒客」という映画のことを、まったく口に出さなかった。もう、誠とその映画は何の関係もないと考えているのかもしれない。

アレックスのてのひらの上で踊らされている。そんな思いがずっとつきまとっていた。

そんな思いをよそに、アレックスは、ただ料理を楽しんでいる様子だった。ツァイも旺盛な食欲を見せた。

誠は、何度か料理に箸を伸ばしたが、結局食欲は戻らなかった。

アレックスは、満足するだけ食べると、ナプキンで口をぬぐい、残っていたビールを飲み干し、立ち上がった。

「ゆっくりしていってくれ。俺は用があるので、失礼する」

アレックスは、誠が何か言うまえに、さっさと部屋から出ていった。ツァイと誠が部屋に残された。

「心配することないです」

ツァイが料理を自分の皿に取りながら言った。「チャンさんに任せておけば、すべてだいじょうぶですよ」

何がだいじょうぶなんだよ。

誠は、心の中でつぶやいた。

あんたたちは、みんな信用できない。アレックスも、三羅も、ユン・シンも、ジョニー・マーも……。

その日、部屋に戻ると、誠は、食ったものをすべて吐いてしまった。体の不調ではない。神経が参ってきている。

こんなことは初めてだった。神経の図太さが売り物だったのだ。味方は誰もいない。関戸のことは心配だが、どうすることもできない。

その不安な状態が、誠の神経を蝕《むしば》んでいる。

こういう時こそ、しっかりしなきゃだめじゃないか。

誠は思う。

だが、しっかりするというのは、どういうことなのか、すでに忘れてしまったような気がする。

大学で一年生のころから部を引っぱっていた気概が失われている。同級生だった林が、四年生の秋に言ったことを、ふと思い出した。

「おまえは、特別だ」と林が言った。

「何が特別なもんか……」

誠は、ベッドに腰かけて、自分の手を見つめてつぶやいた。部屋には、ほの暗い裸電球がひとつ灯っているだけだ。

不安と焦燥と、恐怖。

部屋の外に出るのが恐ろしかった。それも初めてのことだった。誠は、ベッドの上に横になった。とにかく、肉体の疲労だけでも回復させなければならない。それには睡眠が一番だ。

いつどんなときにでも眠れるのが、誠の自慢だった。だが、その夜、誠は夜明けまで眠ることができなかった。汗でじっとりとシーツが湿っている。

いろいろなことが、頭の中に去来する。

一番気になるのは、三羅の連中が関戸を捜しているというアレックスの言葉だった。

なぜ、三羅の人間が関戸を捜さなければならないのだろう。彼らはすでにギャラを支払ってしまった。そのギャラを誰が受け取ろうが、知ったことではないはずだ。

だが、物事はそう簡単ではないのかもしれない。アレックスが言ったとおり、関戸が三羅を騙した。そのことが問題なのかもしれない。それが、黒社会の考え方なのだろうか。三羅もアレックスも14Kという同じ黒社会と関わりがあるものと思っていた。アレックスは間違いなく、14Kの幹部と親しげに酒を飲んでいた。

では、三羅の連中より先に関戸を見つけたいと言ったアレックスの真意は何なのだろう。考えてもしかたのないことは考えない。これまでは、それが誠の生き方だった。だが、今回ばかりは、考えてもわからないそのことを何度も考えずにはいられなかった。

夜が明けるころ、ようやくうとうとした。その不安定な眠りが、何かの物音で妨げられた。ひどい疲労感を覚えながら、誠は体を起こした。

「ツァイです。誠さん、起きてますか？」

ドアの向こうから声が聞こえた。

何かよくないことが起きたに違いない。誠は急いでドアを開けた。

ツァイの顔は、いつになく焦燥しているように見える。おそらく彼もあまり寝ていないのだろう。

「チャンさんが、呼んでます。すぐに来てください」

誠は、ツァイの表情で事態が逼迫《ひっぱく》していることを悟った。余計なことは言わずに大急ぎで身支度を整え、部屋を出た。

外では、すでに香港の街が活動を開始している。通勤する人々。店を開く用意をする人々。工事現場では、ドリルの音や何かを打ち込む音が響いている。どんな高いビルの工事現場でも足場はすべて竹で組まれている。その竹の足場を、作業員たちが歩き回っている。

今日も確実に暑くなりそうだ。すでに湿度は高い。

アレックス・チャンは、ペニンシュラ・ホテルのロビーで誠を待っていた。ここは冷房がきいており、誠は、少しだけ救われた気分になった。

「向こうで話そう」

アレックス・チャンは、人気のない一角を指さした。誠とツァイはアレックスについてそちらに向かった。

振り向くと、アレックスは彼らしくない深刻な表情で言った。

「ちょっとまずいことになった」

誠は、無言でアレックスの次の言葉を待った。

「昨夜遅く、関戸が三羅の連中に捕まったらしい」

誠は、声が出なかった。何を言っていいかわからない。

アレックスはさらに言った。

「最悪の事態になった。俺は今、手を尽くして、調べている。進展があったら、ここに連絡が入るはずだ」

「どこにいるかわかっているのですか？」

「それも今調べている」

「最悪の事態と言いましたね。それは……、それはどういうことなんですか？」

誠はそのこたえを知っている。だが、尋ねずにはいられなかった。

「三羅の経営者が何者か、知っているな？」

「はい」

「ああいう連中は面子《メンツ》にこだわる。自分たちから金を騙し取るようなやつを、決して許してはおかない。しかも、関戸は、もともと同系列のクラブの仕事を請け負っていた。三羅の連中は余計に腹を立てた」

飼い犬に手を咬《か》まれたということなのだろう。

「三羅の人たちは、関戸さんをどうするつもりでしょう」

「ああいう連中は甘くない。殺すよ」

アレックスは、日常の話題を口にするようにあっさりと言った。

「ただ、ギャラを騙し取ったというだけでですか？」

「相手が悪かった。やつらの世界では見せしめが必要なんだ」

誠は後頭部がしびれてしまっていた。

まともなことが考えられない。

アレックス・チャンは、三羅の連中同様に関戸を捜していたはずだ。三羅が殺さなくても、アレックスが殺すかもしれない。

アレックスにも面子があるはずだ。誠のギャラのために関戸を捜しているのではないはずだ。

「もう、ギャラなんてどうでもいいです。関戸さんにやったと思えば……」

「おまえがちゃんとギャラを受け取って、それを関戸にやったのなら何の問題もない」

「だから、そういうことにしてもいいと言ってるんです」

アレックスは、誠をじっと見据えながら何事か考えていた。

そこへ、一人の男が駆け寄ってきた。見覚えがある。昨夜、中華レストランで見かけた二人のうちの一人だ。

その男は、アレックスに何事か耳打ちした。アレックスはうなずくと、誠に言った。

「ちょっと、電話をかけてくる。ここで待っていてくれ」

アレックスは、何か知らせを持ってきた男とともに足早に歩み去った。

ツァイはずっと黙っていた。

誠は、苛立ち、ツァイに言った。

「何とかならないのか？」

それでも、ツァイは何も言わなかった。彼は何かに耐えるように、顔をしかめている。

それから、アレックスが戻ってくるまで、誠もツァイも口を開かなかった。

アレックスは、さらに深刻な顔つきになって戻ってきた。

彼は誠に言った。

「俺はもう何もしてやることはできない」

「どういうことです？」

「三羅のやつらは、関戸をアジトのひとつに連れ込んだ。俺も手が出せない。もう、あきらめるしかない。金と関戸、その両方をだ」

誠は、だんだんと腹が立ってきた。

何がむかつくのかよくわからない。ただおろおろするしかない自分が腹立たしいのかもしれない。

三羅のやつらが憎いのかもしれない。

もしかしたら、香港の何もかもに腹を立てているのかもしれなかった。

「あきらめるだって？」

誠は言った。「冗談じゃない。関戸先輩は日本人だ。俺は日本人として、関戸先輩を香港のやつなんかに殺されたくはない。殺させてたまるか」

アレックスは、冷ややかに誠を見ていた。

誠はさらに言った。

「関戸先輩が殺されたら、殺したやつを見つけだして必ず俺が殺してやる」

「そんなことができるものか」

アレックスが言った。「おまえも殺されるぞ」

「かまわない。殺されてもいい。だが、ただでは死なない。必ず相手を道連れにしてやりますよ」

「頭を冷やせよ。誰が死んでも、自分が生きてりゃラッキーだと思え。それが香港だ」

「くそくらえだ」

アレックスは、わかったというふうに両手のひらを誠に向けた。

「殺されてもいいと、今言ったな」

「ああ」

「その覚悟が本物なら、関戸を助けられるかもしれない」

「関戸さんを助けられる？」

「そうだ」

アレックスは考えながら言った。「おまえが、三羅のやつらとじかに話すんだ。ギャラは関戸にくれてやった、と。おまえの言葉なら、三羅のやつらも、ひょっとしたら耳を貸すかもしれない」

「関戸さんが捕まっている場所がわかっているんですか？」

「わかっている」

「その場所を教えてください」

「いいだろう。だが、俺ができるのは、ここまでだ」

「わかりました。俺はどこに行けばいいんです？」

アレックスは、大きく息を吸い込むと、言った。

「九龍城砦《カオルン・センツァイ》だ」

アレックスは、詳しい場所を教えると、連れの男とともにホテルを去っていった。

ツァイが言った。

「私もいっしょに行くことはできません」

「ああ、わかっている」

誠は言った。

当然だと思った。ツァイはアレックスに雇われている。誠が死のうが生きようが知ったことではないはずだ。

「その代わりに、その場所にたどり着くまでの目印をいくつか教えてあげましょう。九龍城砦の中は迷路です。一度迷ったら、外には出られませんよ」

それもわかっていた。あの東洋の魔窟に出かけると思うだけでも、背筋が寒くなってくる。

ツァイは、紙におおざっぱな地図を書き、それに、目印になりそうなものを書き込んで
くれた。

角の雑貨屋、肉屋、飲食店などの名前、それに階段の位置。

「とにかく、この商店が並んでいる路地を進んでください。そうすればたどり着けます」

ツァイは彼が描いた、くねくねとした線が入り組んでいる地図を指し示して言った。

「くれぐれも、入り口を間違えないように。そして、帰り道を忘れないように……」

「まあ、何とかやってみる」

「一刻も猶予《ゆうよ》はならないと思います。急いだほうがいい」

「これから、すぐに出かけるよ」

ツァイは、また、ぎゅっと痛みに耐えるように顔をしかめた。

それから、すぐに背を向けて彼もホテルを出ていった。

一人になると、体の奥底から震えがやってきた。試合のまえのような武者震いではない。

恐怖に震えているのだ。

くそっ。

誠は、心の中で、つぶやいた。

なんで、こんなことになっちまったんだろう。香港に来てから、何一つ主体的に物事に関わっていないような気がした。奔流にただ押し流されるように生きていたように思える。挙げ句の果てに、香港マフィアたちと命懸けの交渉をやるはめになった。

ツァイは急いだほうがいいと言った。それはわかっている。関戸は今も命の危機にさらされているのかもしれない。

だが、誠にも心の準備というものが必要だ。ホテルのロビーにあるソファに腰かけ、しばらく茫然としていた。

アレックスは、誠が行けば関戸が助かると請け合ってくれたわけではない。その可能性があると言ったにすぎない。

つまり、失敗する公算がかなり大きいということになる。死にに行くようなものだ。震えが止まらない。

だが、いつまでもこうしてはいられない。誠は、腹がくくれぬまま立ち上がった。ホテルの外にタクシーが止まっていた。

誠はポケットの中の金を確かめた。心許ないが、タクシー代くらいは残っている。

タクシーに乗り込むと、誠は運転手に告げた。

「九龍城砦」

その声が震えていた。

# 15

すでに、太陽は高く昇っていた。午前十一時になろうとしている。暑い。夏の一日の、本格的な猛暑が始まろうとしていた。

誠は、九龍城砦《カオルン・センツァイ》の周囲を歩き回っていた。商店が並び、人々が行き交っている。角の食料品店には、コカコーラの看板も見える。

表は、何の変哲もない商店街だ。だが、その路地を一歩はいると、そこは犯罪が日常である路地が迷路のように入り組んでいる文字通りの無法地帯だ。

外の商店街を歩くだけで、じっとりと湿った空気につつまれる。独特のにおいがする。何かが腐ったようなにおいに、漢方薬のようなにおいが混じっている。

誠は地図を片手に、ツァイが書き込んでくれた目印を探した。薬屋と洋服店の間に、ビニールの大きな庇《ひさし》がある。そこを奥に進めと矢印が描いてある。

誠は、深呼吸をしてから足を踏み入れた。前回、来たときにはツァイがいっしょだった。誠はただツァイのあとをついて行っただけだった。

だが、今は一人だ。不気味さがまるで違う。頭上を走るはらわたのような配管や配線から、なにか水のようなものが滴ってくる。排泄物《はいせつぶつ》のにおいが漂っていた。

壁にはおびただしい字が並んでいる。多くは歯医者や医者の場所を矢印で示している。通りの名前や、ビルの名前を書き記しているものもあるが、ここでは住所などほとんど意味を成さない。

心臓がばくばくいっている。

今なら引き返せる。

誠は、そういう自分自身のささやきを聞いた。

引き返して、荷物をまとめて日本に帰るんだ。そして、何もかも忘れて、日本で暮らす。今ならそれができる。

その誘惑に負けそうになった。

だが、誠の足は前へ進んでいた。もし、今何もかも投げ出して日本に戻ったら、たしかに、命の危険とは無縁の生活を送れるかもしれない。

しかし、それは負け犬としての生活だ。ただの負け犬ではない。先輩を見殺しにした負け犬だ。

一生、その記憶がついてまわるだろう。もしかしたら、それは死ぬよりつらいかもしれない。

細い路地が、束になった配管や電線とともに奥に伸びていく。ぼんやりと通りを見つめている老人がいた。人形のように動かない。

見上げると、窓から老婆《ろうば》がやはり通りを見下ろしていた。誠と眼が合うと、窓をぴしゃりと閉ざした。

ときおり人とすれ違うが、皆目が異様に大きく、ぎらぎらと光っているような気がする。猜疑心が町中に満ちている。

誠は、ツァイが描いてくれた地図を頼りに、ひたすら商店街を目指した。だが、路地は必ずしも直角に交わっているわけではない。

商店が並ぶ路地に出ると思っていたら突き当たりとなった。脇を見ると、路地で何かを煮炊《にた》きしている中年女性がいた。やはり、猜疑心に満ちた眼で誠を見ている。

来た道を引き返して、見覚えのある場所まで戻ろうと思った。だが、ただ引き返しただけのはずなのに、もとの場所に戻らない。

人の声がして、そちらに近づいた。何かの作業場のようだ。のぞくと、豚を解体していた。淡々と大きな鉈《なた》のような中華包丁を使う男が二人、話をしていた。

豚が包丁で割かれていくところを眼にして、ぞっとしてその場を離れた。その隣が、飲食店になっていた。狭い空間の奥にちょっと大きめのテーブルとそれを囲むベンチがある。屋台のような感じだ。

そこに少女が腰かけていた。

「やあ……」

誠は声をかけた。少女は無言で上目遣いに誠を見た。誠は店に入っていった。地図に描かれた住所を見せて、尋ねた。

「ここがどこか知っているか？」

少女は、弾かれたように席を立ち、厨房らしいところに駆け込んだ。その厨房を覗き込もうとしていると、痩せた男が包丁を持って姿を見せた。腕に入れ墨をしている。

誠は、地図を掲げて言った。

「道を訊いただけだ」

男は無言で、誠を見据えている。

誠は、手にした地図をわずかに男に近づけた。

「ここに行きたいんだ。道に迷ってしまった」

男はそれでも誠の顔から眼を離さなかった。まるで言葉が通じないようだ。誠は、ポケットから十香港ドルを取りだした。

「道を教えてくれ」

男は札と、誠の顔を交互に見た。誠は、さあ、取れというふうに札を突き出した。

男はようやく口を開いた。

「俺は料理人だ。料理の代金以外はもらわない」

それから、手を伸ばして地図をひったくった。

「ああ、これなら、一本向こうの道だ」

それから、厨房に向かって呼びかけた。「フェイフェイ!」

さっきの少女がおずおずと現れた。

男は言った。

「娘にそこまで案内させる」

地図を返してよこしたので、誠はそれを受け取った。

「すまない」

「俺は金を受け取らない」

男はにっと笑った。前歯がすべてなかった。「だが、その角の店で娘に飴《あめ》でも買ってやってくれ」

暗に誠の手にある十ドルを要求しているのだ。素直に受け取らないところが、中国人の一筋縄ではいかないところだ。

フェイフェイと呼ばれた娘は、先に立って走り出した。誠は、あわててそのあとを追った。

フェイフェイは角に立ち、無言である路地を指さした。覗くと、一方は壁だ。だが、その向かい側にはたしかにいくつかの商店が並んでいる。

ツァイの言った商店街に間違いなさそうだ。誠はフェイフェイに礼を言って、十ドルを渡した。フェイフェイは来たときのように走って去っていった。

この商店街の突き当たりが問題のビルだ。誠は地図を片手に、並ぶ商店の前を足早に通り過ぎた。ちらりと覗いたが、どの商店にもごくまっとうなものが並んでいる。

だが、その商店の突き当たりのビルは、明らかに物騒な雰囲気だった。一階には、入り口にぶあついカーテンがかかった部屋があり、その前に上半身裸の男が座り込んでいた。

独特なにおいがする煙が、カーテンの隙間から流れ出ている。中からかすかに音楽が聞こえる。中で何をやっているかわからないが、いかがわしい場所に違いない。

その脇にビルに入る階段があった。狭い階段だ。問題の場所は、そのビルの四階の部屋だ。誠は、階段を昇っていった。

もう、何も考えるのはよそう。

アレックスに言ったとおり、ギャラは関戸にくれてやる。それを誠が納得していることを、訴えるしかない。

壊れかけたようなビルだ。いや、明らかに一部は崩壊している。その崩壊した部分にも、人の生活の痕跡《こんせき》があった。

香港の人々は、廃墟に根を伸ばす熱帯の植物のような逞しい生活力を持っている。この九龍城砦ではそれがいっそう顕著だ。

ここか……。

ドアの前に立った。

誠は、深呼吸してからノックした。

返事がない。再び、今度は強めにノックする。

突然、ドアが開いた。

顔に傷のある、ひどく人相の悪い痩せた男が細く開いたドアの向こうから誠の顔を睨んだ。

「関戸さんの知り合いだ」

誠は言った。「ユン・シン監督の映画に出ていた者だ。長岡誠という」

男の表情は変わらない。

「話があってきた」

男は、しばらくじっとしていたが、やがて言った。

「ちょっと待て」

ドアが閉まった。誠は落ち着かない気分で今にも崩壊しそうなホールに立っていた。どれくらい待たされただろう。

再びドアが開いた。

「入れ」

中は狭い部屋だった。奥にもう一つドアがあった。別の部屋があるようだ。

男は、誠を壁に向かって立たせて武器を持っていないか調べた。なんだか、ひどく現実離れしている。

振り返ると、男は黒光りする拳銃《けんじゅう》を持っていた。オートマチックだ。

誠は、さらに鼓動が激しくなり、口の中が渇いていくのを感じた。

男は、拳銃で、部屋の奥に進むように誠に合図した。誠は、その男を見ながら奥に進む。

いつしか、男が誠の背後に回っていた。

目の前には奥の部屋に進むドアがある。その向こうには、マフィアが待ちかまえているはずだ。

誠は振り返って男を見た。

男は顎をしゃくった。ドアを開けて中に入れと言っているのだ。

誠は、ドアノブに手を掛けた。錆《さび》が浮いた真鍮《しんちゅう》製のドアノブだ。

それを捻る。ドアが手前に開いた。

その部屋もやはり狭かった。部屋の中に二人の男がいた。いずれも人相が悪い。一人は、黒いTシャツを着ている。もう一人は、ランニングシャツを着ており、二の腕に入れ墨が入っていた。

その部屋の向こう側にもドアがあった。さらに奥の部屋があるのだろう。

誠は、背後からどんと突き飛ばされた。拳銃を持った男が後ろから押したのだ。誠が前によろけると、背後でぴしゃりとドアが閉まった。
黒いTシャツの男が一歩近づいた。残忍な眼をしている。
誠が口を開こうとすると、その男はいきなりパンチを飛ばしてきた。
誠は不意をつかれた。咄嗟にかわしたが、パンチは頰をかすめた。
「何をするんだ」
誠は言った。「俺は話をしに来ただけだ」
黒いTシャツの男は耳を貸そうとしない。こちらの隙を狙っている。
誠は、後ろの部屋にいる男が持っていた拳銃を強く意識した。
再び黒いTシャツの男が殴りかかってきた。誠はそのパンチをさばいた。
さらに蹴りが飛んでくる。
「やめろと言っているだろう。話をさせてくれ」
黒いTシャツの男は、ステップを踏んでから、横蹴りを誠の顔面に飛ばしてきた。
それもすれすれでかわした。
いきなり、背中に衝撃を感じた。
いつの間にか背後に回っていたランニングシャツの男が誠の背中を蹴ったのだ。
よろよろと前に出る。
そこに黒いTシャツの男のパンチが飛んできた。

目の前がまばゆく光る。腰が浮いていくような気がする。

視界の中に無数の星が飛んだ。

さらに、腹に蹴りを食らった。

誠は、体を折り、あえいだ。

あえぎながら言った。

「ギャラの話をしに来ただけだと言ってるだろう。関戸さんのところに行かせてくれ」

後ろから回し蹴りが飛んできて、誠の脇腹を捉えた。

内臓がひっくり返ったような気がする。

誠は、恐怖を忘れた。話を聞こうともせずに、いきなり暴力を振るう相手に腹が立った。

怒りが恐怖を押しのけているのだ。

背後でまた入れ墨の男が動く気配がした。誠は、踵を後方に突き出した。

その踵が、蹴りを出そうとしていた入れ墨の男の腹に決まった。

カウンターになったので、入れ墨の男はおもしろいくらいに後方に吹っ飛んだ。壁に激突した。

黒いTシャツの男が、再びパンチを飛ばしてくる。

誠は反射的に、カウンターの逆突きを出した。相手の腹に決まる。

黒いTシャツの男はよろよろと後退した。

怒りが膨れあがる。

誠は、ここが九龍城砦であることを忘れることにした。どこだってかまわない。

このままだと袋叩《ふくろだた》きにされるだけだ。

いいさ。戦ってやる。どうせ命を捨てる覚悟で来たんだ。こいつらだけでも片づけてやる。

誠は足を開いて身構えた。

恐怖が吹っ飛んだ。キレたのだ。燃えるような怒りと憎しみを覚えた。

黒いTシャツの男が再び突っ込んでくる。

誠は、カウンターで横蹴りを出した。それがかわされる。

横蹴りをそのまま後ろ回し蹴りに変化させる。

黒いTシャツの男の側頭部を捉える。男は、横に吹っ飛び、壁に激突した。

どす黒い快感が胸の中にわき上がる。

背後から入れ墨の男がハイキックを飛ばしてきた。

誠はそれをかわし、即座に裏拳を見舞った。

ブロックされた。

黒いTシャツの男が、再びかかってくる。二対一の戦いだ。相手も戦いに慣れている。

誠は夢中で戦った。

それからは、激しいパンチと蹴りの応酬になった。

蹴りをブロックしてパンチを返す。

顔面へのパンチをかわして、ボディーにフックを打ち込む。

何発か殴られ、何発か蹴られた。

だが、同じくらい誠も相手を殴り、蹴っていた。

考えている暇はない。ただ、ひっきりなしに飛んでくる相手の攻撃をかわし、ブロックし、反撃するだけだ。

パンチが顔面に飛んでくる。

それを払う。

蹴りが腹に飛んでくる。

それをブロックする。

そして、ひたすらパンチと蹴りを出す。

右、左、右、左……。

息が上がる。

だが、休むわけにはいかない。

相手も肩で息をしている。

「くそったれ……」

誠は、腹の底から喚《わめ》いた。

おそらく、関戸は奥のドアの向こうにいる。誠はそう思った。

こいつらを突破して、あのドアの向こうに行こう。とにかく関戸を見つけることだ。

黒いTシャツの男が仕掛けてこようとした。その瞬間に、誠は肩口から飛び込んだ。捨て身の体当たりだ。したたかな手応えを感じた。

相手は意外な誠の反撃に不意をつかれたようだ。まともに体当たりを食らって、ひっくりかえった。

入れ墨の男の腹に横蹴りを飛ばす。

男はよろよろと後ろに下がった。

その隙に誠は奥のドアのノブに手を掛けた。黒いTシャツの男がその手を引き剝《は》がそうとする。

誠は頭突きを相手の鼻めがけて叩き込んだ。相手は大きくのけぞる。その鼻から血が噴き出した。

ドアノブを捻る。鍵はかかっていない。

勢いよくドアを開けた。

中は真っ暗だった。誠が目を凝らして中の様子をうかがおうとしたとき、突然、火薬の炸裂音がした。

心臓が止まりそうになった。

撃たれた。

誠は咄嗟にそう思った。

伏せなければならない。頭ではそれがわかっていた。だが、体が動かなかった。

パン。

もう一度、大きな炸裂音。

誠の体がようやく反応した。はっと床に伏せた。心臓が口から飛び出しそうだ。

そのとき、あたりがぱっと明るくなった。奥の部屋に明かりが灯ったのだ。

わあという大勢の人の声が聞こえた。それから、パン、パンと続けざまに火薬の炸裂音がする。

何事かと、誠は顔を上げた。

部屋の中は人でぎっしりだった。奇妙な帽子をかぶったり、派手な服を着ている者もいる。最前列にいる人々が、手からひらひらとした細いテープをぶら下げている。さまざまな色のテープ。よく見ると、それはクラッカーから飛び出した紙テープだった。さっきの炸裂音はクラッカーの音だったようだ。

「誠さん、なんて恰好だ」

聞き慣れた声が聞こえた。

そちらを見た。

ツァイだった。

彼だけではない。知っている顔がたくさんあった。いや、その部屋にいる人間は、すべて誠が知っている人々ばかりだった。

誠は、床に伏せたまま、顔を上げていた。ぽかんとした表情で身動きが取れなくなっていた。いったい、何が起きているのかわからない。

思考がまた停止していた。

人々の真ん中に立っているのは、アレックス・チャンだった。彼らしくもなく、大笑いしている。

「誠、さあ、立てよ」

アレックスが言った。「よく一人でここまで来れたな」

誠は、訳がわからないまま、のろのろと立ち上がった。

そして、目を見開いた。

アレックスの隣にいるのは、関戸だった。彼もおかしそうに笑っている。

ジョニー・マーも笑っていた。ジョニーの隣には、セシリー・チェンとレスリー・リュウもいた。

そして、いっしょに仕事をしたアクション・スタントの仲間たち。銃を持っていた男や、黒いTシャツの男、入れ墨の男もいつの間にか、彼らといっしょになっている。

黒いTシャツの男は鼻血を流し、それをおさえながら笑っている。

「さあ、こっちへ来いよ」

アレックスが言った。「今日の主役は、誠、おまえだ」

「主役……?」

誠は、ぼんやりと言った。それから、関戸を見て言った。

「先輩、これはいったい……」

関戸が言った。

「俺はおまえのギャラを横取りなんてしてねえよ」

「だって……」

ツァイが言った。

「これは、あなたの歓迎会なんです。そして、散打大会準優勝のお祝いです」

ジョニー・マーが付け加えるように言った。

「俺の優勝祝いも兼ねているがな」

言われてみると、部屋の中は華やかに飾られている。金モールが壁や天井を飾り、風船がいたるところに貼り付けられている。まるで、子供の誕生会のようだ。

ようやく、誠の頭が回転しはじめ、どうやらかつがれていたらしいと気づいた。

誠は、アレックスに言った。

「何だってこんなことを……」

「誠の歓迎会をまだやっていない。そう言いだしたのは、セシリーだ」

セシリーが、別人のようにはにかんだ表情を見せた。

「あなたのアクション、素敵だった。あなたのおかげで久しぶりに気持ちのいいアクションが撮れたわ」

彼女が言った。

誠はまだ狐《きつね》につままれたような気分だった。どこまでが嘘でどこまでが本当なのか、まったくわからない。

ユン・シン監督が言った。

「編集が終わった。どうせ、ラッシュを見るなら、趣向を凝らそうということになってね。さあ、まず乾杯だ。それから、みんなでラッシュを見よう」

セシリーが誠のためにシャンパングラスを持ってきてくれた。

「ああ、どうも……」

誠がグラスを受け取ると、アレックスが言った。

「さあ、映画の完成を祝って。それと、誠を歓迎して。ジョニーの優勝と、誠の準優勝を……。ああ、もう何でもいい。乾杯だ」

みんなが唱和して、シャンパンを飲み干した。セシリーが、誠の隣から離れようとしない。誠は、どうしていいかわからない。主演女優など雲の上の人だとずっと思い続けていたのだ。

「さあ、壁の前をあけてくれ」

ユン・シンが言うと、壁際《かべぎわ》の人々が場所を開けた。そこには、スクリーンが張られていた。

全員でラッシュを見た。

ポルノだとばかり思っていたが、かなりアクションを前面に押し出しているので、誠は驚いた。

官能色は強いものの、れっきとしたアクション映画だ。ユン・シンが「俺は本格的なアクション映画を撮る」と言っていたのは、嘘ではなかったようだ。

誠のアクションシーンも、ほとんどカットされていない。じわじわとうれしさがこみ上げてきた。

セシリーの濡れ場では、場内から口笛が聞こえた。

「うるさいわね。静かに観なさい」

誠の隣でセシリーが声を張り上げた。

ラッシュの上映が終わると、テーブルに用意された料理を食い、酒を飲んだ。誰もが、ビールをがぶがぶと飲み、たちまち酔っぱらった。

誠は、すっかり気が抜けてしまい、ぼうっとしていた。

セシリーは、室内を優雅に行き交って、座を盛り上げている。さすがは、主演女優だ。誠はぼんやりとその姿を眼で追っていた。

肩を叩かれて振り向いた。

アレックスが立っていた。そのとなりには、ツァイがいる。

「ずいぶんと肝を冷やしたようだな」

「いまだに、何が何だか……」

ツァイが、くすくすと笑いながら言った。

「私はね、笑いをこらえるのに必死でしたよ。ペニンシュラ・ホテルでも、今にも笑い出しそうで、必死に耐えていたんです」

どうりで苦しそうな顔をしていたはずだ。

「編集が終わったら、パーティーを兼ねてみんなでラッシュを観ようと、ユン・シンはかねてから言っていた。これは、ユン・シンの記念すべき監督第一作だからだ。その話をセシリーにすると、セシリーは、新しい仲間である誠の歓迎会をまだやっていないと言いだしたわけだ。そこで、ちょっとおもしろい歓迎会をやることになった」

「おもしろい歓迎会ですか？」

「おもしろかっただろう？」

「寿命が縮まりましたよ」

「ツァイが、言ったんだ。おまえをマオの診療所に連れて行ったときに、ひどく怯えていたようだと。そして、おまえがどうやら、俺のことをマフィアか何かだと思い込んでいる様子だってな」

誠は、ひやりとした。

「アカサカで、マフィアの幹部と会っていたでしょう？」

「仕事の話で会っていただけだ。俺は黒社会のメンバーじゃない。だが、おまえは勝手にそう思い込んだんだな。このパーティーのために、それを利用することにした」

「関戸さんのことは、いつから知っていたんですか？」

「彼が、三羅に出向いて、おまえのギャラを受け取ろうとしたのは事実だ。そのとき、三羅から俺に連絡が入った。俺は、関戸を捜して会った。彼は、つまらないチンピラのようなことをして食いつないでいた。博打で借金がかさんでいたんだ。それで、おまえのギャラを横取りしようとした。それを知った瞬間に、このパーティーの筋書きができあがったよ」

「彼が借金を払ってくれた」

いつの間にか、誠の脇に関戸が来ていた。関戸は言った。「それで、俺はチャンさんに頭が上がらなくなったというわけだ」

アレックスが言った。

「そのとおりだ。俺に借りを返すまで、俺のために働いてもらう。仕事は、おまえのマネージャーだ」

関戸が肩をすくめて言った。

「安い金でこき使われるが、しかたがない」

アレックスが関戸に言った。

「あのままチンピラのような生活を送っていたら、おまえはいずれ野垂れ死にか、黒社会に殺される」

関戸は、また肩をすくめた。

「たしかにそうかもしれない」

「映画の仕事がやりたかったんだろう？」

「ええ。香港の映画界は魅力的です」

誠は二人のやりとりを聞いて言った。

「先輩が俺のマネージャーってどういうことです？」

ツァイが言った。

「私の下で働くということですよ」

誠は、まだどういうことなのかよく呑み込めない。

「最初からちゃんと話さなきゃならない。そもそもは、ユン・シンと話し合ったことだ。香港アクション映画の伝統を忘れてはいけないとな。今、ショウ・ブラザーズで当たっているのは何か知っているか？『ミスター・ブー』だ。ゴールデン・ハーヴェストでは、サモ・ハン・キンポーが頑張っているが、やはり、コメディーの色が強い。俺たちは、本格的なカンフー・アクションの夢を捨てきれないんだ」

アレックス・チャン、関戸、ツァイ、そして誠の四人は、壁際に移動し、並べてある椅子に座って話を始めていた。

アレックスが、説明を始めた。

長い説明だった。込み入った話や、難しい表現は、ツァイと関戸に通訳をしてもらった。

「本格的なカンフー・アクション映画を撮りたいが、ショウ・ブラザーズやゴールデン・ハーヴェストでは、俺たちのような実績のない者たちに映画を撮らせてはくれない。そこで、俺は、これまで何度か仕事をしていて、そこそこ無理がきく三羅で撮ろうと考えた。アカサカでいっしょだった男は、三羅の役員の一人だ。汪春萊という名でビッグ・ウォングと呼ばれている。彼は、映画作りに理解を示してくれる。彼に新しい映画作りの話を持ちかけたというわけだ」

黒社会の人間であると同時に、三羅の役員。それは、香港では珍しいことではないのだろう。いつかそのようなことをツァイが言っていた。

善悪の問題ではない。それは事実なのだ。受け容れなければならないと誠は思った。

アレックスの説明は続いた。

「だが、問題があった。知ってのとおり、三羅は、ポルノ映画の会社だ。ポルノ以外の映画を撮らせてはくれない。そこで、俺はあの役員と交渉をしていたわけだ。ポルノシーンも入れるから、アクションものを撮らせてくれと。彼はある程度妥協してくれた。あとは、ユン・シンとの相談だった。ユン・シンも、譲歩してくれた。お互い譲れるぎりぎりの線までポルノシーンを入れることにした。ポルノとアクション。その両方をこなしてくれ、しかも、主役を張れる女優は、セシリーしかいなかった」

誠は言った。

「俺は、別の編集をするのかと思っていました」

「別の編集？」

アレックスは怪訝そうな顔をした。

「そうです。アクションシーンをカットして、ポルノシーンをメインにした別のフィルムやビデオを作る。そうすれば、海外に輸出して稼げるかもしれません」

アレックスはにやりと笑った。

「そうか。そういう手もあるな」

「三羅は黒社会が経営していると聞いて、すっかりそう思い込んでいました」

「だが、そう簡単じゃないんだ。司法当局は、映画産業には目を光らせている。それに、そんなフィルムやビデオが流出したことが映画界に知れたら、ユン・シンや俺は二度とちゃんとした映画を撮れなくなる。信用が大切な世界なんだ」

「なるほど……」

説明されれば、もっともな話だ。誠は、実状を知らずに、勝手に想像して、勝手に思い込んでいただけなのだ。

「今回の『黒客』は、俺とユン・シンの最初の試みだ。だが、これで満足しているわけじゃない。この映画で、そこそこの成績を上げれば、三羅もアクションを見直さざるを得なくなる。そうして、俺たちは、徐々にポルノシーンを減らしていって、最終的には、純粋なアクションを三羅で撮れるようにする。それが、俺とユン・シンの計画だ」

誠は、撮影のたびに、アレックスとユン・シンが何事かひそひそ話し合っていたのを思い出した。

ユン・シンがどの線まで譲れるか、どの程度までポルノシーンを入れれば、三羅側が納得するか、そういうことを仔細に話し合っていたに違いない。

「俺は、なるべく優秀なアクション俳優を集める必要があった。優秀でしかもやる気のある俳優だ。ジョニー・マーにもいろいろ相談した。今、彼はショウ・ブラザーズで仕事をしているから、俺たちの映画には参加できなかった。だが、次からは参加してくれることになっている」

「ジョニー・マーが……」

アレックスはうなずいた。

「彼がいれば、心強い。そして、俺は、おもしろい素材を見つけた。そいつは、九龍《カオルン》公園で一人、空手の稽古をしていた」

アレックスは、にやりとした。「そいつは、荒削りだが、実力はありそうだった。役者としては素人だし、アクションについてもまだまだだ。しかし、磨けば光りそうだった。それで、俺は、この映画を通してそいつをテストしてみることにした」

「この映画がテスト？」

「そうだ。誠、おまえはテストされていたんだ。ジョニー・マーもおまえに興味を持った。彼は言っていた。あいつは、本当に強い。ただ、その強さを観客に見せる術《すべ》を知らない、と……。そして、さらに問題なのは、おまえには何の実績もないということだ。無名の日本人を香港映画で使うのは難しい。それで、手っ取り早く、名を売る方法はないかと考えた。ジョニーがそのこたえをくれた」

「散打大会ですか？」

「そうだ。あれは、テストの最終段階だった。もし、大会でそこそこの成績を収めれば、それを売り文句にできる。おまえは、私の予想以上の成績を収めてくれたよ」

「ジョニー・マーには勝てませんでした」

「俺に勝つ……？」

その声で誠は振り向いた。いつの間にか近づいてきていたジョニー・マーが、ビールの缶を片手に言った。「そいつは、十年早い」

アレックスがジョニーに言った。

「そうか？　それほど、差がある試合とは思えなかったぞ」

ジョニーはアレックスを見て、片方の眉を吊り上げた。

「ふん。五年くらいにしておいてやるか」

誠は言った。

「俺は正式に採用されたわけじゃなかった。だから、みんなで飲みに行くときにも置いてけぼりだったんですね」

アレックスは、面白がっているような顔で言った。

「なんだ？　いっしょに飲みに行きたかったのか？」

「そういうわけじゃありませんが……。疎外感《そがい》はありましたよ」

「おまえを飲みに連れて行かなかったのには、理由がある。俺たちがナイトクラブなどで飲んでいると、たいてい黒社会のやつらが声をかけてくる。そうしてトラブルが起きる。

おまえには、まだそういう世界を知らせたくなかった」

「黒社会とのトラブル……？」

アレックスは顔をしかめた。

「例えば、こないだのコウの一件だ」

「コウ……」

そうだ。コウのことがあった。

誠は、アレックスがコウを殺したのだと思い込んでいた。

アレックスは苦々しい表情で言った。

「あの夜も、みんなでナイトクラブへ繰り出した。しばらくすると、例によってある黒社会のボスが、セシリーに酒の相手をしろと言いだした。セシリーがそんなことをする理由はない。俺は無視しろと言った。トラブルになれば、俺が何とか収めるつもりだった。だが、相手があまりにしつこいので、酒に酔ったコウが頭に来たのだ。コウが怒鳴り返し、口論になった。止める間もなく向こうのやつと喧嘩を始めた。相手は、新義安《サンイーオン》系列のメンバーだった」

「サンイーオン？」

「14Kをしのぐ、香港最大の黒社会だ。俺の力ではどうしようもなかった。その日のうちに、コウは消された。ビッグ・ウォングに間に入ってもらったので、後腐れはなかったが、結局コウは救えなかった」

本当のことだろうか。疑おうと思えばいくらでも疑える。

だが、アレックス・チャンの言葉には、真実の響きがあるように思えた。

「どうして、コウのことをみんなに説明しなかったんです？」

「説明する必要はなかった。翌朝には噂《うわさ》になって、みんな知っていた。香港の映画界というのはそういうところだ」

「コウの一件以来、スタントマンたちが、あなたを恐れて、それまで以上にいうことをきくようになったように見えました」

「それは違う」

ジョニー・マーが、珍しく真剣な顔で言った。

誠はジョニーの顔を見た。

「アレックスは、新義安のやつらから、身を挺《てい》してコウを守ろうとした。みんなそれを知ってから、アレックスには逆らわなくなったんだ」

どうやら本当のことらしい。ここまで口裏を合わせる必要などないはずだ。誠は納得した。

アレックスが言った。

「俺たちは、ユン・シン監督のもとで、カンフー・アクションの伝統を守り、しかも新しい映画を作ろうとしている。今はみんな若くて、小さなグループでしかない。しかし、みんな一流だ。俺は一流しか相手にしない。ゆくゆくは、ショウ・ブラザーズもゴールデン・ハーヴェストも抜いてやる。本物のアクション映画を作れば、香港の客はついてくる」

ツァイが補足するように言った。

「チャンさんは、さらに大きなことを考えています。ハリウッド進出です。香港のアクションは、アメリカでも人気です。ブルース・リーが『エンター・ザ・ドラゴン』でその可能性をはっきりと示してくれました。今に、ハリウッドで香港映画のアクションスターや監督が活躍する時代が必ず来る。チャンさんは、そう考えているのです」

その言葉は、誠のスケールをはるかに超えていた。アレックスは単に大物ぶっていただけではない。本当に大きなことを考えていたのだ。それを実行に移そうとしている。

だが、正直言って、今の誠にはそんなことはどうでもよかった。香港映画界で仕事をする。とりあえずの目標は、そこにあった。

「それで……」

誠は言った。「俺は、あなたのテストに合格したんですか？」

アレックスは、いつもの皮肉めいた笑みを浮かべた。

「このパーティーは何のために開かれたと思っているんだ。主役はおまえだと言ったはずだ」

彼は言った。「もちろん、合格だ。いっしょに、いい映画を撮ろう」

16

飲み、食い、騒いだ。

誠は、不安と緊張が一気に解消して、はしゃぎ出したら、止まらなかった。関戸といっしょに働けることがうれしかった。ただ心強いというだけではない。関戸が反社会的な仕事から足を洗えたことがうれしいのだ。

それから、尖沙咀《チムサアチョイ》あたりに繰り出そうということになり、みんなでぞろぞろと九龍城砦《カオルン・センツァイ》の中を歩いた。

あんなに不気味で恐ろしかった九龍城砦が、油蔴地《ユマティー》や佐敦《ジョーダン》あたりと大差ないように感じられる。不思議なものだ。

隣にセシリー・チェンがいた。彼女は、誠に肩をすり寄せるようにして言った。

「あなたは、あたし相手に手を抜かなかった。とても気に入ったわ」

セシリーはかなり酔っているようだ。仲間たちの眼が気になった。だが、美人女優に寄り添われて悪い気はしない。

「そいつは、どうも。光栄です」

「男たちは、あたしとアクションを撮るときに、どこか遠慮している。それはあたしをなめているということよ。あたし、手を抜くやつは嫌いなの。アクションでも、濡れ場でもね……」

セシリーの眼が妖《あや》しく輝いた。

「俺は、ただ無我夢中だっただけです」

「無我夢中」

セシリーはほほえんだ。「別の意味であなたをそうさせてみたいわ」

「からかわないでください」

セシリーはするりと、誠の脇をすり抜けて行った。そして、振り向いて言った。

「からかってなんかいない。言ったでしょう。気に入ったって……」


九龍の市街地に戻ってきて、アレックスの行きつけの店でまた飲み直した。

その夜のことは、よく覚えていない。セシリーがずっとそばにいたような気もする。したたかに酔って、気づいたら自分の部屋で寝ていた。

前夜のことが夢だったような気がした。だが、ひどい二日酔いが現実だったと教えてくれる。

ギャラは、ちゃんと三羅から誠に手渡された。まあまあ妥当な金額に思えた。これで当面の暮らしの心配はなくなった。

それから、誠の生活は急に慌《あわ》ただしくなった。関戸とツァイがやってきて、新しい部屋を見つけたので、そこに引っ越せと言った。

その部屋は、九龍の中心街から少し離れた紅磡《ホンファム》という住宅街にあった。今まで住んでいた大角咀《タイコックツィ》とはまったくちがって、広々としており緑も多い。何もかもが新しい感じがした。

近くに高級そうなショッピングセンターもあり、そのビルにはレストランも入っている。前の部屋とは比べものにならないほど立派な部屋だった。ワンルームだが、ちゃんとしたキッチンがついていたし、清潔なバスルームがある。そこについているトイレも新品だった。

何よりありがたいのは、電話があることだった。

「贅沢すぎるんじゃないか」

誠がツァイに言うと、隣にいた関戸が笑った。

「すっかり香港の住人になったたな」

言われて気がついた。その部屋は、日本では若者が住む平均的なものでしかない。誠はドミトリや大角咀のボロアパートにすっかり慣れてしまっていた。

引っ越しが済むと、ビザの手配だった。誠は、観光ビザで入国している。就業ビザを申請しなくてはならない。

「三羅でワーキングビザを申請します。問題ありません。ビザの申請中は、香港に滞在していてもかまいません」

　ツァイが説明してくれた。

「黒客」が封切られた。初日の客の入りはたいしたことはなかったようだが、その後、客足が増えはじめ、ついには、満員となったと聞いた。

　ツァイから電話があったのは、封切り後五日目のことだった。

「三羅が次の契約をしたいと言っています」

「撮影が始まるのか？」

「ユン・シン監督の新作です。武術指導はもちろんチャンさんです。『黒客』が大入り満員なんで、三羅があわてて次回作を作れと言ってきたんです。三週間後にクランクインです。契約しますか？」

「当然だ。いつ、どこに行けばいい？」

「明日、十時にペニンシュラ・ホテルに来てください」

　翌日、ホテルに行くと、ツァイとともに関戸が来ていた。関戸とツァイが契約書を仔細に読んで、その内容を誠に告げる。ギャラは多少アップするようだ。

　誠は、関戸とツァイに日本語で言った。

「何もかもうまく運びすぎて、なんか、恐ろしいんですけど……」

　関戸が、薄笑いを浮かべた。

「ツキがあるうちは、それに乗っていればいい。そのうち、ツキがなくなることもある」

誠は、契約書にサインした。


その夜、セシリー・チェンから電話があり、誠は驚いた。

「また、いっしょに仕事ができるわね」

「はい」

「うれしい？」

「もちろん。仕事をもらえたのはうれしいです」

「あたしと共演できてうれしいかって訊《き》いているのよ」

「ええ。うれしいですよ」

「夕食は済んだ？」

「まだです」

「あなた、紅磡に住んでいるのよね」

「そうです」

「紅磡に、有名な四川料理のレストランがあるの。行ってみない？」

「いいですね」

セシリーと二人きりで食事をするところを想像して、心が騒いだ。

レストランが入っているビルの場所と名前を聞き、そのレストランで待ち合わせた。セシリーが予約を入れてくれるという。

誠は、すぐに身支度を始めた。一張羅のスーツを引っ張り出し、それを着ると、ネクタイを締めた。

だが、あまりに堅苦しい恰好に見えたので、それを脱ぎ、スラックスと開襟シャツに着替えた。

バスルームの鏡をのぞき込み、髪の乱れをなおして部屋を出た。

レストランはすぐに見つかった。大きな店だ。入り口の前に行列ができている。人気がある店に違いない。

レジカウンターでセシリーの名前を言うとすぐに案内された。そのテーブルのはるか手前で、誠は立ち尽くした。

テーブルにアレックス・チャン、ユン・シン、レスリー・リュウ、ジョニー・マーが顔を揃《そろ》えていた。彼らはセシリーを囲んで楽しげに話をしている。

アレックスが誠を見つけ、手を振った。

誠がテーブルに近づくと、彼は、独特の笑顔で言った。

「セシリーとデートできると思って来たんだろう」

どうやら、彼らがわざとセシリーに電話をさせたらしい。アレックスにはいつもかつがれている。そんな気がした。

アレックスが言った。

「さあ、そんな顔で突っ立ってないで、ここに座れ」

すでに注文は済んでいるようで、アレックスがウエイトレスに合図すると、次々と料理が運ばれてきた。

鶏肉と細切りのキュウリに辛いゴマ味のソースをかけた前菜、クラゲ、ゆでた鳥の砂肝の薄切りなどが並ぶ。

芝エビのチリソース、アワビのクリームソース、ニンニクの芽と牛肉の炒め物、それに点心がいくつか運ばれてくる。

行列ができるだけあって、どの料理も驚くほどうまかった。四川料理と聞いて、辛いものを想像していたが、辛さはそれほど感じない。

アレックスが、誠に言った。

「仕事仲間同士のスキャンダルは御法度《ごはっと》だぞ」

セシリーのことを言っているのだ。

「わかりました」

「だが、まあ……」

アレックスはにやりと笑った。「友達づきあいなら許してやろう」

セシリーが妖艶な笑みを浮かべて誠を見た。

「じゃあ」

誠は言った。「その友達には、広東語《カントン》の個人指導を頼むことにします」

ユン・シンとアレックスは次回作の構想について、熱っぽく語りはじめた。

ジョニー・マーは、誠にアクションの心得を話した。

「とにかく、見られていることを意識しろ。五で済む動きを十にも二十にもして見せろ。そして、体を張れ」

誠は、真剣に話を聞いた。嫌なやつだと思っていたが、いっしょに仕事をするとなれば、頼りになる先輩だ。

そのとき、誠の背後に誰かが立つ気配がした。

振り向くと、人相のよくない二人組が立っていた。一人は、開襟シャツのボタンをいくつかはずして胸をはだけている。

一人は、Tシャツ姿だ。

「そこのねえちゃんに見覚えがあるような気がするんだけどな」

開襟シャツの男が言った。

セシリーの表情が険しくなった。

「どこかで会っただろう。俺たちも仲間に入れてくれないか」

アレックスがいつか言っていたのは、こういうことか。誠は思った。

映画俳優が食事をしたり、酒を飲んだりしていると、黒社会の連中やチンピラなどが寄ってくることがある。

アレックスが冷ややかに言った。

「消えな」

開襟シャツの男は、アレックスを見て凄んだ。

「何だと。もういっぺん言ってみろ」

「何度でも言ってやる。消えろ」

二人のチンピラは、アレックスに近寄ろうとした。その肩を抑えた者がいた。

少しだけ年上の、やはり明らかに素性のよくない男だ。二人組の兄貴分だろう。

「やめとけ」

兄貴分は言った。

「でも、哥《コー》」

哥というのは、兄貴という意味だ。

「よく見ろ。おまえたちがかなう相手じゃない」

二人は言われて、テーブルの男たちを見た。開襟シャツの男が言った。

「あ、あんたら、『黒客』の……」

兄貴分が、アレックスに向かって言った。

「俺は映画が好きだ。特に、カンフー・アクションがな。いい映画を撮ってくれ」

アレックスがこたえた。

「まかせろ」

兄貴分が歩き去り、二人のチンピラがあわててそのあとを追った。

「さあ」

アレックスが言った。「みんな、次回作に期待しているようだぞ」

予定どおりにクランクインした。

香港映画のペースは早い。人気シリーズは次々と作品を作り続けなければならない。七〇年代半ばの最盛期には、二週間で一本の映画を作ったという監督がいたらしい。

前回と同様に、ショウ・ブラザーズのスタジオを借りて撮影が行われる。誠は、再びショウ・ブラザーズのホテルに滞在することになった。

主役は、前回同様にセシリー・チェンとレスリー・リュウ。悪役に、アレックス・チャンと誠、それにジョニー・マーが加わる。

スタッフもアクション・スタントも、ほぼ前回と同じだ。

顔合わせが済み、撮影当日となった。また、ここに戻ってこられた。撮影所の細い路地を歩きながら、誠はしみじみとそう思っていた。今日も暑くなりそうだ。すでに服を脱いで仕事をしているスタッフがいる。

誠がスタジオに行くと、アクション・スタントたちが、難しい顔で何事かひそひそ話し合っている。

何事だろうと、誠は離れた場所から彼らの様子を見ていた。まだ、彼らに受け容れられたという実感がない。

スタントマンの一人が、誠を見て声をかけた。

「おい、知ってるか？」

「なんだ？」

誠は尋ねた。

「撮影は中止だ」

「中止？」

「三羅の株価が暴落した。理由はわからない。三羅は倒産の危機になり、制作費が出ないことになった」

「何だって……」

誠は、突然のことに、どう反応していいかわからない。

心の片隅で、やっぱりな、と思っていた。

いいことが続きすぎた。

また、部屋を引き払って、大角咀あたりの安アパートに引っ越さねばならないかもしれない。

職を失ってしまったのだ。アレックスたちとまた仕事ができると楽しみにしていたのに……。誠は、残念でたまらなかった。

スタントマンたちは、誠の反応を見守っている。

突然、彼らの中の一人が笑い出した。

それをきっかけに、全員が腹を抱えて大笑いを始めた。

誠に、三羅倒産の危機を告げたスタントマンが言った。

「本当におまえは、すぐにだまされるな」

「なんだよ……」

誠はがっくりと体から力が抜けるのを感じた。「嘘かよ……」

スタントマンが言った。「『黒客』で大ヒットを飛ばした三羅がつぶれるはずがないだろう」

「あたりまえだ」

スタントマンたちは、誠を取り囲み、肩や背をばんばんと叩いた。スタントマンたちは、どうやら誠を仲間として受け容れてくれたらしい。

散打大会の準優勝が影響しているようだ。もしかしたら、アレックスとジョニーはここまで考慮して誠を散打大会に出場させたのかもしれない。

ユン・シンとアレックス、ジョニーが連れだってスタジオに姿を見せた。

「さあ、アクションの段取りを始めるぞ」

誠は、この雰囲気がなつかしかった。

スタントマンたちが集まり、その日のアクションの打ち合わせが始まった。チンピラたちの小競《こぜ》り合いが、殴り合いにエスカレートする。のっけから、カンフー・アクション全開だ。

アレックスの打ち合わせは、いつも短い。よけいなことは一切言わないからだ。

打ち合わせが終わり、スタントマンたちが解散すると、アレックスが誠を呼び止めた。

「何ですか？」

「おまえは、俳優として三羅と本契約を結んだ。俺の要求は前回以上に厳しくなるぞ。覚悟しておけ」

誠はこたえた。

「望むところですよ」

アレックスは、ふんと笑って、行けと手で合図した。

誠は、外の芝生に向かった。出番を待つスタントマンたちはたいていそうしている。

武打星《ぶだせい》――アクションスターと呼ばれるには程遠い。だが、たしかに土俵には上がった。

勝負はこれからだ。

この先、香港映画がどうなっていくか、誠にはわからない。アレックスが言うように、ハリウッド進出する監督や役者も現れるだろう。だが、今は、アレックスの要求にこたえられるように必死でアクションをこなすだけだ。

芝生に腰を下ろした誠の前を、セシリーが通り過ぎようとした。

セシリーは立ち止まり、誠に言った。

「広東語の先生よ。立ってお辞儀をしなさい」

誠は立ち上がり、言われたとおりにした。

セシリーは満足げにほほえんだ。

撮影前だがすでに、女優の顔になっていた。

俺も早く、役者の顔にならなければな。

セシリーの美しい後ろ姿を眺めながら、誠はそう思っていた。

## 参考文献


『香港功夫映画激闘史』（知野二郎著／洋泉社）
『最強　香港アクションシネマ』（ベイ・ローガン著・佐木秀次訳／フォレスト出版）
『香港黒社会』（石田収著／ネスコ発行・文藝春秋発売）
『和製ドラゴン放浪記』（倉田保昭著／国際通信社発行・星雲社発売）
『解読！香港』（「アジアの街角探検隊」香港取材班著／雷鳥社）
『詠春搏撃術』（梁挺著／國際詠春拳術總會）
『詠春拳』（梁挺著／良仕出版社《中文発行・萬里書店有限公司》）
『現代中国文化探検』（藤井省三著／岩波書店）

# 解説　藍より青く

高瀬将嗣

日活の殺陣師だった父・将敏の名刺入れに《邵氏兄弟有限公司》という一枚が挟んでありました。

「ああ、香港映画のアクション指導に誘われたんだ」

昭和三十年の初頭、邦画全盛期当時のエピソードです。

将敏は大東亜戦争（太平洋戦争）の支那事変（日中戦争）で召集され、南支（広東省）に従軍したので広東語が話せました。

「一、二本ならともかく、三年契約って言われてな……」

言葉が通じる香港でのオファーには興味を示したものの、ちょうど石原裕次郎や小林旭の日活アクション路線と重なったために断念を余儀なくされます。

当時の香港映画は邦画から技術を吸収すべく、日活はもとより大映や新東宝にもヘッドハンティングを試みています。

監督では日活に在籍した名匠・井上梅次が招かれて二十本近くメガホンを取り、大映からは「大魔神シリーズ（一九六六年大映　監督／安田公義ほか）」のスーツアクターとして知られる橋本力や勝新太郎のスタントマン・勝村淳が「ドラゴン怒りの鉄拳（一九七二年香港　監督／ロー・ウェイ）」に出演、「ドラゴンへの道（一九七二年香港　監督／ブルース・リー）」では新東宝の撮影監督・西本正が見事な画作りで絶賛されました。

今でこそ世界を席巻するチャイニーズ・ムービーですが、その嚆矢《こうし》は日本の映画に範を求めたと言っても過言ではないでしょう。

まさに藍より青く。

さて、名門・上智大学は今野敏先生の母校でもありますが、今野先生の学生時代と本作の主人公・長岡誠が重なるとしたら、それは深読みしすぎでしょうか。

誠は空手部で暗中模索しながらも練習を続けますが、作中から推測するに今野先生が在籍された空手部もそれなりに正しい＝厳しい体育会だったことが想像でき、闘いの演出家の端くれとしてはとても親近感を覚えました。

誠が文字通り身一つで香港に乗り込むくだりは、現在我が国のみならず海外でも高い評価を誇る「るろうに剣心（二〇一二年ワーナー・ブラザース　監督／大友啓史）」のアクション監督・谷垣健治にも重なります。

谷垣さんは単身香港にわたり、ご苦労の末監督作「肥龍過江（二〇二〇年香港）」を任されるまでに大成しましたが（そこに至るまでは「アクション映画バカ一代（洋泉社）」に詳しいです）、不肖私も四半世紀ばかり前に、映画のロケで一度だけですが香港に行ったことがありました。

ロージェットの作品にもかかわらず半月前後の海外ロケが敢行できたのは、かろうじてバブル期の余韻が残っていたという事でしょうか。

誠と同じく啓徳《カイタク》空港の着陸には肝が冷えましたが、その程度で怯んでいては日本男児の面目にかかわるとばかり、荷ほどきもそこそこに街へ繰り出したものです。

香港はどこもかしこも猥雑で、大阪の鶴橋や通天閣・新世界界隈を十倍凄まじくした怪しい雰囲気。

土地の人間を気取って歩くも「ニセモノ時計ドォデスカ?」「エッチナ本、アルアル」と声をかけまくられ、あっさりお上りさんであることを見破られたのですが（このあたりも誠と一緒）、わずかな時間の散策にもかかわらず、気が付けば私は道に迷ってしまったのでした。

行きから人に片言の英語で（ホントに単語を並べるのみ）ホテルのパンフを示すも相手にされず、タクシーは軒並み乗車拒否。

街の端々にたむろする男たちは、みんな「カンフーハッスル（二〇〇四年香港　監督／チャウ・シンチー）」の梁小龍（ブルース・リャン。香港映画最強を謳われた俳優）みたいに人相が悪く、こちらを睨みつけているようにも感じます。

このまま攫われて苦力（クーリー＝出稼ぎ労働者）に売り飛ばされてしまうのだろうか

……と真っ青になるも、運よく客を降ろしたタクシーへ強引に乗り込み、目を血走らせて必死にパンフを指さす私に対して、運転手はフンと小バカにした様子です。(やっぱりケシ畑の労働力にされちゃうんだ)とビクビクしていると、タクシーは乗った場所からビル街を半径一〇〇mくらい回って停車、その間わずか一分三〇秒。宿泊ホテルの真裏で迷子になっていたワタシは、マヌケな田舎者として笑われたのですね。

一方本作の誠は用心深くもアグレッシブで、着実に武打星をめざす階段を昇って行きます。

彼が映画館で面食らったチケット窓口の指定席選択は私も経験しましたが、実はとても合理的なシステムで、アナログとデジタルの違いこそあれ今ではすべてのシネコンが取り入れています。

ビックリしたのは客が大騒ぎしながら映画を楽しむことだけではなく、英語と漢字の字幕で画面の三分の一くらいが埋まってしまうことでした。

英語はともかく、中国なのになぜ漢字？　と思うでしょうが、広東語と標準語＝北京語は津軽弁とウチナーグチ＝沖縄弁くらいの別言語と言ってよく(要するに通じません。まったく)、ネイティブ香港人と中国本土出身者が同時に映画を理解できる工夫だったのですね。

それはさておき、今野先生は文字通り文武両道の鑑であり、先生が生涯を通じて修行されているのが、前述した空手であるのは広く知られています。

沖縄が起源の空手は発展途上で漢民族の拳法に影響を受けたという説もあり、香港映画が成り立ちにおいて邦画のエッセンスを吸収した経緯とは逆の「藍より青く」を彷彿《ほうふつ》とさせると言ってよいでしょう。

今野先生は映画の造詣《ぞうけい》も深く、殺陣師として教えを乞うことがしばしばありましたが、その中でも印象に残っているのが「武道と異なりアクションにはラッキーパンチはない」という貴重なアドバイスでした。

アクションは原則として決められた振付で行い、安全が最優先のためアドリブが許されません。

すなわち突然のラッキーパンチは厳禁なのです。

だからと言って唯々諾々と振付をなぞれば良いというものでもなく、いかに段取りを感じさせずに演じるかがアクションの成否を決めると言って良いでしょう。

ところが誠は、このセオリーを無視した電影城＝撮影所の俳優たちから、荒っぽく容赦のない洗礼を浴びてしまいます。

早い話が、演技ではないセメントでガチのケンカを仕掛けられたのですから、まさに命がけ。

誠の運命や如何に……というところですが、勝敗の結果は作品に譲りますので何卒ご一読を願う次第です。

その誠の前に敢然とそびえ立つ山こそ、香港屈指のアクションスターにして武道家のジョニー・マー。

ジョニーが誠に与えた「五で済む動きを十にも二十にもして見せろ」という至言は、殺陣師の端くれである私の胸にも響きます。

往々にして競技である武道や格闘技の試合は一瞬で勝負が付きますが、アクションは一発で決まるパンチに振付という修飾を施し、観客・視聴者の鑑賞に堪える表現として成立させるのです。

競技から演技へ……ここにも「藍より青く」の定理が反映されていると言ったら牽強付会でしょうか。

誰よりも輝く武打星をめざして、長岡誠はこれからも電影城での切磋琢磨を続けることでしょう。

藍より出でた青となるために。

（たかせまさつぐ／映画監督・殺陣師）

『武打星』
単行本版　二〇〇二年三月　毎日新聞社
ノベルス版　二〇〇五年二月　中央公論新社
文庫版　二〇〇九年一月　新潮文庫

中公文庫

武打星《ぶだせい》

2020年5月25日　初版発行

著　者　今《こん》野《の》　敏《びん》

発行者　松田陽三

発行所　中央公論新社
〒100-8152　東京都千代田区大手町1-7-1
電話　販売 03-5299-1730　編集 03-5299-1890
URL http://www.chuko.co.jp/

DTP　嵐下英治
印　刷　三晃印刷
製　本　小泉製本


Published by CHUOKORON-SHINSHA, INC.
Printed in Japan　ISBN978-4-12-206880-3 C1193

中公文庫既刊より

こ-40-24
新装版 触発 警視庁捜査一課・碓氷弘一1
今野敏
朝八時、霞ヶ関駅で爆弾テロが発生、死傷者三百名を超える大惨事に！ 内閣危機管理対策室は、捜査本部に一人の男を送り込んだ。「碓氷弘一」シリーズ第一弾、新装改版。
206254-2

こ-40-25
新装版 アキハバラ 警視庁捜査一課・碓氷弘一2
今野敏
秋葉原を舞台にオタク、警視庁、マフィア、中近東のスパイまでが入り乱れるアクション&パニック小説。「碓氷弘一」シリーズ第二弾、待望の新装改版！
206255-9

こ-40-26
新装版 パラレル 警視庁捜査一課・碓氷弘一3
今野敏
首都圏内で非行少年が次々に殺された。いずれの犯行も瞬時に行われ、被害者は三人組で、外傷は全くないという共通項が。「碓氷弘一」シリーズ第三弾、待望の新装改版。
206256-6

こ-40-20
エチュード 警視庁捜査一課・碓氷弘一4
今野敏
連続通り魔殺人事件で誤認逮捕が繰り返され、捜査は大混乱。ベテラン警部補・碓氷と美人心理調査官・藤森のコンビが真相に挑む。「碓氷弘一」シリーズ第四弾。
205884-2

こ-40-21
ペトロ 警視庁捜査一課・碓氷弘一5
今野敏
考古学教授の妻と弟子が殺され、現場には謎めいた古代文字が残されていた。碓氷警部補は外国人研究者を相棒に真相を追う。「碓氷弘一」シリーズ第五弾。
206061-6

こ-40-33
マインド 警視庁捜査一課・碓氷弘一6
今野敏
殺人、自殺、性犯罪……。ゴールデンウィーク最後の夜に起こった七件の事件を繋ぐ意外な糸とは？ 藤森紗英も再登場！ 大人気シリーズ第六弾。
206581-9

こ-40-36
新装版 膠着 スナマチ株式会社奮闘記
今野敏
老舗の糊メーカーが社運をかけた新製品。それは——くっつかない糊⁉ 新人営業マン丸橋啓太は商品化すべく知恵を振り絞る。サラリーマン応援小説。
206820-9

各書目の下段の数字はISBNコードです。978-4-12が省略してあります。